plaisir d'amour

Lily Monroe

Die Sklavin des Wüstenprinzen

plaisir d'amour

Lily Monroe
Die Sklavin des Wüstenprinzen
Erotischer Roman

www.plaisirdamourbooks.com
info@plaisirdamourbooks.com
Covergestaltung: © Sabrina Dahlenburg (www.art-for-your-book.weebly.com)
ISBN Taschenbuch: 978-3-86495-283-8
ISBN eBook: 978-3-86495-284-5

„Wenn die Frau das Recht hat, die Guillotine zu besteigen, so muss ihr auch das Recht zustehen, die Rednertribüne zu besteigen."

(Olympe de Gouges, Kämpferin der Französischen Revolution)

Prolog

„Kommen Sie, Monsieur Gervais", sagte eine alte Frau, die die typische Tracht einer Beduinin trug. Ihr Gesicht hatte sie jedoch hinter einem Tuch verborgen, sodass Paul Gervais nur die Augen und die goldbraunen Wimpern erkannte. Sie hielt den Blick gesenkt; orientalische Frauen blickten einem Mann, und ganz besonders einem Europäer, nur selten ins Gesicht. Man hatte Paul einige Anweisungen gegeben bezüglich des Benehmens, das von ihm erwartet wurde.

„Verzeihen Sie, Madame, aber ich wollte zu Semia", bat er nun. Seine übliche forsche Art würde ihm hier nur Scherereien bereiten, hatte man ihn gewarnt, und so hielt er sich zurück, soweit es ihm sein Temperament erlaubte. Er trat näher und sah nun die runzlige Haut um die Augen der Greisin. Sie schien uralt zu sein. Er bemerkte, dass sie ihn jetzt direkt anstarrte. Unter dem Tuch schien sie amüsiert zu lächeln. Soweit verriet sie das Funkeln ihrer Augen.

Doch nicht das brachte Paul dazu, überrascht Luft auszustoßen: Sie besaß die blauesten Augen, die er je an einem Einwohner Alqadimas gesehen hatte. Es hieß, diese Augenfarbe sei ein Vermächtnis europäischer Sklaven und deren Abkömmlingen. Die Sklaverei hatte Alqadima um die Jahrhundertwende abgeschafft, ein Verdienst Semias, der Gemahlin des vorherigen Scheichs. Semia, deren Name „Die uns Ehre macht" bedeutete, war ihrem Namen mehr als gerecht geworden. Sie hatte nach dem Tod des

Stammesfürsten nicht nur als Stellvertreterin ihrer Söhne regiert, sondern ganz offiziell als erster und vermutlich einziger weiblicher Scheich.

„Setzen Sie sich. Sie wollten doch eine Geschichte hören?"

Widerstrebend setzte er sich auf das Bodenkissen vor die alte Frau, die sich nun vorbeugte und ihm aus einer silbernen Teekanne Tee in einen ebensolchen Becher einschenkte. Sie reichte ihm das Gefäß und nickte ihm auffordernd zu, sodass er gehorsam einen Schluck des warmen, süßen Getränks zu sich nahm. Tee, Milch, Gewürze – Ähnliches hatte er noch nie genossen, und es war so köstlich, dass er sich gleich einen zweiten Schluck gönnte.

Die Alqadimanerin nickte zufrieden, ehe sich wieder sprach. „Alles begann in Frankreich. Mit einer jungen, abenteuerlustigen Französin", erzählte die Frau.

Kapitel 1

Das Meer erstreckte sich endlos bis zum Ende des Horizonts, dort verschwamm das Azurblau der Wellen mit dem hellen Blau des Horizonts. Dick gebauschte Schönwetterwolken fleckten den Himmel.

Der Wind blähte die Segel der Liberté, des Schiffes, mit dem Topaz Garnet einer strahlenden Zukunft in Tunesien entgegenreiste. Mit ihr befanden sich einige Frauen und Männer an Bord, die ebenfalls in der französischen Kolonie ein neues Leben beginnen wollten.

Aufregung und Spannung überwältigten Topaz, wann immer sie daran dachte, dass sie es gewagt hatte, ins Ungewisse zu springen und den Posten als Lehrerin in der tunesischen Stadt Enfidha anzunehmen. Sie tänzelte über die Planken und erfreute sich an der salzigen Luft, dem Rauschen der Meereswellen und dem kühlen Streicheln des Windes. Zu gern hätte sie mehr Haut entblößt und in die Brise gehalten, doch an Deck wuselten überall die Seeleute herum, denen nur die Knöchel zu zeigen unbotmäßig gewesen wäre. Dennoch wagte sie es, ihren Rock zu heben und einen schmalen Streifen Haut über ihren Stiefeln freizulegen. Strümpfe trug sie in diesen Tagen nur selten. Es war trotz der Meereswinde warm genug, um unter den Röcken auf Beinbekleidung zu verzichten. Obendrein sah niemand, dass oder ob sie Strümpfe trug.

Sie hob ihr Gesicht gen Sonne und ließ sich von den Strahlen wärmen und blenden. Sie war neugierig, ob alles, was auf den Gesellschaften und Soireen über Tunesien die Runde machte, den Tatsachen entsprach. Ob es wirklich ein Land wie aus Tausendundeiner Nacht wäre, mit üppigen Farben, exotischen Düften und fremdartigen Speisen, mit Menschen, die sich in lange, weite Gewänder hüllten und in einer weichen, singenden Sprache redeten.

Seit dem Moment, als sie gehört hatte, dass man Arbeitskräfte und Siedler suchte, die nach Enfidha reisen würden, hatte sie keine Nacht mehr geschlafen, ohne davon zu träumen, wie es wäre, dort zu leben. In einem Land, so heiß und rätselhaft, dass jeder Tag abenteuerliche Verheißung versprach. Wieder schlich sich ein Lächeln auf ihre Miene, wie so oft, seit sie in See gestochen waren.

Sie war überzeugt, dass sie ein herrliches, ja großartiges Leben in Tunesien erwartete!

Kapitel 2

Drei Wochen später

Der Wärter rüttelte an den Gitterstäben, lachte niederträchtig und vollführte, wie so oft in den letzten Tagen, mit der Zunge unanständige Bewegungen: Flattern, Vor- und Zurück, Kreisen der Zungenspitze – es ekelte Topaz an.

Zwei Wochen lang hatte Topaz getobt und gekämpft, nun war sie des Kämpfens müde. Die Furcht, nie wieder aus diesem Kerker zu entkommen, raubte ihr jeglichen Mut und alle Kraft. Topaz kroch in das hinterste Eck der Zelle, kauerte sich auf den harten Lehmboden und unterdrückte das raue Schluchzen, das sich in ihrer Kehle empordrängen wollte. Gern hätte sie geweint, doch sie ahnte, dass ihr Tränen nicht helfen würden. Weder erweckte es in den Kerkerwärtern Erbarmen, noch öffnete es die Gefängnistüren oder rief ein Wunder herbei.

Seitdem tunesische Korsaren die Liberté aufgebracht hatten, waren Topaz und einige der anderen Frauen in diesem Kerker inhaftiert. Man sagte ihnen nicht, was mit ihnen geschehen würde oder was sie zu erwarten hatten. Mitgefühl und Respekt für die Gefangenen durften sie sich nicht erhoffen. Die Wärter verhöhnten die Eingesperrten und die gütigeren unter den Aufsehern beachteten sie nicht mehr als nötig.

Die Hitze, die vielen Frauen auf engstem Raum zusammengepfercht, all das lag wie der Hauch der Pestilenz in der Luft. Dazu kam noch der faulige Gestank des feuchten Strohs, das auf dem Boden lag und sich mit dem Geruch ungewaschener Körper und diverser anderer Ausscheidungen vermischte. In der Ecke stand ein Eimer, in den die Insassinnen ihre Notdurft verrichten konnten. Solange Topaz festgesetzt war, hatte es noch keiner für nötig gefunden, diesen zu leeren, so dass die Extremente mittlerweile übergelaufen waren und sich um den Metallbehälter eine widerlich stinkende Pfütze gebildet hatte. Nichts, aber auch gar nichts, war nur ansatzweise so, wie sie es sich erträumt hatte.

Topaz vergrub das Gesicht in ihrem Ärmel. Das Kleid war inzwischen schmutzig und roch nach Kerker, außerdem war das Leibchen zerrissen, dort, wo sie der Korsar gepackt hatte, dem sie zu entkommen versucht hatte.

Sie hatte keine Eltern mehr, keine Familie und auch keinen Liebsten, der sie betrauern würde. Freier und ungebundener als alle anderen Frauen, die sie sonst kannte, hatte sie in der Ferne ihr Leben unabhängig und nach ihren eigenen Vorstellungen bestreiten wollen. Niemand würde sie suchen, niemand würde sie vermissen. Statt ihr Glück zu machen, endete sie als Insassin im Haus für weibliche Gefangene in Faqaea, der einzigen größeren Stadt Alqadimas. Zu Hause in Paris hatte sie von dem autarken Wüstenstaat zwischen Tunesien und Algerien gelesen. Die Berichte waren spärlich, kaum ein Europäer hatte das Reich in den letzten dreißig Jahren weiter als bis Faqaea bereist. Bis auf einen schmalen Streifen Richtung Tunesien war es fast ausschließlich Wüste und ein raues Fleckchen Erde. Die Alqadimaner waren hauptsächlich Nomaden, von Berbern und Arabern abstammend, freiheitsliebend wie der Wind und grausam wie die Wüstensonne. Einst waren sie berühmt für ihre Webarbeiten aus Tierhaaren und Skulpturen gewesen, doch diese Zeiten waren lange vorbei. Heutzutage sagte man ihnen zwar nach, die Wegelagerer des Orients zu sein, doch wem es gelang, einen Alqadimaner als Führer durch die Wüste für sich zu gewinnen, würde heil und sicher selbige durchqueren. Sofern der Führer ihnen nicht unterwegs die Kehle durchschnitt und sie nach dem Plündern der Taschen im Wüstensand verscharrte.

Immerhin das hatte sie mittlerweile herausgefunden, denn einer der Wärter sprach ein paar Brocken Französisch, und eine Gefangene, die ein paar Tage nach Topaz und den anderen im Kerker gelandet war, beherrschte Arabisch und Französisch. So hatte Topaz einiges in Erfahrung bringen können. Auch wenn es nichts Ermutigendes war, so war sie wenigstens von der Furcht befreit, auf ihre Hinrichtung zu warten. Sie würde verkauft werden, wann immer das sein mochte.

Nach drei Wochen in diesem dreckigen Loch hatte Topaz jegliche Zuversicht verlassen. Doch wenn man sie aus dem Kerker holte, so blieb sie doch am Leben, und solange sie lebte, bestand Hoffnung, selbst als Sklavin. Sie konnte einen Fluchtweg finden, vielleicht nicht heute und nicht morgen. Sie würde vorsichtig sein, aufpassen, lernen, was es zu lernen gab, und dann eines Tages fliehen. Sie ballte ihre Hände zu Fäusten. Sie würde überleben und in die Freiheit gelangen. Das schwor sie sich.

Leyla, eine Maurin, mit der sich Topaz in den Tagen ihrer Einkerkerung angefreundet hatte, ließ sich graziös neben ihr nieder. „Schwester, sei mutig. So Allah will, werden wir guten Herren überlassen, unter Umständen geraten wir sogar in reiche Haushalte!“

Leyla war eine ruhige Frau, die kaum einmal nicht lächelte. Sie hatte eine Haut, dunkel und schimmernd wie feinste Nugatschokolade, die Topaz auf dem Markt in Paris oft genug gesehen hatte, und Haare, so schwarz wie die Nacht und glänzend wie Seide. Dass Leyla gefasst und gleichmütig ihr Schicksal erduldete, erstaunte Topaz Tag für Tag aufs Neue. Topaz selbst schwankte zwischen Trauer, Angst und Wut. Es fiel ihr schwer, die Ruhe zu bewahren, und eigentlich schaffte sie es nur, weil sie gesehen hatte, was geschah, wenn man die Wärter verärgerte.

Da man die Ware nicht beschädigen wollte, wählte man Bestrafungen, deren Spuren nicht ganz so offensichtlich zu sehen waren. An Topaz’ erstem Tag hier hatte man eine der Frauen mit der Bastonade bestraft. Sie hatte sich zuvor wie eine Wahnsinnige gebärdet, und so hatte man sie vor den Zellen auf den Tisch gezwungen. Vier Männer waren nötig gewesen, die Rasende festzuhalten. Ein fünfter hatte mit einem hauchdünnen Stecken bereitgestanden und Schläge auf ihren Fußsohlen verteilt. Anfangs hatte sie noch getobt, geschrien und geschimpft, dann jedoch waren ihre Schreie unartikulierter geworden, bis man sie nur noch heulen und kreischen hörte. Am Ende hatte man sie in die Zelle tragen müssen, weil sie nicht mehr in der Lage gewesen war, selbst zu laufen. Ihr Gesicht war eine Maske des Entsetzens und der Pein gewesen. Tränennass glänzte ihre Haut, und ihre Augen waren rot, fast wie die eines Dämons, und von dunklen Schatten umrahmt. Sie hatte tagelang vor Schmerzen gewimmert, war nicht mehr gelaufen, sondern hatte sich kriechend fortbewegt. Irgendwann waren die Wärter gekommen und hatten sie erneut geholt, weil sie nur noch in der Ecke gelegen, geschlafen und in Fieberträumen verheddert wirr geredet hatte. Niemand wusste, was aus ihr geworden war. Die Hoffnungsfroheren unter den Gefangenen behaupteten, sie sei von einem Arzt versorgt und fortgebracht worden. Die anderen waren überzeugt, man hätte die beschädigte Ware beseitigt und den Geiern zum Fraß vorgeworfen.

Topaz' Hand vergrub sich im Stoff ihres Rockes, während sie auf ihren Schoß starrte und die Nähe Leylas bewusst wahrnahm. Die ganze Wucht der Erkenntnis über die Aussichtslosigkeit ihrer Situation brach über sie herein und wühlte in ihrem Magen. Ihr Hals schien sich zuzuschnüren, und sie glaubte einen Moment lang, nicht mehr atmen zu können.

Leylas Arm legte sich um ihre Schulter. Die sanfte tröstende Berührung tat gut und für einen Moment war Topaz abgelenkt von ihrem Kummer. Eine der älteren Frauen wimmerte. Als einer der Wärter, Soa, ein hakennasiger, beleibter Alqadimaner, vor dem Kerker erschien, kroch sie zu ihm und warf sich zu Boden. Wenn das Gitter sie nicht davon abgehalten hätte, hätte sie sicher seine Füße geküsst. Sie jammerte und flüsterte in Arabisch auf den Aufpasser ein. Seine Antwort klang harsch, und er wollte weiterlaufen, doch als die Frau hastig weiter auf ihn einredete, blieb er stehen und schien ihr zu zuhören.

Topaz bemerkte, dass Leyla die beiden nicht nur beobachtete, sondern auch noch ihr Gespräch zu belauschen schien.

„Was reden die beiden?“, fragte Topaz, nun doch neugierig geworden, und sah zwischen Leyla, Soa und der Gefangenen hin und her.

„Sie bietet sich ihm an“, erklärte Leyla, ohne Hemmungen wegen ihrer offenen Auskunft zu haben.

Fassungslos blickte Topaz Leyla an und starrte erneut zu der Frau hinüber, die sich eben aufrichtete, sodass sie mit aufrechtem Oberkörper vor dem Wärter kniete. „Was willst du damit sagen?“, stammelte Topaz.

„Sie bietet ihm sexuelle Dienste an, für eine zusätzliche Essensration“, ergänzte Leyla ungerührt und blickte ungeniert zu den beiden hinüber.

„Aber weshalb? Für ein bisschen mehr zu essen? Sicher gäbe ihr eine der Frauen hier etwas ab“, meinte Topaz und merkte, wie verzweifelt sie klang.

„Sieh dich um, jeder ist sich hier selbst der Nächste. Im Kerker gibt's kein Wir, nur ein Ich. Die Frau ist schon alt, nicht besonders hübsch und, wie ich mitbekommen habe, nicht unberührt. Niemand wird sie wollen, und wenn, dann nur für wenige Denar. Sie wird niedrigste Arbeiten erledigen und landet vielleicht ohnehin in einem *Maison d'abattage*.“

In einem *Maison d'abattage*, einem Massenbordell. Hinter vorgehaltener Hand hatte Topaz davon gehört. Seeleute, die nicht wussten, dass sie in Hörweite standen, hatten mit ihren Erfahrungen geprahlt, die sie mit den *filles de joie* und in den Massenbordellen diverser Häfen gemacht hatten.

Ein grauenvoller Gedanke für Topaz, wenn sie sich vorstellte, als Frau auf die Gunst eines Freiers angewiesen zu sein und ihren Körper verkaufen zu müssen. Doch zu oft war das der einzige Weg für Frauen, sich vor dem Verhungern und dem Tod in der Gosse zu retten. Sie war immer eine Befürworterin davon gewesen, dass Frauen sich Bildung und Beruf aneignen durften und somit weder dem Gutdünken der Familie oder eines Ehemannes ausgeliefert zu sein. Sie hasste die Beschränkungen, die ihr die Gesellschaft auferlegte, nur, weil sie eine Frau war! Oft genug hatte sie mit ihrer Einstellung im besten Fall Unverständnis und Fassungslosigkeit, im schlimmsten Fall Hass und Zorn ausgelöst. Interessanterweise waren es oft die Frauen, die am hartnäckigsten dagegen protestierten. Als wäre es kein Befreiungsschlag, sondern nur ein weiteres Joch, an das man die Frau fesselte.

Topaz sah zu Soa und der Gefangenen, die tatsächlich an das Gitter herantrat. „Was hat sie vor?", fragte Topaz bestürzt und mit aufgerissenen Augen.

Die Frau nestelte unsicher an der Kutte herum, die der Wärter trug, schlug sie hoch und zur Seite, und einen kurzen Moment lang erhaschte Topaz einen Blick auf das Gemächt des Mannes. Ein Wurm, ein fleischfarbener, reglos herabhängender Wurm, der sie eher an einen toten Regenwurm erinnerte als an einen Körperteil.

Topaz' Blick glitt über die anderen Insassinnen, doch keine sah hin, wenigstens nicht so offensichtlich wie sie und Leyla. Die meisten taten so, als geschähe das nicht, als ginge es sie überhaupt nichts an, und wahrscheinlich war es auch so.

Das Los der Frauen. Gezähmt und erzogen, nicht mehr als lebender Zierrat. Am liebsten wäre Topaz aufgesprungen und hätte sich dazwischengeworfen, doch Leyla schien ihr Ansinnen zu erkennen und packte sie so hart am Handgelenk, dass sie leise aufstöhnte.

„Untersteh dich, Topaz! Willst du die Bastonade am eigenen Leib verspüren?"

Topaz' Magen krampfte sich zusammen. „Aber können wir sie nicht aufhalten?"

„Warum? Sie hat sich ihm im Austausch gegen Essen angeboten. Schließlich ist das hier nichts im Vergleich zu dem, was ihr bevorstehen wird. Und du verhalte dich ruhig, eine Frau steigert ihren Wert nicht nur durch Schönheit, sondern auch mit einem fügsamen Wesen. Je eher du das begreifst, umso besser wird es dir ergehen."

Topaz' Antwort erstickte die Maurin mit einem strengen Blick. Sie machte eine Kopfbewegung hinüber zu Soa. „Sieh hin! Zu wissen, wie du deinem Herrn Freude bereiten kannst, sichert dir sein Wohlwollen."

Topaz schluckte eine scharfe Erwiderung hinunter, da sie merkte, dass Leyla ganz andere Erfahrungen und Einstellungen hatte als sie selbst. Außerdem wollte sie es sich nicht mit der einzigen Freundin in diesem Kerker verderben, die obendrein nicht nur Französisch sprach, sondern ihr auch heimlich Arabisch beibrachte. Also rang sie ihre Scham nieder und beobachtete, wie Soa verzückt die Augen verdrehte, als die Frau seinen Schwanz in den Mund nahm. Der Anblick weckte Übelkeit in Topaz. Wie konnte die Frau Derartiges nur tun? Auf Topaz' Zunge lag ein saurer Geschmack, sie presste ihre Hand auf ihren Magen, wie zur Versicherung, dass der spärliche Inhalt auch wirklich an Ort und Stelle blieb. Erneut ließ Topaz ihren Blick schweifen und bemerkte die betretenen Mienen einiger der anderen Inhaftierten, die wegsahen, andere, die weinten, vielleicht aus Furcht, von ihnen könnte Ähnliches verlangt werden.

Der Kopf der Frau ging vor und zurück. Sie schien den Schaft in den Mund aufzunehmen und wieder hinausflutschen zu lassen. Soas Hände hielten die Gitterstäbe fest, während er leise keuchte und grunzte, ehe er einen heiseren Befehl auf Arabisch bellte, worauf die Kopfbewegungen der Frau langsamer wurden. Soas Miene zeigte Verzückung, sein Augenrollen und ein Keuchen bewies die absolute Ekstase, die Soa zu überkommen schien. Die Gefangene stieß ein ersticktes Gurgeln aus, sie schluckte hörbar, als der Wächter einen Laut ausstieß, der wie ein Röhren klang.

Topaz' Bauch rumorte, ein watteweiches Gefühl breitete sich aus und ihr Herzschlag schlug so heftig gegen ihre Brust, dass er schier ihre Rippen hätte brechen können. Sie räusperte sich und wandte ihren Blick ab. Keinesfalls wollte sie jetzt die Aufmerksamkeit des Aufsehers erregen und ihn auf irgendwelche Ideen bringen, die sich für Topaz als grässlich erweisen würden.

Bei dem Gedanken hätte sie am liebsten hysterisch aufgelacht. Grässlicher als was? Sie war schon am Boden. Noch tiefer sinken konnte sie kaum noch.

„Los! Du da!“ Der Wärter stand in der offenen Zellentür und winkte Leyla zu sich.

Verschreckt sah sie auf und wandte sich dann an Topaz. Panik durchzuckte Topaz, ein Gefühl, wie eine überraschende Ohrfeige es auslösen würde. Leyla umklammerte Topaz' Oberarm und blinzelte sie hilflos an. Beide Frauen erstarrten.

„Komm her!“, befahl der Wärter ungeduldig.

Ein zweiter Aufseher erschien und blickte stirnrunzelnd in den Kerker. Seine buschigen Augenbrauen und der voluminöse Schnauzbart verliehen ihm ein düsteres Aussehen und weckten in Topaz den Eindruck, dass es sinnvoll wäre, den Mann nicht gegen sich aufzubringen. Sie umarmte Leyla fest. Sie redete nicht. Was hätte sie auch sagen können? Angesichts der Situation und der Ausweglosigkeit wäre jedes Wort nur Lippenbekenntnis und frommer Wunsch gewesen.

Die Zukunft war nicht leuchtend und wohlduftend und noch weniger verheißungsvoll.

Nein. Das alles waren Topaz' Fantasien gewesen. Fiktionen davon, wie es sein sollte, die aber genauso wenig der Realität entsprachen wie Père Noël.

Leyla befreite sich aus Topaz' Umarmung. Ihre Hand glitt Topaz' Arm entlang und drückte kurz ihre Finger, ehe Leyla ihren Griff löste. Einen letzten Blick warf Topaz ihrer maurischen Freundin zu, dann setzte diese sich in Bewegung. Topaz beobachtete, wie die andere ihren Kopf reckte, stolz und mutig die Schultern spannte und den Wärtern entgegenlief. Leyla akzeptierte ihr Schicksal mit aller Würde, die eine Frau in dieser Lage aufbringen konnte. Topaz verspürte in diesem Moment größten Respekt für ihre maurische Leidensgenossin.

Der Aufpasser mit den buschigen Augenbrauen packte Leyla, und der Blick des anderen saugte sich an Topaz fest. „Du auch!"

Ihr Fluchtreflex kochte hoch, fast wollte sie aufspringen und an dem Wärter vorbei in die Freiheit entfliehen. Ihre Vernunft und auch ihr Selbsterhaltungstrieb verhinderten, dass sie dem instinktiven Bedürfnis nachkam. Stattdessen schritt sie zur Zellentür und hoffte fast schmerzlich verlangend, dass sie nicht nur die Zelle, sondern auch die Gefangenschaft hinter sich lassen könnte.

Ein weiterer Wärter, fast noch ein Jüngling, ergriff sie und brachte sie die Stufen hinauf in das Erdgeschoss des Gebäudes.

Bei ihrer Ankunft war es Nacht gewesen und Panik und Erschöpfung hatten ihren Blick getrübt, daher war ihr nun, als sähe sie die Eingangshalle zum ersten Mal. Sandfarbene Fliesen bedeckten den Boden und es führten zwei Treppenaufgänge in die oberen Stockwerke. Durch vier Torbögen verteilt auf drei Wände des Saals gelangte man in verschiedene Gänge und in ein Atrium. Von dort drangen Vogelzwitschern und Blumendüfte herein. Zu einem anderen Zeitpunkt hätte Topaz den süßen Jasminduft und die Gerüche der anderen ihr unbekannten Blüten gewiss genossen, doch heute war sie viel zu aufgewühlt. Dennoch bemerkte sie, dass die Ausgänge von dunkelblauen Fliesen mit goldenen Ziselierungen geschmückt waren und dass die Ölfackeln aus ebensolchem Gold waren. Bei Abend, wenn sie entfacht wurden, funkelten sie sicher wundervoll im flackernden Feuerschein. Ansonsten wies hier nichts auf den Reichtum des Besitzers hin.

Im Kerker hatte man gemunkelt, dass sie sich im Haus eines alqadimischen Sklavenhändlers aufhielten, und Topaz war dieser Gedanke am wahrscheinlichsten erschienen. Wer sonst hätte ein Interesse daran, von Piraten gefangene Reisende zu kaufen und in ein Gefängnis zu sperren, wenn nicht ein Sklavenhändler oder ein Mann, der selbst Sklaven benötigte?

Topaz wurde auf die schmalere der beiden Treppen gezerrt. Der Gang, der sich hinter der Balustrade zu verbergen schien, verhieß nichts Gutes, auch wenn die orientalischen Schnitzereien unbestritten wunderschön waren. Durch die zahlreichen Löcher, die ausgestanzt worden waren, sickerte schwarzes Nichts, doch es waren dort oben Schritte zu hören, und aus der Ferne oder aus einem Raum irgendwo dahinter drangen Stimmen.

Je höher sie die Treppen emporgezerrt wurde, umso intensiver nahm sie einen würzigen Duft wahr; irgendjemand schien Kräuter und Blüten zu verbrennen.

Der Wärter schleifte sie grob hinter sich her und hielt am Treppenabsatz inne, sodass Topaz sich kurz umblicken konnte. Die weiß gekalkten Wände und Böden wurden von bunten Mosaiken verziert. Öllampen standen auf kleinen Tischchen aus Ebenholz, die Türen waren allesamt halbrund und die Umrandungen der Durchgänge von schlichten Mosaiken eingefasst, die farblich mit den Wandmosaiken harmonierten. Rechts von der Treppe befand sich ein düsterer Gang hinter der vertäfelten Balustrade, und die geschlossenen Eingänge auf dieser Seite sorgten dafür, dass der gesamte Flur von grauem Zwielicht geflutet war. Vor einer der Türen standen zwei Wärter mit Mienen wie in Granit gehauen und hielten Wache.

Topaz wurde dorthin geschoben und in einen der Männer kam Leben, er drehte sich und öffnete die Pforte. Topaz wurde in den dahinterliegenden Raum gestoßen. Kaum war sie frei vom Griff des Mannes, warf sie sich herum in der irrigen Hoffnung, aus der Tür stürmen und fliehen zu können. Sie prallte gegen den verriegelten Ausgang. Sie stieß sich die Schulter und den Kopf und realisierte betäubt, dass es erneut kein Entkommen gab.

Sie fühlte zarte Hände auf ihrem Körper und vernahm ein sanftes Lachen. Im Gemach hinter sich hörte sie leise Stimmen. Langsam drehte Topaz sich um. Die Räumlichkeiten glichen in der Tat denen, die in den *Orientalischen Erzählungen*, der Kolumne in einer Pariser Tageszeitung, beschrieben worden waren: Zwiebelförmige Fensteröffnungen verteilten sich auf der gegenüberliegenden Wandseite. Unter jedem der Fenster gab es einen seiden- und brokatüberzogenen Diwan, auf dem Frauen saßen oder lagen und miteinander schwatzten und lachten. Links im Raum thronte ein riesiges Baldachinbett, auf dem sich ebenfalls einige Haremsdamen rekelten. Links und rechts der Matratze standen dunkelhäutige Knaben, die den dort Ruhenden mit gewaltigen Fächern aus Straußenfedern Luft zufächelten.

Die Stoffe, aus denen die Kleider der Frauen und die Vorhänge gefertigt und mit denen die Sofas bezogen worden waren, leuchteten in den unterschiedlichsten Farben und waren teils aus so dünnen Fäden gewebt, dass sie durchscheinend und luftig wie Libellenflügel schienen. Topaz fühlte sich in ihren verschmutzten, stinkenden Lumpen, die sie auf dem Leib trug, nur umso elender beim Anblick der wunderschönen Damen in diesen Räumlichkeiten. Sie erschienen Topaz alle heiter und sorglos. Auf kleinen Tischen mit geschwungenen, grazilen Beinen standen Schalen mit Naschwerk und Obst, an denen sich die Anwesenden immer wieder bedienten.

„Komm", sagten eine der Frauen, die Topaz förmlich eingekesselt hatten. Die Orientalinnen wirkten sanft und gelassen und ihre Kleider waren ebenso farbig und luftig wie die der anderen Mädchen und Haremsinsassinnen in diesen Räumlichkeiten, die Topaz jedoch nicht weiter beachteten. Sicher sollte Topaz die Sklavin der anwesenden Damen werden, anders konnte es nicht sein.

Ob Leyla ebenfalls in die Frauengemächer gebracht worden war? Die Möglichkeit mit ihrer neu gewonnenen Freundin Leyla zusammenbleiben zu können, war ihr in diesem Moment eine große Erleichterung. Sie musterte die Frauen, die sie umringten und ihr blondes Haar berührten, daran zogen, über ihre Haut strichen und auf sie einredeten. Sie begriff nicht so recht, was sie von ihr forderten.

„Sprecht ihr Französisch?“, fragte sie hilflos, doch die Frauen, ausnahmslos Muselmaninnen, starrten sie nur verständnislos an.

Offenbar hatten sie nun keine Lust mehr, auf Topaz einzureden, sondern griffen nach ihren Händen und zogen sie in den Raum hinein. Erst jetzt sah Topaz, dass sich rechts ein zusätzlicher Torbogen befand, hinter dem ebenso leise Stimmen und Gelächter hervordrang, außerdem glaubte sie, ein Plätschern zu vernehmen.

Die Frauen schoben sie durch den Durchlass, und dort bot sich Topaz eine Szene, wie sie sie wegen ihrer Träume von Tausendundeiner Nacht erwartet hatte: Ein rechteckiges Becken befand sich in der Mitte des Raumes, eingelassen in den Boden. Weiße Kacheln mit blauen Mustern bedeckten das Becken und den gesamten Fußboden des riesigen Zimmers. Am Rand des Bassins lag eine nackte Frau auf den Fliesen, ihr dunkles Haar war wie ein Fächer ausgebreitet, während sie ihren Kopf auf den verschränkten Armen abgelegt hatte.

Neben ihr hockte eine Alqadimanerin in einem grauen Gewand, die eben mit beiden Händen in einen Eimer griff und einen Schaumberg auf den Rücken der Liegenden schaufelte. Sie verrieb die weiße Masse auf der kompletten Rückseite der ruhenden Haremsbewohnerin. Topaz’ Blick wanderte weiter. Im Pool standen zwei Dunkelhäutige, denen das Wasser bis zum Bauchnabel reichte, die sich gegenseitig wuschen, während eine weitere Dienerin in grauem Kittel eine weiße Flüssigkeit aus einem Krug in das Wasser goss.

In einer Ecke saß ein Mädchen, kaum dem Kindesalter entwachsen, und griff nach einem Saiteninstrument. Kurz darauf erfüllten die Klänge eines melancholischen Liedes die Räumlichkeiten.

Wieder begannen die Frauen, die Topaz in den Badebereich geschoben hatten, an ihr herumzuziehen und zu zerren. Als eine damit anfing, die Knöpfe am Vorderteil von Topaz' Kleid zu öffnen, schlug ihr Topaz auf die Hand, worauf diese bitterböse guckte und zeterte. Topaz ahnte, dass sie garantiert nicht zur Dienerin dieser Frauen beordert werden würde. Was man sonst mit ihr vor haben mochte, blieb ihr allerdings doch noch ein Rätsel.

„Sie wollen dir beim Baden helfen." Leyla trat auf Topaz zu, und diese fühlte eine solche Erleichterung, ihre Leidensgenossin wohlbehalten wiederzusehen, dass sie ihr um den Hals fiel.

„Was tun wir hier, Leyla? Hat man dir etwas gesagt?"

Leyla schob ihre Freundin von sich und streichelte ihre Wange. „Wir werden vorbereitet."

„Vorbereitet? Worauf?"

„Um verkauft zu werden, Topaz", erklärte Leyla ruhig. „Das hier sind alles Sklavinnen, die in den kommenden Tagen auf der Auktion zum Kauf angeboten werden."

Die Panik explodierte in Topaz und brannte in ihren Augen. Sie konnte und wollte es nicht glauben. Es war alles wie ein böser Albtraum.

Eben hatte sie noch ein Fünkchen Hoffnung verspürt, doch nun waren all ihre Zuversicht und Erwartungen zerschlagen. Niemand würde kommen und Topaz retten.

„Mach dir keine Sorgen, Topaz. Du bist schön und dein Haar ist hell und leuchtend wie Sonnenstrahlen“, tröstete Leyla sie. „Gewiss wirst du von einem guten Herrn gekauft werden. Du bist ein funkelnder Edelstein, der jedem Harem Glanz verleihen wird!“

Topaz war so schockiert, dass sie nicht weiter reagieren konnte und wollte. Leyla wandte sich an die Frauen, die Topaz umringten, und redete mit ihnen in jener melodiösen Sprache, die zu verstehen es Topaz nur in Bruchstücken möglich war. Vielleicht wäre das ihre Rettung, überlegte sie panisch. Eine Sklavin, die ihren Herrn nicht verstand, etwas Schlimmeres konnte sich ein Muselmann sicher nicht vorstellen?

Wie vor den Kopf gestoßen, ließ sie sich von den Frauen entkleiden und deren fassungsloses und vorwurfsvolles Schnattern über sich ergehen, als sie ihre Körperbehaarung beäugten. Ein paarmal schnappte Topaz die Worte „barbarisch“ und „Tier“ auf.

Man drängte sie an den Rand des Beckens, und eine der Zofen, Leyla nannte sie eine Badedienerin, kam herbei und goss warmes, parfümiertes Wasser über Topaz’ Kopf. Sie prustete und schnaubte, protestierte aber nicht, weil die Aussicht auf einen frisch gewaschenen Körper nach all den Wochen auf hoher See und im Kerker einfach zu verlockend war. Das Haar klebte an ihrem Rücken, und eine der Locken kitzelte ihren Po, als sie sich bewegte. Die orientalische Bedienstete befahl ihr stillzuhalten und begann, mit einem Stück Seife über ihr Haar zu reiben. Topaz fühlte Schaum ihren Nacken hinabrinnen. Dann ging die Badedienerin um sie herum.

Topaz sah, dass sie einen hautfarbenen Lappen hielt, in dessen Öffnung sie ihre rechte Hand schob, um anschließend mit diesem Handschuh ihr Gesicht abzureiben. Obwohl sie sacht zugange war, fühlte sich der Stoff kratzig und fast schon unangenehm an. Endlich war die Dienerin mit dem Gesicht fertig und fuhr damit fort, den restlichen Körper mit dem rauen Lappen zu bearbeiten. Keinen Zentimeter ließ sie aus, sie rieb über Schultern, Arme, Hände und das Dekolleté, weiter über Brüste, Bauch und die Beine, bis zu den Füßen hinab. Dann trat sie hinter Topaz und setzte ihre Arbeit auf der Rückseite fort. Topaz' Haut fühlte sich durch diese Prozedur gereizt und ungewohnt empfindlich an.

Als Nächstes wurde sie erneut mit parfümiertem Wasser übergossen. Alle Seifenreste waren von ihrem Körper und aus ihrem Haar verschwunden, vermutete Topaz, doch die Badeprozedur wurde weiter fortgesetzt.

Die Badedienerin scheuchte sie ins Becken. Leyla lehnte dort bereits am Beckenrand und grinste spitzbübisch, als Topaz durch das Wasser auf sie zukam. Ihre Scham hatte sie bereits im Kerker abgelegt, und hier, unter lauter Frauen, fiel es ihr tatsächlich leichter als erwartet, ihre anerzogenen Schamgrenzen auch weiter unbeachtet zu lassen.

„Wieso gibt man sich solche Mühe mit uns?" Topaz verstand die Geschehnisse kein bisschen. Weshalb hatte man sie aus dem Kerker geholt, nur um sie hier in diesen luxuriösen Gemächern einzusperren und zur Leibwäsche zu zwingen – und dass alles, obwohl man sie doch als Sklavin verkaufen wollte? Es verwirrte Topaz mehr, als sie zugeben wollte.

„Kein Mädchenhändler, der etwas auf sich hält, bietet seine Waren verdreckt und verwahrlost an. Das senkt den Preis. Wir werden so gut behandelt, damit wir den besten Profit bringen“, erklärte Leyla. Sie wirkte nicht im Mindesten beunruhigt oder entsetzt. Topaz versuchte, es zu verstehen, doch es gelang ihr nicht. Allein die Vorstellung, wie ein Stück Vieh verschachert zu werden, brachte ihre Halsschlagader zum Anschwellen. Sie konnte nicht glauben, dass sie in eine solch entsetzliche Lage geraten war. Sie trat näher an Leyla heran. „Macht dich das nicht wütend? Willst du nicht fliehen?“

Leyla starrte Topaz an, als hätte sie den Verstand verloren. Langsam schüttelte sie den Kopf. „Weshalb sollte ich das? Eine schöne und gebildete Sklavin ist äußerst wertvoll. Unsereins heiratet nicht selten den Sohn des Hauses, und wenn unser Herr uns zur Konkubine nimmt, so wird er uns einen eigenen Haushalt zugestehen. Und selbst, wenn das nicht geschehen sollte, so sind wir doch in einer bevorzugten Stellung im Vergleich zu vielen anderen Frauen!“, führte Leyla mit fast flammender Begeisterung aus.

Topaz zwang sich, ihre Gesichtszüge nicht entgleisen zu lassen. Sie wollte nicht glauben, was Leyla ihr da gerade predigte. Welcher Gehirnwäsche unterzog man die Frauen im Morgenland nur?

Privilegiert? Als Sklavin? Topaz war nach Tunesien ausgewandert, weil sie frei sein wollte! Sie hatte selbstständig und frei leben wollen, und nun war alles hinfällig und gestorben. All ihre leuchtenden Zukunftspläne, zerschlagen, zerfetzt und tot.

So musste sich Olympe de Gouges, ihre persönliche Heldin der Französischen Revolution und Frauenrechtlerin, gefühlt haben. Topaz gelang es nicht länger, ihren Optimismus aufrechtzuerhalten. Hoffnungslosigkeit fraß sich durch ihre Seele. Sie war noch immer gefangen.

Die Badedienerin scheuchte Leyla und Topaz aus dem Wasser und ließ beide auf Liegen Platz nehmen. Leyla legte sich gehorsam auf den Rücken, und so tat Topaz es ihr nach.

Die orientalische Zofe kam mit einem Tablett zurück, auf dem eine silberne Schale, eine Flasche und weiße Stoffstreifen lagen. Graziös stellte sie die Dinge auf einem schmalen Tisch ab, ehe sie sich Topaz zuwandte. Sie musterte sie abschätzend von oben bis unten, dann fasste sie ihren Arm und deutete ihr, diesen zu heben.

Erneut beugte sich die Frau über Topaz' Achsel, schnalzte missbilligend mit der Zunge und griff nach der Spatel, die in der glänzenden Schale steckte. Sie hob diese, und Topaz erkannte goldgelbe zähe Masse, die an Honig erinnerte. Die Dienerin verstrich die Substanz auf ihrer Achsel und legte einen der Baumwollstreifen darauf. Sie wartete mehrere Atemzüge lang, und Topaz hätte gern nachgefragt, was nun geschehen würde. Die Masse wurde starr und kühl. Die Badedienerin griff nach der Ecke des Stoffs und riss den Streifen ab. Glühender Schmerz fraß sich in Topaz' Haut. Sie stieß einen leisen Schrei aus und keuchte, hoffte, den Schmerz auf diese Weise erträglicher zu machen. Tatsächlich ließ die Pein bei jedem Mal, an dem die andere die Paste auf die Haut auftrug und wieder herunterzog, nach, und es schmerzte weniger intensiv.

Abschließend goss die Dienerin etwas aus der Flasche auf einen kleinen Lappen und tupfte eine kühle, leicht brennende Flüssigkeit auf die gereizte Haut, ehe sie zufrieden auf ihr Werk starrte. Sie richtete sich auf und blickte zu der anderen Dienerin, die mit Leyla beschäftigt war. Die beiden führten einen kurzen Wortwechsel, ehe die Badedienerin auf die andere Seite der Liege trat und sich Topaz' zweite Achsel vornahm.

Gern hätte sich Topaz die Schmerzbekundungen verkniffen, doch es war ihr nicht möglich. So musste es sich anfühlen, bei lebendigem Leib gehäutet zu werden.

Sie war froh, als die Orientalin endlich von ihr abließ. Diese schnatterte unbeeindruckt mit ihrer Kameradin, die noch immer um Leyla bemüht war. Topaz beneidete ihre maurische Freundin, die während der gesamten Prozedur keinen Laut von sich gab. Entweder verspürte sie keinen Schmerz oder aber sie besaß keine Körperbehaarung.

Als die Frau sich auf Höhe von Topaz' Unterleib aufbaute, die Spatel wie eine Waffe gezückt, schwante Topaz Übles.

„Nein!“ Sie versuchte, die Furcht vor dem Drohenden hinunterzuschlucken, was ihr jedoch nicht gelang. Sie räusperte sich und schüttelte den Kopf. Die Badedienerin warf ihr nur einen scharfen Blick zu und bellte etwas, das so unfreundlich klang, dass Topaz vorsichtshalber stillhielt und keine Anzeichen von Rebellion zeigen wollte.

Je weniger sie auffiel, umso leichter würde ihr bei der erstbesten Gelegenheit die Flucht gelingen, sprach sie sich Mut zu. Dennoch klopfte ihr Herz vor Angst so wild, dass sie das Schlagen bis in ihre Wangenknochen vibrieren fühlte.

Eine Ladung klebriger Enthaarungsmasse landete auf ihrem Schamhügel, und die Dienerin tat es mit einer Selbstverständlichkeit, dass Topaz diesen Umstand bewunderte, aber sie ängstigte die Tatsache, dass die Badedienerin die Zuckerpaste wieder abnehmen musste. Die Zofe zwang ihre Oberschenkel auseinander und nun überfiel Topaz doch Scham. Dass sie nicht nur an ihrer geheimen Stelle angegafft werden konnte, sondern auch noch eine wildfremde Frau dort herumgrapschen würde, war zu viel. Sie wollte ihre Schenkel zusammenpressen, als die Orientalin im selben Moment die zuckrige Paste auf die Haut zwischen ihren Beinen klatschte. Topaz wollte die Oberschenkel aufeinander zubewegen, doch sie fühlte, wie klebrig das Ganze war, und ahnte, dass es eine sehr schlechte, wenn nicht gar verhängnisvolle Idee sein würde, sich jetzt zu bewegen. Ihre Haut würde hoffnungslos zusammenkleben, und wer wusste, ob und wie sie unter diesen Gegebenheiten wieder freikäme! Topaz sah der Badedienerin ins Gesicht und blickte in eine reglose Miene, die überhaupt nicht auf sie reagierte. Die Frau presste die Stoffstreifen routiniert fest. Als sie ihre Hand auf Topaz' Hüfte legte, ahnte diese bereits, dass es eine eher ruppige Angelegenheit werden würde. Doch nichts, absolut nichts, konnte Topaz auf diesen Schmerz vorbereiten.

Das Ausreißen der Achselhaare war nicht im Geringsten zu vergleichen mit der Qual, die Topaz nun durchfuhr. Es war so grauenvoll, dass sie laut aufschrie, reflexartig zur Seite auswich und fast von der Liege fiel.

Die Badedienerin schmunzelte und presste ihre Hand auf die enthaarte Stelle, was die Pein tatsächlich linderte.

Topaz blinzelte die Tränen fort, in denen ihre Augen schwammen. Sie hätte so gern auf den Rest der Prozedur verzichtet, doch die Paste überzog bereits ihren gesamten Intimbereich, und sie vermutete, dass dies in weiser Voraussicht der Dienerin geschehen war. Wer würde sich freiwillig solcher Pein aussetzen? Noch dazu dort unten, wo es ohnehin niemand sehen konnte? Das Ganze war einfach barbarisch, und in diesem Moment verachtete Topaz ausnahmslos alles, was auch nur entfernt orientalisch war.

Erneut riss die Frau einen klebrigen Stoffstreifen ab, und Topaz, die nun etwas besser einschätzen konnte, welchen Schmerz die Enthaarung hervorrief, biss sich auf die Lippen. So konnte sie verhindern, mehr als ein ersticktes Stöhnen und ein Keuchen von sich zu geben. Tränen lösten sich aus Topaz' Augenwinkeln und kullerten über die Schläfen in ihr Haar.

Ihre Qual rief nun doch das Mitleid der Orientalin hervor, und sie sagte etwas zu Topaz, das fast schon gurrend klang. Die Bedeutung des Wortes blieb ihr jedoch verborgen, da ihr Arabisch zu schlecht war, obwohl sich Leyla wirklich Mühe gegeben hatte, es ihr beizubringen. Mehr als ein paar einfache Sätze und einen für Topaz' Meinung viel zu geringen Wortschatz hatte sie noch nicht gelernt.

Die nächsten Minuten waren kaum weniger quälend für Topaz. Zu gern hätte sie sich in eine erlösende Ohnmacht geflüchtet, doch aus irgendeinem Grund blieb ihr diese Gnade versagt, und sie konnte nichts weiter tun, als die ganze peinvolle Prozedur zu ertragen.

Gelegentlich warf sie einen Blick auf die Taten der diabolischen Badedienerin und sah Stoffstreifen, auf denen schwarze Haare klebten wie der Pelz eines gehäuteten Tieres. Ihre intimsten Bereiche fühlten sich heiß und geschwollen an, und als sie das erste Mal in ihrem Leben darauf blickte, sah sie winzige Blutströpfchen, die die Haut übersäten.

Nach einer viel zu langen Zeitspanne nahm die orientalische Dienerin die Flasche vom Tisch, tränkte einen Lappen und betupfte Topaz' frisch enthaarte Hautstellen mehrmals. Die Kühle und das Feuchte taten so gut, dass Topaz ihr Wohlwollen beinahe durch entspanntes Seufzen kundgetan hätte.

Die Zofe griff nach Topaz' Hand und legte sie auf den nun nackten Intimbereich. Verschämt wollte sie ihre Finger zurückziehen, doch die frivole Umgebung, die Selbstverständlichkeit und die samtige Empfindung unter ihren Fingerkuppen ließen sie innehalten. Sie fühlte dort glatte und weiche Haut. Sie tastete über den Schamhügel und konnte sich kaum beherrschen, weil das Gefühl so schön war. Das wohlmeinende Nicken der anderen Frau brachte sie dazu, verschämt die Hand zurückzuziehen. Wieder griff die Badedienerin nach der silbernen

Schale, und Topaz ahnte, dass die Enthaarungsprozedur noch nicht beendet war.

Topaz lag auf dem Bauch, während kundige Griffe, triefend vor duftendem Öl, ihre Kehrseite kneteten. Sie fühlte sich nach der stundenlangen Behandlung schläfrig, willenlos und entspannt zugleich. Man hatte sie von Kopf bis Fuß gesäubert, enthaart, gepeelt, gecremt, geölt und massiert.
Zu behaupten, dass sie es furchtbar fand, wäre eine glatte Lüge gewesen, auch wenn sie auf das gewaltsame Entfernen ihrer Körperhaare künftig gern verzichten würde.

Leyla lag, ebenfalls bäuchlings, auf der Liege neben ihr und wurde von einer weiteren Masseurin durchgeknetet. Leyla hatte keine Hemmungen und gab genießerische Laute von sich. Doch letztendlich drehte sie ihren Kopf und sah Topaz an. Eine Weile musterte sie sie aufmerksam, ehe sie zu reden begann: „Es gibt schlimmere Schicksale als das unsere, oder?“ Sie lächelte spitzbübisch, und zum ersten Mal dachte Topaz, dass Leyla recht haben mochte. Auch wenn es für sie, Topaz, niemals in Frage käme, schon, weil es für sie als Französin undenkbar war, als Sklavin verkauft zu werden. Schließlich war sie keine Barbarin! Plötzlich schoss ihr ein Gedanke durch den Kopf, der ihr im finsteren stinkenden Kerker vor lauter Furcht und Verwirrung und in Anbetracht der Aussichtslosigkeit, jemanden zu finden, der ihr zuhörte, nicht gekommen war: Sie war als Angehörige der Grande Nation nicht in Gefahr, als Sklavin zum Kauf angeboten zu werden!

Sicher würde man sie freilassen, sobald bekannt würde, dass sie nicht hierhergehörte.

Diese Überlegungen vertraute sie niemandem an, stattdessen ließ sie sich später die Naschereien und die eisgekühlten Getränke schmecken, die man ihr und Leyla reichte. Anschließend führte man sie und Leyla in einen Ankleideraum, der größer war als Topaz' Räumlichkeiten in Paris. Sie sank fassungslos auf einen Schemel, von dem sie aber nur Momente, nachdem sie das Polster an ihrer Kehrseite gefühlt hatte, hochgescheucht wurde.

Diesmal kümmerten sich die anderen Sklavinnen und Gefangenen um Leyla und Topaz und hatten sichtlich Vergnügen an dem Ganzen. Sie schnatterten und lachten, umringten Leyla und Topaz und kommentierten ungeniert deren körperliche Gegebenheiten und Aussehen. Eine von ihnen griff nach Topaz' Haar und hob es bewundernd hoch.

„Schön!“, bemerkte sie und nickte zustimmend. Sie deutete auf sich und sagte: „Nart.“ Sie lächelte und entblößte dabei eine perfekte Zahnreihe in Perlweiß.

Topaz legte ihre Hand auf das Dekolleté und stellte sich vor.

„Topaz Garnet?“, echote Nart, worauf Topaz nickte.

Im Nu prasselten nun Namen auf Topaz und Leyla ein. Immer wieder übersetzte Leyla für Topaz, deren Sprachfähigkeiten tatsächlich unzulänglich waren, als die Erzählungen der redseligen Haremsfrauen nach deren Vorstellung fröhlich und aufgeregt auf die zwei einprasselten.

Es stellte sich heraus, dass die Frauen aus den verschiedensten Regionen des Orients stammten. Drei von ihnen erklärten, Leyla und Topaz ein wenig unter ihre Fittiche zu nehmen: Rüya, die aus dem Osmanischen Reich stammte, Qamar aus einer Provinz hoch oben an der Grenze zu Marokko und Tatjana aus Russland. Kurz hoffte Topaz, Tatjana spräche ebenfalls Französisch, doch diese Hoffnung wurde sofort zerstört, als diese radebrechend in Topaz' Muttersprache erklärte, dass sie kaum ein Wort in dieser Sprache beherrsche. Topaz schluckte ihre Enttäuschung hinunter und versuchte, den aufgeregten Fragen ihrer Schicksalsgenossinnen zu folgen und sie zu beantworten.

Als eine hochgewachsene Frau mit sehr langem, schwarzem Haar eintrat, verstummten die anderen ehrfürchtig und verneigten sich vor ihr.

Der Respekt, den ihr die anderen erwiesen, deutete darauf hin, dass sie eine exponierte Stellung unter den Frauen einnehmen musste.

Sie trat näher und umrundete die beiden Neuen. Sie musterte Leyla und Topaz abschätzend, aber nicht unfreundlich.

„Ich bin Sheela", sagte sie kühl. „Ich bin die Meisterin der Sklavinnen. Ihr habt mir zu gehorchen, und wenn euch etwas auf der Seele brennt, kommt ihr als Erstes zu mir."

Ohne auf eine Antwort oder Ähnliches zu warten, klatschte sie in die Hände und scheuchte die anderen auf. Sie redete schnell und mit einem Akzent, der es Topaz unmöglich machte überhaupt etwas zu verstehen. Sie begriff nur so viel, dass es sich um Kleider zu handeln schien.

Die Sklavinnen begannen, Kleidungsstücke heranzuschaffen, zeigten diese ihrer Herrin, die daraufhin ihr Wohlwollen äußerte oder ihren Unwillen kundtat. Schließlich nickte sie den Sklavinnen zu und befahl ihnen offensichtlich, Leyla und Topaz anzukleiden.

Kurz darauf trug Topaz ein dekadentes ärmelloses Hemdchen in dunkelstem Blau, darüber kam eine Weste im selben Blau und mit silbernen Stickereien. Als Nächstes steckte man sie in eine weit geschnittene Hose. Deren Abschlüsse schlossen sich eng um die Knöchel, sodass die Hose die Form ihrer Beine nicht erahnen lassen würde, wäre da nicht der Umstand gewesen, dass der Stoff so hauchdünn war, dass man die Umrisse sehr deutlich erkennen konnte. Topaz schluckte, als man sie vor den Spiegel stellte, damit sie sich bewundern konnte. Nie und nimmer würde sie es wagen, sich in dieser Aufmachung irgendjemand zu präsentieren! Obwohl züchtig bedeckt, offenbarte ihre Kleidung doch mehr, als sie verbarg.

Die anderen Frauen waren entzückt von Topaz' Anblick, und hinter ihr entstand ein kurzer Wortwechsel, in dessen Verlauf Rüya und Qaram stritten, wer sich um ihre Haare kümmern würde. Wenigstens vermutete Topaz das. Die beiden schienen sich zu einigen, denn plötzlich reichte Rüya Qaram die breite Bürste und wandte sich zu dem Teil des Schrankes, in dem allerlei schmückender Zierrat lag, um das Erscheinungsbild der Frauen zu verschönern.

Während Rüya dort wühlte, bedeutete Qaram Topaz, sich auf einen der Schemel zu setzen, und begann dann, sich um Topaz' Haar zu kümmern. Langsam ließ sie die Borsten durch die langen

Strähnen gleiten. Hinter Topaz raunten die anwesenden Frauen, wann immer die Bürste durch das Haar strich. Das Geräusch, das die Behandlung verursachte, als die Borsten durch ihre Mähne fuhren, erinnerten an das Knistern von Seide. Topaz wusste, dass ihre Strähnen nach ausgiebigem Bürsten stets glänzten wie Gold in der Sonne. Unter all den Brünetten, Rothaarigen und Schwarzhaarigen würde sie hervorstechen wie eine Seeanemone in einer Wüste. Sie verbiss sich in den Gedanken, dass sie genau deshalb in Kürze als unschuldiges Opfer erkannt werden würde. Schon sehr bald käme sie in Freiheit und wäre auf dem Weg nach Enfidha, so, wie sie es geplant hatte!

Der Gedanke half ihr und ließ sie stillhalten, als man ihr den Schmuck anlegte: Einen Ring, der mit einer feinen Gliederkette, die über den Handrücken führte, an einem Armband endete. Der Reifen schien aus purem Gold zu sein, massiv und so breit, dass er das gesamte Handgelenk umschloss. Feine Ziselierungen veredelten den Schmuck. Man legte ihr ein auffälliges Halsband um.

Nun hätte sich Topaz gern im Spiegel betrachtet, doch die anderen Frauen waren noch nicht mit ihr fertig. Rüya stellte ein kleines Tischchen neben sich und zog einen kleinen Schemel heran, sodass sie vor Topaz sitzen konnte. Interessiert betrachtete Topaz die Tiegel und Schalen, Pinsel und Schwämme, die herumstanden. Rüya schien genau zu wissen, was sie damit anzustellen hatte, und begann, Pinsel um Pinsel in die Töpfchen zu tunken und Topaz mit Konzentration zu schminken.

„Fertig.“ Rüya nickte zufrieden und sah die anderen Frauen der Reihe nach an.

Neben Topaz saß Leyla und bekam eben noch die Lippen in einem dunklen Burgunderrot angemalt, ehe Qaram den Pinsel beiseitelegte und sich erhob.

Man bewunderte Leyla, aber vor allem Topaz, die neugierig wurde auf das, was man mit ihr angestellt haben mochte.

„Einen Spiegel!“ Rüya machte eine auffordernde Handbewegung und Topaz überlegte, ob es an den wortkargen Ausführungen lag oder an der Sprechweise, dass sie die Frau so gut verstand. Man reichte Rüya einen Handspiegel mit Griff, aus feinstem gehämmerten Gold gefertigt, den sie so hielt, dass Topaz hineinblicken konnte. Die Frau, die ihr entgegenstarrte, erkannte Topaz im ersten Moment überhaupt nicht.

Es war eine wunderschöne, orientalisch anzusehende Frau mit dunkel umrandeten Kleopatra-Augen, rot geschminkten Lippen und alabasterweißem Teint. Ihr Haar glänzte wie gesponnener Sonnenschein, und dazwischen funkelten kleine Saphire, die an dünne Goldschnüre geknüpft waren. Um ihren Hals lag ein breiter Goldreifen mit Ziselierungen, die denen am Sklavenarmband ähnelten.

Die bewundernden und begeisterten Ausrufe der Frauen waren sicher ernst gemeint, doch in Topaz keimte der ungute Gedanke, dass es ihr kein Glück bringen würde, unter den Muselmanen so ein Aufsehen hervorzurufen.

Kapitel 3

Topaz hatte Tage in dem Harem verbracht. In Ermangelung eines besseren Wortes nannte sie ihren neuen Aufenthaltsort so, obwohl sie nicht sicher war, dass dies die richtige Bezeichnung für ein Gefängnis war, in dem man Frauen bis zur nächsten Sklavenversteigerung gefangen hielt. Während Leyla nach wie vor alles mit stoischer Gelassenheit aufnahm, sogar erfreut wirkte, wurde Topaz immer unruhiger und besorgter.

Seitdem sie aus dem Kerker nach oben gebracht worden war, hatte sie keinen Mann mehr zu Gesicht bekommen. Sie wusste, dass die Haremswächter vor den Türen standen, niemanden herausließen, aber ebenso keinem Zutritt gewährten außer den Sklavinnen und Dienerinnen, die stetig für das Wohlergehen und das luxuriöse Leben der Haremsfrauen sorgten.

Immerhin hatte Topaz ihre Sprachkenntnisse soweit verbessern können, dass sie zunehmend weniger Schwierigkeiten mit dem hiesig gesprochenen Dialekt hatte und sich leidlich mit den anwesenden Frauen zu verständigen wusste.

Sie hatte beschlossen, sich alles an Wissen und Informationen über den Harem und die Situation der Frauen anzueignen, was ihr nur möglich war. Vielleicht gelang es ihr, sich nach ihrer Befreiung aus der Gefangenschaft ein paar Sous damit zu verdienen, dass sie Berichte über ihre Erlebnisse im Orient verfasste. Vielleicht schrieb sie sogar einen Roman, einen biografischen Abenteuerroman über ihr

Leben als Sklavin im Harem des Herrschers von Alqadimas.

Doch mit jedem Tag, der verstrich, verlor sie mehr und mehr die Hoffnung, jemals wieder freizukommen. Wenigstens nicht, wenn sie auf Rettung wartete. Wer sollte auch zu ihrer Befreiung herbeieilen? Niemand wusste, dass sie gefangen war, zugleich war sie überzeugt davon, dass es ihr nicht dienlich wäre, zu verzweifeln und etwas zu überstürzen. Stattdessen befragte sie die anderen Sklavinnen und erfuhr, dass sie alle den großen Tag herbeisehnten, an dem sie auf einer Aktion verkauft werden würden. Man erzählte sich, dass zu dieser Gelegenheit nur die reichsten und edelsten Scheichs und Berberfürsten aus ganz Tunesien, Algerien und natürlich Alqadima herbeiströmen würden. Dieses Haus und der Auktionstag waren dafür bekannt, nur die betörendsten und gesündesten Frauen anzubieten, die in ganz Nordafrika zu finden waren.

Topaz konnte es nicht glauben, wie aufgeregt und schicksalsergeben die Frauen waren. Keine von ihnen stellte die Frage, ob es richtig war, dass man sie verkaufen würde wie Vieh. Nicht eine der Frauen hatte irgendwelche Wünsche, Träume oder Hoffnungen, die über die Erwartungen ihres künftigen Herrn, die Festigung ihres Status durch die Geburt eines männlichen Erben und das Verhältnis zu den anderen Frauen im neuen Harem hinausgingen.

Das Einzige, was die Gefangenen ernsthaft interessierte, waren die Liebeskünste, derer die Männer fähig sein sollten. Schon nach dem ersten Gespräch wusste Topaz mehr über die Beschaffenheit des männlichen Körpers, als ihr lieb war, und sie war über verschiedene Aspekte der erotischen Talente, die eine Liebessklavin besitzen sollte, aufgeklärt worden. Die anderen lachten, als sie erkannten, wie ahnungslos Topaz war, was die körperliche Vereinigung zwischen Mann und Frau betraf.

Als ihr die Haremsfrauen verrieten, wie hoch der Wert einer Jungfrau war, packte Topaz erneut das Grauen. Nicht, dass man diesen Umstand zu Hause nicht ebenfalls zu schätzen wusste und sogar voraussetzte, wenn es sich um eine unverheiratete Frau handelte, doch in Frankreich war dies eher eine Sache des moralisch-sittlichen Anstands, dieses Aufwiegen in Währung fand Topaz hingegen obszön. Das war der Moment, in dem Topaz' Vorhaben zu einem eisenharten Versprechen an sich selbst wurde: Sie würde alles tun, um einen Weg in die Freiheit zu finden. Sie würde lügen, betrügen und morden, wenn es sein musste, solange sie nur aus dieser weiblichen Vorhölle herauskam und wieder unter ihresgleichen gelangte.

Sie begann, alles genau zu beobachten, und merkte sich jede noch so kleine Kleinigkeit, die ihr für ihre Flucht dienlich sein konnte:

Die Dienerschaft servierte die Mahlzeiten immer zu denselben Uhrzeiten und es trugen immer die gleichen Sklavinnen und Dienerinnen das Essen herein. Man schätzte es, gut und viel zu essen und so wurden große Mengen an verschiedensten köstlichen Speisen herangetragen. Exotische Früchte, deren Namen ebenso fremd für Topaz waren wie das Aussehen. Gerichte, die so scharf und würzig waren, dass Topaz die Tränen in die Augen stiegen, oder so süß und deliziös, dass es ihr vor Wonne die

Sprache verschlug. Überhaupt fütterten sich die Haremsfrauen mit Vorliebe gegenseitig und lobten runde Hüften, üppige Pos und große Brüste. Eine Frau ohne Bauch sei wie der Nachthimmel ohne Sterne, erklärte Leyla. Man bevorzugte im Orient nicht jene schlanke Silhouette, wie man sie in Europa verehrte, sondern üppige Formen, die man im Abendland zu Rubens Zeiten zum Ideal erhoben hatte.

Topaz, deren Figur eher dem orientalischen Geschmack entsprach, fand in dieser Erkenntnis genauso wenig Trost wie in ihrer Jungfräulichkeit.

Auf ihre Frage, wie oft es denn geschah, dass einer der Wächter in den Genuss der unberührten Anwärterinnen komme, erntete Topaz Gelächter. Sie erfuhr, dass die schwarzhäutigen Männer Eunuchen waren. Jene bedauernswert skurrilen Gestalten, die ihrer Männlichkeit beraubt wurden, bevor sie mit dem Schutz und der Bewachung des Harems betraute. Unter ihrer Aufsicht war die Tugend der Frauen gewährleistet, und kein Besitzer hatte je zu fürchten, nicht der Erzeuger seiner Nachkommenschaft zu sein. Topaz vermutete, dass die Haremswächter aufgrund ihrer Beeinträchtigung nicht für Schäkereien mit den Frauen empfänglich waren. Aber vielleicht täuschte sie sich und die Entmannten erwiesen sich gerade deshalb in besonderem Maße beeinflussbar. Sie entschied, beides in Betracht zu ziehen.

Am liebsten wäre ihr, bei einer Möglichkeit zur Flucht, sich davonzustehlen wie eine Einbrecherin. Doch eine ihrer bevorzugtesten Ideen war, sich als eine der Dienerinnen zu tarnen und sich so davonzuschleichen. Sie musste nur dafür sorgen, dass dies niemandem auffiel. Zumindest nicht sofort.

Bis sich diese Gelegenheit bot brachte sie Nützliches über das Leben außerhalb des Harems in Erfahrung. Völlig unverständlich war ihr, dass es nicht ungewöhnlich war, dass Frauen sich freiwillig in die Sklaverei begaben.

Der Ruf des Muezzins schreckte Topaz aus ihren Überlegungen auf und sie trat ans Fenster. Aus dem gewölbten Einlass konnte sie nur auf das Atrium hinausblicken und den azurblauen Himmel Alqadimas und das Zwiebeldach des Gebetsturmes beobachten.

Wie fremdartig war dieser Anblick! Wie heiß das Wetter! Die Sonne stach erbarmungslos hernieder und nichts schien dagegen zu helfen. Die Glut der Strahlen brannte auf Topaz' Kopf, und schon nach wenigen Minuten im Sonnenschein war ihr Haar so aufgeheizt, dass es sie verblüffte.

Nach einer Weile erstarben die Rufe des Muezzins und Topaz wandte ihren Blick hinunter ins Atrium. Der Innenhof war eine architektonische Meisterleistung, noch nie zuvor hatte sie etwas so Schönes gesehen wie diesen Hof. Rundherum war ein Kreuzgang angelegt, den Topaz bereits mit Leyla und einigen anderen Frauen entlanggeschlendert war. Sämtliche Türen, die von dort in die Nebengebäude führten, waren verschlossen, bis auf jene, durch die man zu den Haremsfrauen und deren Räumlichkeiten gelangen konnte. Das Atrium wurde von blühendem Buschwerk und üppigen Blumenreihen eingesäumt, und der Duft exotischer Blüten schwebte bis zu Topaz herauf. Noch ein paar

Atemzüge gönnte sie sich und ließ dabei ihren Blick über den restlichen Hof schweifen. Überblickte die prachtvollen Arabesken an den Säulen, die orientalischen Mosaike an den Wandsockeln, die eleganten Diwane, die im Hof verstreut standen, und die riesige Voliere, in der bunte Vögel zwitscherten und flatterten und mit ihrem possierlichen Gehabe die Zuschauer amüsierten.

Der Mittelpunkt des ganzen Innenhofes war der Springbrunnen von einem Durchmesser von zwei Metern und mit unterschiedlichen Wasserfontänen, die unermüdlich sprudelten und plätscherten. Silberne Figuren zierten die Mitte und waren besonders ansprechend, wenn man sie vom Hof aus betrachtete. Doch der spezielle Clou war, dass von oben, von dort, wo Topaz hinabsah, das Fliesenmuster in Weiß, Silber und Dunkelblau außerordentlich gut zur Geltung kam.

Sie konnte sich gar nicht an dem Brunnen sattsehen und das Gluckern und Plätschern übte eine hypnotische Wirkung auf sie aus. In solchen Momenten konnte sie verstehen, dass es Frauen gab, die den Harem dem Leben in Freiheit und Selbstständigkeit vorzogen. Für sie selbst galt nach wie vor, dass auch ein mit Juwelen besetzter Käfig ein Gefängnis war, dass die Sicherheit der Versorgung durch einen Herrn trügerisch war und nur eine andere, perfidere, nicht offensichtliche Art der Unterdrückung. Schon immer hatte Topaz sich vom Zitat Olympe de Gouges' angesprochen gefühlt, das besagte, dass eine Frau auch eine Stimme in der Öffentlichkeit besitzen sollte, wenn man ihr die Strafe der Hinrichtung zumutete.

Topaz wollte frei und unabhängig leben, wollte eigenständig für sich entscheiden, wann und wohin sie ging. Sie konnte und würde für sich selbst sorgen, ihre Anstellung als Lehrerin gab ihr die Chance dazu. Die Vorstellung, am Gängelband eines Mannes gefesselt zu sein, war ihr ein Gräuel. Mit dem Klatsch und Tratsch der Leute kam sie zurecht, war sie schon immer. Sie hatte sich nie etwas zuschulden kommen lassen und ihr Leumund war einwandfrei. Das respektieren ihre Mitmenschen.

Eine Hand legte sich auf ihren Rücken. „Topaz?" Leylas dunkle Augen wirkten fragend. Ihr Blick musterte sie forschend. „Komm, setz dich zu uns, wir trinken süßen Tee. Willst du uns nicht Gesellschaft leisten?"

Topaz ließ es sich selten entgehen, bei den Frauen zu sitzen, ihnen zuzuhören, mit ihnen zu reden und dabei ihre Sprachkenntnisse zu verfeinern und alles über das Leben im Orient und besonders in Alqadima in Erfahrung zu bringen. Auf diese Art lernte sie die Menschen, ihr Denken, ihre Wünsche und Hoffnungen besser kennen, als wenn sie dies durch Reiseberichte versuchen würde. Dass sie die Frauen mochte und sogar ins Herz geschlossen hatte, war ein weiterer Grund dafür, dass sie die Nähe der anderen suchte.

Sie folgte Leyla zu der niedrigen Sitzecke, wo bereits rund zehn der Frauen des Harems um einen Tisch saßen, auf dem silberne Kannen und kleine Silberbecher bereitstanden. Schalen mit Zucker, Honig, Datteln, Feigen und süßen, saftigen Pfirsichen ergänzten die Teetafel und beim Anblick der Pfirsiche lief Topaz das Wasser im Mund zusammen. Sie hatte die Früchte mit der samtigen Schale hier im Harem lieben gelernt und aß sie ständig. Der Geschmack, wenn der Saft sich über ihrem Gaumen ausbreitete, und der Duft, der ihr in die Nase stieg, erschien ihr unvergleichlich. Am liebsten hätte sie in Pfirsich gebadet, wenn das möglich gewesen wäre.

Die Sitzenden rückten ein Stück zusammen, sodass Topaz und Leyla Platz fanden. Man reichte ihnen Tee, bot ihnen Naschereien aus den Silberschalen an und schwatzte munter miteinander.

„Schon in zwei Tagen ist die Versteigerung!“, erzählte Ebru, eine Tscherkessin mit sanften braunen Augen und einem Teint, für den jede Frau bereitwillig töten würde. Sie wirkte freudig aufgeregt, während Topaz fast vor Schreck den Teebecher fallen ließ.

Leyla bemerkte Topaz’ Schock und legte ihr beruhigend die Hand auf den Unterarm. „Es wird sich alles fügen, so es Allah beliebt“, erklärte sie beruhigend und Topaz nickte.

„Du solltest deine Zeit nicht mit Ängsten vergeuden, Topaz“, mischte sich Rüya ein, die an ihrer anderen Seite saß. „Wir sind hier und müssen unser Kismet so annehmen, wie es ist. Doch Allah hat es gut mit uns gemeint, dass er uns hierhergeführt hat. Wir werden Herren finden, die unsere Talente und Gaben zu schätzen wissen.“

Die anderen Frauen nickten zustimmend. Sie murmelten Aufmunterndes, und Topaz versuchte, sich nicht anmerken zu lassen, wie wenig sie die versöhnlichen Worte der Haremsinsassinnen beruhigten. Sie wollte sich weder mit ihrem Schicksal abfinden, noch überzeugen lassen, dass es gut war, wie die Dinge standen.

Topaz hatte es sorgfältig geplant.

Im Harem saß man in Grüppchen beieinander, sobald es das Nachtmahl gab. So war es ein Leichtes, nicht aufzufallen, wollte man sich absondern. Topaz hatte Leyla gegenüber behauptet, bei der Gruppe Haremsdamen, die aus Russland und Tscherkessien stammten, essen zu wollen. Leyla empfand gegen diese Frauen eine Abneigung, sodass sie sich Topaz nicht anschloss.

Als die Dienerinnen das Essen auftrugen, gelang es Topaz, eine von ihnen abzusondern und in den Ankleideraum zu locken. Dort kauerte sie nun in einer Ecke, während Topaz in die Kleider des Mädchens schlüpfte und den Jaschmak über ihr Haar zog, damit keinem ihr Blondhaar ins Auge stach. Dann imitierte sie die zusammengesunkene Haltung der Dienerin, die hängenden Schultern, den eingezogenen, vornüber geneigten Kopf und schlurfte in die Gemeinschaftsräume zurück.

Topaz kniete sich nieder und sammelte einiges an benutztem Geschirr zusammen, stellte es auf das Tablett und erhob sich. Ihr Herz klopfte so laut, dass sie sich sorgte, jeder im Raum würde es hören. Sie senkte ihren Kopf und hoffte, niemand sähe genauer hin und vor allem nicht in ihr Gesicht. Wenn keinem ihr in dieser Gegend seltenes blondes Haar auffiel, das sie mit dem Schleier verdeckt hatte, könnte ihr Fluchtversuch gelingen. Doch sie konnte nicht ausschließen, dass die eine oder andere Strähne den Weg in die Freiheit fand und trotz des schlechten Lichts in der Abenddämmerung auffiel.

Sie bewegte sich Richtung Ausgang, so nervös, dass sie fast schon fürchtete, ohnmächtig zu werden. Das Blut toste in ihren Ohren und ihre Knie bebten und zitterten, während sie ein ums andere Mal einen Fuß nach dem anderen aufsetzte und zur Tür lief. Noch hatte sie sich keine Gedanken darum gemacht, ob und wie sie aus dem Haus gelangen konnte. Sie hoffte einfach, dass die Dienerinnen nicht ebenso gefangen gehalten wurden wie die Haremsbewohnerinnen. Vermutlich war sie sehr dumm, ohne exakte Kenntnis der Lebensumstände in Alqadima fliehen zu wollen. Vielleicht durften Frauen, selbst Dienstbotinnen und Sklavinnen im Besonderen, überhaupt nicht ohne Begleitung auf die Straße hinaus. Doch im gleichen Moment schüttelte sie diese Gedankengänge ab. Es war zu spät, sich darüber jetzt noch Sorgen zu machen. Sie wollte erst einmal aus dem Harem entfliehen, alles andere würde sich finden. Plötzlich schoss eine Hand aus dem vermeintlichen Nichts und packte ihren Unterarm. „Schwester, was hast du vor?“, zischte eine Stimme.

Blinzelnd sah Topaz in Leylas Gesicht. Die sonst immer freundlich lächelnde Maurin schien vor Wut zu kochen. Ihr Griff verstärkte sich und quetschte ihr Fleisch schmerzhaft. Topaz’ Hoffnungen erstarben. Jetzt war es vorbei. Leyla ließe nicht zu, dass sie floh. Dennoch unternahm sie einen Versuch, sie zu überreden.

„Leyla, bitte, ich muss es versuchen. Ich möchte nach Hause zurückkehren!“

Erneut drückte Leyla zu, ihre Lippen bebten und dann kam Bewegung in sie. Sie zwang Topaz an ein Tischchen, das an einer der Wände stand. „Stell das Tablett ab. Wo ist die Sklavin, der du die Gewänder abgenommen hast?“

„Im Ankleidezimmer“, flüsterte Topaz mit erstickter Stimme. Tränen wollten sich in ihre Augen stehlen, doch sie drängte sie zurück. „Lass mich gehen, bitte!“

Leyla sah sie nur an, als hätte sie den Verstand verloren, und zerrte sie hinter sich her.

Kurz darauf wurde sie von Leyla in das Kleidergemach gestoßen und stolperte vorwärts. Leyla schloss die Tür hinter sich und drehte sich um. Sie entdeckte das Mädchen sofort, das dort zwischen den Kleidertruhen kauerte, nackt und zitternd vor Angst.

Leyla wandte sich an Topaz. „Wie hast du sie dazu gebracht, dir ihre Kleider zu geben und nicht Alarm zu schlagen?“

Topaz biss sich auf die Lippen und fühlte Scham aufsteigen. „Ich habe behauptet, in meiner Heimat eine mächtige Zauberin gewesen zu sein und sie in ein Schwein zu verwandeln, wenn sie es nicht täte.“

Leyla schüttelte den Kopf. „Du bist nicht nur dumm, du bist auch noch grausam!“ Sie wandte sich an die Dienerin und redete auf sie ein, so schnell, dass Topaz kaum etwas verstand, dann schenkte Leyla ihre Aufmerksamkeit wieder Topaz. „Gib dem Mädchen die Kleidung zurück“, befahl sie.

Topaz gehorchte, und Leyla schickte kurz darauf das Mädchen fort, nicht ohne ihr eine Dattel zuzustecken.

Leyla seufzte. „Ich habe nicht geglaubt, dass du etwas so Törichtes tun würdest. Du hast keine Ahnung, was das für Folgen gehabt hätte, oder? Mit so einer Aktion landest du schneller, als dir lieb ist, erneut im Kerker und damit hättest du noch Glück. Viel wahrscheinlicher wäre, dass man dich zur Abschreckung hingerichtet hätte. Und die Dienerin sowieso!"

„Aber sie hat sich doch von mir einschüchtern lassen. Sie hatte Angst vor mir!"

Leyla verzog ihr Gesicht höhnisch. „Du bist eine Barbarin. Das arme Ding konnte nur zwischen Tod und Tod wählen. Du hast ihr keine Chance gegeben. Barmherzig wäre es gewesen, ihr die Kehle durchzuschneiden, damit sie von Folter und Todesstrafe verschont geblieben wäre."

Leyla erkannte die Bestürzung in Topaz' Gesicht und schnalzte vorwurfsvoll mit der Zunge. Sie trat näher und legte ihre Hände auf Topaz' Schultern. „Wenn du einen grausamen Herrn hast, so kann er beschließen, dass er deinen bloßen Versuch zu fliehen damit bestraft, alle Frauen des Harems hinzurichten. Ein Mann muss stark und streng sein, Schwäche zu zeigen ist für einen Anführer verhängnisvoll, besonders für einen Alqadimaner. Seine Anhänger würden ihn nicht mehr respektieren und seinen Führungsanspruch in Frage stellen. Also wird er jegliche Insubordination mit Härte ahnden", erklärte Leyla. „Ich sage dir dies nicht, um dich zu ängstigen oder dir deinen Mut zu rauben. Ich habe dich lieb gewonnen wie eine Schwester, und mein Herz wäre untröstlich, wenn dir etwas zustieße. Deswegen warne ich dich: Akzeptiere das Schicksal, welches Allah dir zugedacht hat. Er mag grausam erscheinen, doch er ist gütig zu denen, die gehorsam sind. Bitte, Schwester, sei gefügig! Wenn nicht aus Barmherzigkeit deinen Gefährtinnen gegenüber, dann um deiner selbst willen!“

Topaz starrte in Leylas bekümmerte Miene, erkannte die Sorge und das Mitgefühl bei ihrer Freundin und merkte, wie ihr Widerstand bröckelte und dass alle Hoffnung in sich zusammenfiel wie ein Spielkartenhaus.

Die Vorstellung, Leyla oder eine der anderen Frauen müssten für ihren Fluchtversuch auf so schreckliche Art büßen, weckten Schuldgefühle in Topaz. Derartige Folgen für andere wegen ihres Handelns könnte Topaz sich nie verzeihen. Während sie Leyla umarmte und ihr versicherte, auf sie zu hören und ihrem Rat zu folgen, schmiedete sie Pläne, davonzulaufen, sobald man sie in ihr neues Zuhause bringen würde.

Wenn ihr Herr und Meister sie noch nicht seinen anderen Sklavinnen vorgestellt hatte, würde er keinen Grund haben, diese zu bestrafen. Außerdem wäre es sicher leichter zu fliehen, wenn sie außerhalb dieser Mauern war.

Nicht einmal die Sprache stellte mehr ein allzu großes Hindernis dar. Sie hatte fleißig gelernt und geübt und auch wenn ihre Aussprache sie noch als Ausländerin enttarnte, so verstand sie Arabisch mittlerweile recht gut.

Geduldig hatte Topaz sich nach dem Bad, das wie immer denselben fast schon zeremoniellen Abläufen gefolgt war, kunstvolle Muster auf die Haut auftragen lassen. Hände und Fußrücken zierten nun Ranken aus rotbrauner Farbe. Ihre Kleidung bestand aus einem grünen Leibchen, einer dieser weiten Pumphosen, ebenfalls in Grün, und aus Slippern, deren Leder so weich war, dass es sich anfühlte wie eine zweite Haut.

Jetzt vor dem Spiegel musste sie zugeben, dass sie auf verstörende und exotische Weise hübsch aussah. Das Haar hatte man ihr so lange gebürstet, bis es wie Seide glänzte. Auf ihrem Haupt saß eine Kopfbedeckung, die wie eine Kappe aus Goldperlen und grünen Saphiren gehäkelt wirkte und an deren Ende unzählige Schnüre aus eben diesen Perlchen und Edelsteinen auf ihrem Kopf lagen.

Zu guter Letzt hatte man sie wieder geschminkt, sodass ihre Augen wie große Katzenaugen in ihrem hellen Gesicht strahlten. Die Lippen, rot und glänzend, wirkten so verführerisch, dass selbst Topaz zugeben musste, dass sie zum Küssen einluden.

Sie riss ihren Blick vom Spiegel los und sah nach Leyla.

Den ganzen Tag schon herrschte hektische Aufregung in den Frauengemächern. Einer der Eunuchen war noch vor dem Frühstück in die Räumlichkeiten gekommen und hatte die Haremsdamen ausgewählt, die am heutigen Tag versteigert werden würden. Die Frauen, die aufgerufen wurden, erhielten Glückwünsche und Neid gleichermaßen von denen, die nicht ausgesucht worden waren.

Der Eunuch hatte dann die Badedienerinnen und Haussklavinnen hereingeholt, die sich nun ganz speziell um Topaz und ihre Leidensgenossinnen kümmerten, sie massierten, ölten, wuschen, frisierten und schminkten.

Topaz gesellte sich zu Leyla, die an der Wand lehnte und mit gelassener Miene die Szenerie beobachtete. Topaz wurde klar, wie sehr sie die freundliche Maurin in ihr Herz geschlossen hatte und dass sie sich nach diesem Abend nie wiedersehen würden. Auch Leyla schien sich mit diesem oder ähnlichen Gedanken zu beschäftigen und wandte sich ihrer europäischen Freundin und Vertrauten zu. Sie griff nach ihren Händen.

„Schwester, du wirst mir fehlen!“, flüsterte sie und blinzelte die Tränen fort, die sich aus ihren Augen stehlen wollten. Ein paar Momente lang schaffte sie es, doch dann gab es kein Halten mehr und sie heulte wie der sprichwörtliche Schlosshund. Sie umarmte Topaz fest. „Möge Allah dir gnädig sein, und möge er dein Herz stark, aber nicht hart werden lassen!“

„Möge Allah dich beschützen und dir nur das Beste gewähren, Schwester!“ Topaz’ Tränen kullerten über ihre Wangen, während Leyla schniefte und jammerte. Im Gegensatz zu ihr würde Leyla sich damit abfinden, eine Sklavin zu sein. Sie war wunderschön mit ihren mandelförmigen, fast schwarzen Augen, ihren vollen Lippen und dem milchkaffeedunklen Teint. Ihre Figur besaß genau das Maß an Rundungen und Gelenkigkeit, an dem ein Mann Gefallen finden könnte. Sie hoffte so sehr, dass Leyla einen guten, freundlichen Herrn fand, wie sie für sich selbst einen raschen und sicheren Fluchtweg herbeisehnte.

Eingeschüchtert überblickte Topaz die Menge der glutäugigen Männer in den fremdartigen Gewändern und mit den dunklen Gesichtern. Viele von ihnen waren hochgewachsen, wirkten ruhig und ernst, doch es waren auch solche unter ihnen, die lachten und mit den Nebenmännern flüsterten.

Sie befanden sich in der Eingangshalle, die Topaz nur zweimal betreten hatte. Einmal als man sie hierher verschleppt hatte, nachdem die Berberpiraten ihr Schiff gekapert hatten, und dann als man sie aus dem Kerker hinaus in die Frauengemächer gebracht hatte.

Die Tribüne, auf die man sie nun führte, war neu oder wurde nur für die Versteigerung der Sklavinnen aufgebaut. Auf jeden Fall konnte Topaz sich nicht erinnern, sie zuvor schon gesehen zu haben. Sie ließ ihren Blick schweifen und entdeckte einen Orientalen mit strengen, aber feinen Gesichtszügen, nicht mehr ganz jung, jedoch deutlich älter als sie selbst. Als er sie bemerkte, leuchteten seine Augen auf, und das Blitzen und Lächeln ließ Topaz hoffen, er möge sie ersteigern. Er wirkte interessiert und freundlich. Topaz hatte den Eindruck, er könnte der Richtige sein. Jemand, der sie gut behandelte, doch nicht zu kontrollierend sein würde, sodass es ihr einfach fallen würde, davonzulaufen.

Sie lächelte ihm zu, dann wurde sie vorwärtsgedrängt. Nun befand sie sich in einem Pulk Frauen im hinteren Teil der Tribüne, die dafür sorgte, dass die Männer die zu versteigernden Sklavinnen auf jeden Fall gut betrachten konnten. Man hatte ihnen befohlen zu schweigen, so wagte es Topaz nicht, mit Leyla zu schwatzen, die neben ihr stand und nun ebenfalls ein wenig aufgeregt wirkte.

Nur mit der Hose, den Slippern und der Weste angetan, fühlte sie sich fast nackt. Vor allem jetzt, wo Männer sie zu Gesicht bekamen. Sie hatte sich daran gewöhnt, vor den Frauen dürftig bekleidet zu sein, genoss es auch durchaus, von den unzähligen Schichten verhüllt zu sein, die man Frauen in Europa aufzwang. Doch als sie vor den zahlreichen fremden Männern Stellung bezog, merkte sie, wie unwohl ihr zumute war. Selten hatte sie ihre Unterröcke, Rock, Korsett, Hemdchen, Leibchen, Bluse und Jacke so sehr vermisst wie in dieser Situation. Sie hätten ihr Selbstsicherheit geschenkt.

Eine Haarsträhne kitzelte ihre Wange und erinnerte sie daran, wie liederlich und schamlos man zu Hause ihre ungezähmte Mähne empfinden würde. Die körperliche Freizügigkeit machte ihrem Gemüt heftig zu schaffen.

Ein Mann schritt gemächlich, mit hocherhobenem Kopf und selbstzufriedener Miene, auf die Mitte der Tribüne, während er seine Blicke über die Sklavinnen gleiten ließ.

Er grüßte die Anwesenden und befahl der ersten Frau, vorzutreten. Sie hatte gerade erst die Schwelle zum Erwachsensein überschritten, ihre Brüste reckten sich straff und klein unter dem langen Gewand, in das man sie gesteckt hatte. Man hatte ihr Haar an den Seiten hochgenommen und den Rest der Haarmähne über ihren Rücken fallen lassen. Sie zitterte und ihre Lippen bebten, ansonsten ließ sie sich ihre Furcht nicht anmerken, stand aufrecht und reglos neben dem Sklavenhändler und wurde angepriesen wie Äpfel auf dem Pariser Wochenmarkt. Die Vorstellung weckte Topaz' Ekel. Wie barbarisch war eine Kultur, die so etwas zuließ? Dass man Mütter, Töchter, Schwestern als Sklavinnen verkaufte, dass sie betatscht wurden wie Vieh?

Eben zog ein Händler an der Schnürung des Gewands, öffnete es und legte die Brüste der Sklavin frei. Einige der Männer starrten gierig auf die junge Frau, auf ihren Busen, ihr Gesicht – was sie dachten, konnte man erahnen –, andere betrachteten sie eher gleichgültig und mit der Berechnung von Krämerseelen. Topaz wusste nicht, was sie grusliger finden sollte.

Als der Sklavenhändler vor den Augen aller an die Brüste des Mädchens griff, sie quetschte und über die Nippel rieb, die daraufhin mehr durch die Reibung denn aus Lust reagierten, wurde Topaz übel. Auch das Mädchen schien dies nur aus Angst und Gehorsamkeit über sich ergehen zu lassen. Sie wandte ihren Kopf zur Seite, fort von dem Mann, und blickte zu Boden.

Der Verkäufer lachte, ließ von den Brüsten ab und einer der Besucher der Auktion rief ihm zu: „Faridh, scheint, als löste deine warzige Hand eher Beschämung als Lust aus!"

Faridh, der Sklavenhändler, griente, packte das Kinn der jungen Frau und zwang ihr Gesicht wieder nach vorn. „Sie ist schüchtern, ich finde, das verdient einen Extrabonus, was lasst ihr euch diese Berberprinzessin kosten? Seid nicht sparsam, sie ist jeden Denar und noch mehr wert!"

Die Gebote schienen ihm zu niedrig, denn er pries sie immer weiter an, spottete und feilschte, bis ihm der Preis genehm war. Er gab einem zahnlosen Greis den Zuschlag, der sofort zur Tribüne humpelte, wo ihm einer der Eunuchen die junge Frau übergab. Heftiges Mitleid überkam Topaz. Sie beobachtete die beiden, bis sie aus der Halle hinaus ins Freie verschwunden waren.

Nur noch wenige Frauen standen auf der Tribüne, als Faridh nach Topaz griff und sie mit sich zog. Er roch nach aromatischen Kräutern und Schweiß. Seine Hände waren feucht, und als sein Blick über ihren Körper glitt, funkelten seine Augen gierig. Topaz wusste nicht, ob es ihr Aussehen oder die Aussicht auf das Geld, das sie seiner Börse einbringen würde, war, dass die Gier in ihm hervorrief.

Schamerfüllt senkte sie ihren Kopf, starrte auf ihre Fußspitzen und wünschte sich, dies alles wäre nur ein Traum. Ein scheußlicher, langanhaltender Albtraum, aus dem sie jeden Moment erwachen und über den sie anschließend lachen würde, sobald der Schrecken verdaut worden war. Sie hätte eben doch nicht so viel Klatsch und Tratsch und Reiseberichte lesen sollen, sondern neben den Schriften Rousseaus und de Gouges lieber Erbauliches für ihr Gemüt.

Sie schluckte hart, bemerkte den wilden und unangenehmen Herzschlag in ihrer Brust und wusste, dass es kein Albtraum war, dass dies alles wirklich geschah, dass es keine Hoffnung mehr für sie gab, dass sie gefangen in einer Realität war, für deren Vorstellung ihr bis zu diesen Ereignissen die Fantasie gefehlt hatte. Aber bei den Gargoyles Notre Dames! Sie war eine Französin! Eine Angehörige der Grande Nation, und sie würde diesen Wüstenteufeln nicht die Genugtuung geben, sie in Panik und in Tränen aufgelöst zu erleben.

Sie hob den Kopf, reckte das Kinn und fixierte den Sklavenhändler rebellisch. Er registrierte ihren Kampfgeist mit leisem Lachen und wandte sich an die Kaufinteressenten. „Wie ihr seht, sprüht diese hier vor Temperament, und dabei ist ihre Haut so weich wie Samt und ihr Haar nicht nur wie Seide, sondern auch von der Farbe der Sonne!" Er packte eine Handvoll ihrer Strähnen und hob sie hoch. Die blonden Haare hingen zwischen den Fingern seiner geballten Hand und bewegten sich sacht wie Seidenfäden. Selbst in dieser Situation musste Topaz zugeben, dass sie wunderschön waren, so glänzend wie gesponnenes Gold und fein wie Feenhaar.

Faridh redete weiter und Topaz hatte Mühe stillzuhalten. Einzig der Gedanke, die anderen Frauen im Harem des Frauenhändlers müssten am Ende büßen, hielt sie davon ab, sich loszureißen oder anderweitig zu protestieren. Sie konnte kaum seinen Ausführungen lauschen, die sie entwürdigend und ekelerregend fand.

In dem Versuch, sich nicht anmerken zu lassen, dass sie die Menge der Herren musterte, ließ sie ihre Blicke wandern. Das Ergebnis war ernüchternd. Keiner der Barbaren wirkte auch nur annähernd kultiviert oder anziehend. Sie entdeckte dunkle Gesichter mit gegerbt wirkender Haut, faltig, runzlig. Harte Züge, Lippen, die sich aufeinanderpressten, gierige, abschätzende Blicke. Manche Augen waren gerötet und statt weißer Augäpfel schienen sie schmutzig gelb, andere hingegen besaßen klare Farben, strahlendes Weiß, Braun in allen Schattierungen, sogar einige wenige Blauäugige waren zu finden. Mit einem unterdrückten Schaudern wandte sie sich ab. Im nächsten Moment explodierte die Angst in ihr, weil der Sklavenhändler, ihre Weste zurückschob und über ihre Schultern streifte.

Das Kleidungsstück blieb auf Höhe der Ellenbogen hängen, und der enge Schnitt zwang sie zu einer Körperhaltung, die sie ihre nackten Brüste vorrecken ließ. Sie fühlte das Prickeln in den Nippeln, spürte, wie die rosigen Spitzen sich versteiften. Als ihr Blick hochflog, erhaschte sie einen Hünen mit wild gelocktem Vollbart und schmalen Augen, der sie durchdringend fixierte. Sein Anblick erweckte ihre Furcht in bisher ungeahntem Ausmaß. Diese Art der Angst war ihr unbekannt, und sie wusste mit einem Teil ihres vernünftigen Denkens, dass sie noch nicht einmal ansatzweise erfahren hatte, was es hieß, in Panik zu geraten. Sie schluckte und sah fort, hoffte, ihr Eindruck täuschte, oder dass er nicht genug Geld besaß, um sie zu kaufen. Etwas sagte ihr, dass sie, wenn sie seine Sklavin wäre, genau erführe, was es hieß, verzweifelt und verloren zu sein. Ihre Hoffnung erfüllte sich nicht, der Muselmane mit dem wilden Vollbart hatte alle anderen überboten.

Wie betäubt ließ sich Topaz nach der Versteigerung das Sklavenhalsband anlegen. Gehorsam hob sie die Hände, um sich dort ebenfalls Fesseln ummachen zu lassen, das waren metallene Bänder, die zwar Spielraum zwischen Haut und Eisen ließen, doch dadurch kein bisschen weniger angenehm wurden. Als sich die Schnalle um ihr Gelenk klackend verhakte, hatte Topaz das Gefühl, auf eine grausame Art gestorben zu sein. Nichts, was sie ausmachte, nichts von dem, was sie gewesen war, war nun noch wichtig.

Die Ketten klirrten, als sie sich bewegte. Das Gewicht der Eisenketten zog sie nach vorn. Ein Blick zu ihren Leidensgenossinnen zeigte Topaz, dass nur sie in Ketten gelegt worden war. Keine andere wurde auf diese Art gedemütigt. Sie entdeckte Leyla, deren neuer Herr ein Kaufmann aus Tunis war, der sie mit der Miene eines Mannes musterte, der einen großartigen Schatz gefunden hatte. Trotz ihres eigenen Elends freute sich Topaz für ihre Freundin. Offensichtlich würde es ihr gut ergehen im Haus ihres Besitzers, sie würde, wenn nicht geliebt, dann doch geschätzt werden und bestimmt würde Leyla sich mit ihrem Schicksal abfinden und sogar anfreunden. Schließlich war es für sie nie eine ähnliche Tragödie gewesen wie für Topaz. Leyla erwartete ein gutes Leben, das hoffte und wünschte sich Topaz für sie.

Ihre Blicke trafen sich über das Menschengewusel hinweg. Leyla lächelte aufmunternd, doch in ihren Augen lag Trauer. Sie hob die Hand, senkte den Kopf und verabschiedete Topaz gestenreich. Topaz kannte die Bedeutung dieser Handbewegungen nicht, ahnte nur, dass es etwas Ehrerbietendes sein musste und hätte das gern erwidert. Sie begnügte sich aber damit, ihre Hand auf ihre Brust zu legen, zu lächeln und ihren Kopf zu neigen. Das war die einzige Geste, die sie kannte und über deren Bedeutung sie Leyla aufgeklärt hatte.

Dann spürte sie einen groben Ruck an Hals und Handgelenken und folgte ihrem neuen Herrn widerwillig. Das Herz wog schwer in ihrer Brust, denn sie wusste, dass sie Leyla nie wieder in ihrem Leben sehen würde. Erneut hatte ein Mensch sie verlassen. Dass es gegen deren Willen geschah, tröstete Topaz nicht.

Der Muselmann zerrte sie hinter sich her. Obwohl sich Topaz anstrengte, so schnell zu laufen, wie es ihr nur möglich war, gelang es ihr nicht, mit ihm mühelos Schritt zu halten. Sie stolperte mehr recht als schlecht hinter ihm her. Auch wenn ihr ein- oder zweimal die Blicke der Menschen auffielen, die ihr mitleidig nachsahen, half es ihr nicht gegen das Reißen der Fesseln oder gegen die Schmerzen in den Füßen wegen der Schuhe, die sich für einen Fußmarsch als denkbar ungeeignet erwiesen. Sie betrachtete den Rücken des Mannes, der sie gekauft hatte. Er trug ein langes Gewand, ähnlich einem Nachtgewand, so wie es hier offenbar üblich war. Auf dem Kopf hatte er etwas, das wie eine Kappe mit einer Krempe aus gerolltem Stoff aussah. Turban hieß das, hatte ihr Leyla erzählt, und dass das Tuch, das an der Seite herabhing, dafür gedacht war, vor Staub und Sand zu schützen, vor allem beim Durchqueren trockener, sandiger Gebiete.

Es wunderte Topaz, dass er sie zu Fuß durch die Stadt laufen ließ. Da er für sie eine unerhörte Summe gezahlt hatte, musste er reich sein, zumindest aber wohlhabend. Warum er dann lief, war ihr ein Rätsel, noch dazu ohne Gefolgschaft oder wenigstens einer Leibwache zu seinem Schutz.

Abrupt hielt er an, sodass Topaz beinahe in ihn hineingerannt wäre. Er wandte sich zu einem Holzportal, in dessen Mitte ein Löwenkopf eingelassen war. Dieser trug einen goldenen Ring im Maul, den der Orientale packte und damit gegen das Türblatt donnerte. Fast sofort wurde das Tor knarrend geöffnet. Ein verhutzeltes, dunkelbraunes Gesicht starrte heraus. „Herr, Ihr seid schon zurück?“

„Lass uns rein“, murrte der Mann.

„Sofort, Malek.“ Der Dienstbote zog die Tür weiter auf, so weit, dass Malek und Topaz eintreten konnten.

Als hinter ihnen das Tor ins Schloss krachte, war der Knall für Topaz wie ein Schlag in die Magengrube. Dem Laut haftete etwas Endgültiges an.

Malek, ihr Sklaventreiber, wandte sich ihr zu und musterte sie.

„Was sagst du, alte Vettel?“, fragte er die hutzlige Alte, die das Tor aufgeschoben hatte.

Sie grinste und entblößte dabei einen Mund mit etlichen schwarzen Löchern und gelben Zahnstummeln. „Ein hübsches Vögelchen habt Ihr da erstanden, was wollt Ihr mit ihr anstellen?“

„Ich bin mir noch nicht sicher. Zwischen ihren weißen Schenkeln zu liegen, würde mich durchaus reizen“, erklärte er kalt.

Topaz überlief ein eisiger Schauer bei der Vorstellung, er täte genau das, schöbe seinen Schwanz in ihre bis dahin unberührte Mitte und schändete sie.

„Denkt daran, dass Ihr Scheich Karim ben Said al-Wahhab noch ein Geschenk schuldig seid. Diese Schöne hier könnte das Richtige sein.“

Malek brummte und die Enttäuschung in seiner Miene erleichterte Topaz ein wenig.

„Wir werden sehen, ich könnte dennoch meinen Spaß mit ihr treiben.“ Er schien wirklich nicht glücklich über den Gedanken zu sein, sich in Enthaltsamkeit zu üben.

Er zog sie an der Kette zu sich heran und packte sie am Po. Seine Hände lagen wie die Pratzen eines riesigen Bären darauf, und sein Griff war so fest, dass Topaz nicht einmal daran zu denken brauchte, sich zu befreien. Genauso gut hätte sie versuchen können, eine Ziegelmauer mit bloßen Händen einzureißen. Oder ein Pferd davonzutragen. Sie keuchte frustriert und wandte ihr Gesicht ab, als seines näherkam.

„Zier dich nicht“, befahl er barsch. „Du gehörst mir und wirst tun, was auch immer ich dir befehle“ Seine rechte Hand legte sich auf ihren Hinterkopf und zwang sie in Position, sodass er seine wulstigen Lippen auf die ihren pressen konnte. Seine Zunge zwängte sich in ihren Mund, und als sie ihre Zähne zuschnappen ließ, heulte er erstickt auf. Er stieß sie so heftig von sich, dass sie zu Boden fiel. Der Schmerz, als sie auf den Hintern aufkam, war offenbar nicht halb so schlimm wie der, den ihr Biss verursacht hatte. Malek hielt die Hand vor seinen Mund und seine schwarzen Augen schleuderten förmlich Blitze. Vielleicht hätte Topaz Angst verspüren müssen, doch sie fühlte in diesem Moment gar nichts, nur Fassungslosigkeit und den Wunsch, hier wegzukommen.

Nach einer schier endlos dauernden Weile, wandte sich Malek an die Greisin: „Bring die Sklavin in den Harem und untersuch sie. Ich will sicher sein, dass sie gesund und unberührt ist. Ist sie es nicht, wird sie noch heute Nacht meinen Schwanz in ihrer Möse spüren. Und nicht nur dort, ich werde jedes ihrer

Löcher schänden, bis sie zu wund ist, um zu laufen.“ Mit ein paar raschen Schritten war er bei Topaz, zerrte sie hoch und starrte sie wütend an. „Du kannst dankbar sein, wenn du noch unberührt bist. Falls nicht, wirst du mir heute Nacht auf jede nur erdenkliche Art im Bett zu Willen sein. Ich rate dir, mir gut zu dienen, denn sonst wirst du es bitterlich bereuen“, flüsterte er an ihrem Ohr.

Dann reichte er der Alten die Kette, an der Malek Topaz durch die Straßen geführt hatte. Er machte eine Handbewegung und ein junger Mann im gleichen Gewand, wie Malek es trug, eilte herbei. An seiner Schärpe steckte ein Säbel, dessen Griff der Wächter mit den Fingern umschloss. Er neigte seinen Kopf und legte ehrerbietig die andere Hand auf seinen Brustkorb.

„Geleite sie zu den Frauengemächern. Aber Vorsicht, die Sklavin ist wild und ungezähmt.“

Malek rührte sich nicht, während die Greisin an der Kette zerrte und Topaz über den Innenhof führte. Es war ein kleiner Hof mit großen Sandsteinplatten am Boden und weiß gekalkten Mauern. Es gab einen vergleichsweise winzigen Säulengang und nur zwei Türen, durch die man in die Gebäude gelangte. Über eine Treppe aus Sandstein kam man ins erste Geschoss, wo sich eine Galerie befand, von der aus mehrere Eingänge in die Räumlichkeiten des Hauses zu führen schienen.

Die Alte mochte gebückt laufen und nur langsam vorwärtskommen, weil sie humpelte, doch sie tat es mit einer Zielstrebigkeit, die keinen Zweifel daran ließ, dass sie Maleks Auftrag ausführen würde. Der Wächter lief hinter den beiden Frauen her, und

Topaz war sicher, dass er keinen Augenblick zögern würde, sie von jedem Fluchtversuch abzuhalten. Statt etwas derart Törichtes zu versuchen, überblickte Topaz ihre Umgebung, um herauszufinden, ob, wo und wie sie entkommen könnte. Ihr fiel in diesem Moment kein anderer Fluchtweg ein als jener durch das Tor, durch das sie hereingekommen war. Und wenn diese Wache hier die Einzige war, bestand sogar eine gute Chance, davonzulaufen. Schließlich musste der Wachmann irgendwann auch schlafen. Sie versuchte, sich zu erinnern, was sie gehört hatte, ehe der Eingang geöffnet worden war. Das Herumdrehen eines Schlüssels vielleicht. Sie ärgerte sich, dass sie nicht darauf geachtet hatte und sich auch nicht daran erinnerte, was sie wahrgenommen hatte. Sie blickte sich nun stattdessen um, entdeckte aber keine Personen, die sich hier draußen zeigten, doch sie hörte Stimmen: Frauen, die miteinander redeten.

Die Vettel erreichte eine Tür, die sie öffnete, nachdem sie Topaz die Ketten abgenommen hatte. Sie drückte dem Wächter die Fesseln in die Hände. Topaz wurde in das Gemach gezwungen, indem die Alte ihr Handgelenk packte und sie hinter sich herzerrte. Der Mann blieb vor der Tür zurück.

Der Raum, in dem sie nun stand, war vergleichsweise karg. Es gab keine Mosaike an den Wänden, keine bunten Teppiche, nur einige Diwane, auf denen sich vier Frauen verteilten. Sie waren in ein Gespräch vertieft gewesen und verstummten, als die Tür sich öffnete. Topaz verspürte Befangenheit, während sie die Frauen musterte. Es waren Orientalinnen, die im Vergleich zu den Sklavinnen im Harem des Sklavenhändlers eher schlichte Kleidung trugen. Diese Räumlichkeiten verfügten offenbar auch nicht über denselben Luxus wie bei dem Händler, genau wusste Topaz das jedoch nicht, weil sie im Moment nicht viel davon sah.

„Komm mit", schnarrte die Alte und machte eine abgehackte Kopfbewegung in Richtung der Haremsdamen. „Zwei von euch kommen mit."

Dass sofort alle vier Frauen aufsprangen und dabei nicht gerade den Eindruck erweckten, dies aus etwas anderem als Angst und Pflichtgefühl heraus zu tun, schürte Topaz' Unbehagen. Sie wurde von der Alten in den Nebenraum gezwungen. Es schien eine Art Ankleideraum zu sein, in dem Truhen und ein schmales Bett herumstanden.

„Zieh dich aus und leg dich auf den Rücken", befahl die Alte.

Zwei der Frauen aus dem vorderen Raum traten neben Topaz, diejenige mit den lockigen Haaren wisperte: „Tu besser, was sie sagt!"

Topaz sah eine furchtsame Miene mit dunkelblauen Augen, die verrieten, dass der Wille dieser Frau gebrochen war. Sie hatte sich ihrem Schicksal unterworfen, aber bestimmt nicht freiwillig, vermutete Topaz. Sie wollte einfach nicht glauben, dass eine andere Frau sich widerstandslos in die Marionette eines Mannes formen ließ. Mit zitternden Händen streifte sie ihre Kleider ab. Die andere Frau nahm sie ihr gleichmütig ab, faltete sie zu einem akkuraten Viereck und legte sie auf eine der Truhen. Die Alte schob derweil die Ärmel ihres Kaftans zurück.

Mit ängstlich klopfendem Herzen ließ sich Topaz auf dem schmalen Lager nieder, flach auf dem Rücken ausgestreckt, wie ihr befohlen worden war.

Die Blauäugige bedeutete ihr, die Beine angewinkelt auf die Matratze zu stellen, damit ihre Mitte offen und deutlich zu sehen war.

Scham peitschte durch Topaz, und sie schloss die Augen, als könnte sie so das Kommende abwenden.

„Haltet sie fest!“ Die Stimme der Alten klang barsch.

Im selben Moment fühlte sie, wie eine der Frauen ihre Arme über den Kopf führte und dann die Hände fasste und auf die Unterlage zwang. Topaz kniff die Augen zusammen und wünschte sich fort. Sie ertrug die Demütigung kaum, vor wildfremden Frauen so zur Schau gestellt zu sein, und es weckte ihre Verzweiflung, nichts dagegen zu tun können. Wenigstens nicht jetzt, solange sie fürchten musste, der Wächter stünde vor der Tür.

Hände legten sich auf Kniehöhe auf die Innenseite ihrer Schenkel und schoben sie auseinander, sodass sich Topaz gegen ihren Willen noch weiter öffnen musste. Als Nächstes berührten glitschige Finger ihre Scham. Die Alte zog die Schamlippen auseinander und brummte: „Sieht schon mal gut aus, breites Becken.“ Finger zwängten sich in Topaz und das Gefühl war so abscheulich, dass sie versuchte auszuweichen, doch die Hände hielten sie fest und die Alte schimpfte und zwickte sie in den Oberschenkel.

„Bleib ruhig!“ Ungerührt schob sie sich weiter in Topaz’ Körper hinein. Topaz fühlte, dass die Alte ihre Finger offenbar eingeölt hatte, was es ihr ermöglichte, sie zu betasten, ohne dass es allzu schmerzhaft wurde. Offenbar fand die Vettel, was sie suchte, denn sie stieß einen jubelnden Laut aus.

„Eine Jungfrau! Unser Herr wird sicher hocherfreut sein“, erklärte sie zufrieden und zog ihre Finger aus Topaz’ Innerem. Diese kämpfte derweil gegen Ekel und Scham an. Die Hände gaben sie frei, und Topaz hätte sich gern erhoben und wieder bedeckt, wagte es aber nicht. Sie hasste es mehr, als sie zu sagen in der Lage war, gegen ihren Willen befingert und wie ein Stück Fleisch behandelt zu werden. Wütend schwor sie sich, dass sie sich nicht davon abhalten ließe, die erste Gelegenheit zur Flucht wahrzunehmen. Sie würde nicht in den Klauen dieses widerlichen Maleks bleiben und keinesfalls würde sie sich an irgendeinen Wüstenprinzen verschachern lassen wie Vieh. Nicht schon wieder!

Sie streckte die Beine aus, um wenigstens ein bisschen ihrer Würde zurückzuerobern.

Harte Schritte waren zu hören. „Wo ist sie?“ Malek, ihr verabscheuungswürdiger Besitzer, hatte die Frauengemächer betreten. Nun riss Topaz doch die Augen auf und wollte hochfahren. Aber so langsam die Alte sich auch bewegte, ihre Gestik erwies sich als blitzschnell. Sofort hielten die anderen Frauen Topaz fest, sodass sie flach auf der Pritsche liegen bleiben musste.

Malek kam näher. Seine Aufmerksamkeit galt der greisen Frau. „Rede, Weib!“

Die Alte näherte sich und beugte ihr Haupt. „Ihr könnt euch glücklich schätzen, Ihr habt ein solch wunderbares Geschenk für unseren Scheich gefunden, Herr! Ein wahres Juwel und sie ist in der Tat noch jungfräulich. Und nicht nur, dass, sie ist eng gebaut, aber das Becken ist breit genug, um ein Kind zu tragen. Sie wird unserem Scheich wahrlich Freude bereiten und kann ihm viele starke Söhne schenken. Ihr werdet für diese Gabe sicher hoch in seiner Gunst stehen, Herr."

Malek schnaubte. Sein gieriger Blick verging sich schier an Topaz. Seine Musterung begann in ihrem Gesicht und wanderte über die Brüste hinab, saugte sich eine ganze Weile an ihrer Mitte fest, ehe er sich an die greise Vettel wandte. „Und du bist davon überzeugt, dass sie noch Jungfrau ist?"

„So wahr ich hier stehe", bestätigte die Alte.

Malek verzog das Gesicht. „Wie bedauerlich." Erneut vergewaltigte seine Aufmerksamkeit Topaz, und sie konnte vor Ekel und Zorn kaum das Zittern unterdrücken, das sie übermannen wollte. Er trat an sie heran und das böse Funkeln in seinen Augen warnte Topaz vor, er wollte sie sicher packen und betasten und ihr Widerstand würde nur seine Wut provozieren. Dennoch bäumte sie sich auf, versuchte, sich zu befreien, und wurde von Malek geohrfeigt.

„Haltet sie fest!", knurrte er. Seine Hände legten sich auf ihren Busen. „Samtige Haut, wahrlich ein Genuss!" Er knetete ihre vollen Hügel grob. „Vielleicht werde ich die Gelegenheit nutzen und deine Brüste ficken, Hündin!" Er ächzte.

Topaz presste die Augen zusammen, zwang sich, sich fortzudenken, nicht zu spüren, was Malek mit ihrem Körper tat. Er griff zwischen ihre Beine und betastete ihre Scham. Übelkeit kroch in ihr empor, als sie seine Berührungen an ihren Venuslippen fühlte, er fingerte dort herum, grunzte, und tunkte seine Zeigefingerspitze in ihre Mitte.

„Eure Hände sind mächtig, Herr, dringt nicht zu weit vor, Ihr könntet die Jungfräulichkeit beschädigen!", schnarrte die Alte.

In Topaz' Ohren rauschte es. Der Ekel, der sie überkam, war unbeschreiblich.

„Von Widerwillen erfüllt, das treibe ich dir aus. Ich könnte dich abrichten, dass du auf mich reagierst wie eine läufige Hündin, was für ein Vergnügen du mir in meinem Harem bereiten könntest!" Malek grunzte. „Vielleicht lehnt Karim, der Grausame, das Geschenk ab und ich kann dich behalten."

Topaz' Erleichterung, dass er von ihr abließ, währte nur wenige Sekunden, denn dann wurde sie hochgezogen und herumgedreht, sodass sie vornübergebeugt über der Liege lehnte. Maleks Hand drückte ihren Kopf auf die Liegefläche. „Haltet sie fest fest!", raunzte er die anderen Frauen an.

Im nächsten Moment wurden Topaz' Handgelenke von der Pritsche, auf der sie sich abstützen wollte, fortgezogen, sodass ihre Arme über ihrem Kopf gezwungen wurden und flach auf der Unterlage ruhten. Ein Daumen streichelte sacht die Innenseite ihres Handgelenks.

Malek stöhnte kehlig. Dann umschlossen seine groben Hände ihre Hüften und er drückte seinen Unterkörper fester an ihren. „Wenn ich dich schon weder entjungfern, noch in den Arsch ficken kann, so werde ich doch wenigstens auf diese Weise meine Lust an dir stillen. Vielleicht krieg ich dich sogar so zahm, mein Täubchen, dass dein Mund meine Gier befriedigen wird. Dein heißes, feuchtes Schnäbelchen mit meinem Prügel zu stopfen, könnte mir ausnehmendes Vergnügen bereiten und dein neuer Herr wird unbeschädigte Ware erhalten."

Er rieb sich mit rhythmischen Auf- und Abbewegungen an ihrem Po, dabei schnaufte und ächzte er. Seine Finger bohrten sich in ihre Seiten, und das Gefühl der Hilflosigkeit war so überwältigend, dass Topaz die Tränen nur so über die Wangen kullerten. Während der ganzen Zeit wurde ihr linkes Handgelenk von der Frau, die sie dort festhielt, gestreichelt. Topaz wagte nicht, zu gucken, welche von ihnen es war. Zu entsetzlich waren ihre Scham und der Gedanke, diese Art der Vergewaltigung würde Wirklichkeit, sobald sie ihre Augen öffnete. Die Bewegungen, mit denen Malek sie schändete, stoppten mit einem Mal.

„Kira, Weib", bellte er.

Die mit dem lockigen Haar eilte zu ihm.

„Stütz dich ab und mach die Beine breit", befahl er.

Kira tat, was er verlangte, doch offenbar nicht schnell genug, denn er packte ihren Haarschopf und stieß ihren Kopf auf die Pritsche. Bis auf ein zischendes Geräusch, als sie die Luft ausstieß, war von ihr kein Laut zu vernehmen. Sie blickte nicht in Topaz' Richtung, sodass diese nicht sehen konnte, was wohl in ihr vorgehen mochte. Topaz meinte, zu erkennen, dass ihr Oberkörper kaum merklich bebte, während sie ihren Kopf von Topaz abgewandt auf der Pritsche liegen hatte.

Malek schob Kiras Gewand hoch, sodass ihr Po sich ihm nackt präsentierte. Er sah Topaz ins Gesicht. „Hat man dich in den Liebeskünsten unterwiesen?“

Topaz schüttelte hastig den Kopf. Malek grinste lüstern. „Dann bist du in der Tat völlig rein und unberührt. Es wird mir ein Vergnügen sein, dich dahingehend zu entjungfern. Seda, gefällt dir die Neue?“

Die Frau zur Linken bewegte sich, so viel nahm Topaz wahr.

„Dann verwöhn ihre Nippel, mach sie hart und rund wie kleine Kiesel“, befahl er.

Topaz fühlte heißen Atem an ihrem Nacken. Weiche Lippen pressten einen Kuss auf die zarte Haut.

„Entspann dich, ich tu dir nicht weh“, raunte die Stimme Sedas.

Ihre Hände gaben Topaz frei. Topaz wagte nicht, sich zu rühren. Dann fühlte sie, wie die andere begann, ihre Tränen fortzuküssen.

„Mach schon, ihre Nippel!“, drängelte Malek, während er seinen Gürtel öffnete und das mantelähnliche Gewand zurückschlug.

Topaz warf einen kurzen Blick dorthin und sah einen kurzen, aber dicken Schwanz, der senkrecht in die Luft ragte.

„Schau nur hin, vielleicht ändere ich doch noch meine Meinung und behalte dich für mich.“ Er schloss die Finger um sein Gemächt und begann, es zu reiben, um gleichzeitig seine andere Hand auf den Po der Frau zu legen und zu reiben.

Topaz wurde von den sanften Griffen der anderen Frau, Seda, hochgezogen. Nichts konnte schlimmer sein, als in Maleks Gesicht zu starren, und so drehte sie sich freiwillig um.

Die blauäugige Seda lächelte, legte ihre Handfläche in Topaz' Nacken, glitt dann über die Schulter zum Dekolleté und strich mit den Fingerkuppen darüber. Die zarte Berührung löste trotz der unangenehmen Situation eine wohlige Gänsehaut in ihr aus. Zärtlich streichelte Seda Topaz' Brüste, liebkoste jeden Millimeter ihrer Haut und weckte ein Wohlgefühl in Topaz auf, das sie in dieser Art noch nie zuvor verspürt hatte. Ein Beben lief durch ihren Körper, ließ ihre Beine zittern. Weiterhin waren ihr Maleks Anwesenheit und die der anderen Frauen, Kira, die weitere Haremsdame und die alte Vettel, wohl bewusst. Dennoch verlangte es Topaz nach diesen Berührungen, fast wie es sie bei Durst nach Wasser verlangen würde.

Die Sanftheit der Zuwendungen waren wie Labsal für ihre Seele, und als sich die andere über ihre Brust beugte und ihren Nippel mit den Lippen umschloss, empfand Topaz nur noch Sehnsucht nach Nähe und Streicheleinheiten. Die Zungenspitze stupste Topaz' Nippel an, umkreiste den Warzenhof, ehe die Zunge mit breiten Strichen über die Brustspitze leckte, sie wieder umhüllte, daran sog und spielte, während die andere Hand den Nippel bedeckte und vorsichtig streichelte.

Kleine kribbelnde Impulse durchzuckten Topaz, summten und vibrierten in ihren Brüsten und in ihrem Unterleib. Daumen und Zeigefinger umfassten die Knospe und zupften und kneteten sie hingebungsvoll.

So liebevoll, so intensiv könnte kein Mann jemals sein, schoss es Topaz durch den Kopf, und trotz allem legte sie ihren Kopf in den Nacken und genoss die Zärtlichkeiten der anderen. Als diese Hand und Mund tauschte und nun die Brustspitze bearbeitete, die zuvor die Hand liebkost hatte, entwich Topaz gegen ihren Willen ein leises Stöhnen. Sie wünschte, der Moment würde nie vergehen, doch just in diesem Moment war von draußen Tumult hörbar.

Kurz lenkte das nicht nur Malek ab, sondern auch die Frauen. „Was ist denn das für ein Lärm?“, schimpfte er.

„Das werden die Händler sein, die ihre Waren anliefern“, hörte Topaz Seda sagen, die sich eben aufrichtete.

Malek stieß einen Fluch aus, auch die Frauen schienen sich auf den Tumult aus dem Parterre zu konzentrieren.

Topaz’ Verstand arbeitete blitzschnell. Die Tore wären offen, damit die Kaufleute eintreten konnten, die Tür zu den Frauengemächern war nicht versperrt. Dies war der Moment, in dem sie fliehen könnte.

Sie nutzte ihre Chance, riss sich los, was ihr erstaunlich leicht gelang, wohl, weil Seda nicht darauf vorbereitet war. Topaz sprang von der Pritsche fort und packte eins der langen Gewänder, Abaya genannt, die an Haken an der Wand hingen, und lief aus dem Raum, ohne sich um ihre Nacktheit zu kümmern. Sie schlug dabei einen Haken um Malek, der sie aufhalten wollte, stieß die Alte zur Seite und rannte an den beiden anderen Frauen, Seda und der anderen, deren Namen sie nach wie vor nicht kannte, vorbei, erreichte die Außentür des Harems und riss sie auf. Einen kurzen Moment hatte sie befürchtet, der Wachmann stände davor, doch der war nicht zu sehen. Im Gegensatz zu Topaz' erstem Sklavenhalter schien Malek keinen Bedarf für Haremswächter zu sehen, jedoch war außen ein Riegel angebracht, den Topaz nun aufschob. Hastig schlüpfte sie in die Abaya, zog die Bänder der Brustschnürung zusammen, sodass sie für orientalische Verhältnisse angemessen bedeckt war, und eilte weiter zu den Treppen, als ihre Flucht ein jähes Ende fand, weil der Wächter, der sie und die alte Vettel zu den Frauengemächern begleitet hatte, plötzlich vor ihr auftauchte. Sie stolperte einen Schritt zurück und der Wächter näherte sich feixend.

Blitzschnell glitt ihr Blick über den Wächter und sah an seiner Bauchschärpe den Krummdolch. Sie sprang auf ihn los, riss den Dolch an sich, und als er nach ihr oder der Waffe greifen wollte, stieß sie zu. Der Mann schrie auf und seine Seite färbte sich rasch blutig rot. Schockiert ließ sie das gekrümmte Messer fallen, wirbelte herum, ohne noch weiter auf den Verletzten zu achten, und rannte zur Treppe.

Unten im Freien entdeckte sie die offenstehende Eingangstür, deren beide Flügel geöffnet worden waren. Im Hof stand ein Handkarren, und an der Wand, weit genug entfernt vom rettenden Ausgang, saßen zwei Männer, hielten Teetassen in der Hand und schwatzten sichtbar angeregt und lautstark miteinander.

Topaz hetzte die Stufen hinab, das Ziel, den Ausgang vor Augen. Sie erreichte das Ende der Treppe, als von oben die Stimme des verletzten Wächters erklang. Er tobte und fluchte, aber diese Vokabeln beherrschte sie nicht, sodass sie nur vermuten konnte, dass er sehr wütend sein musste. Doch seine Rufe weckten die Aufmerksamkeit der anderen Männer. Sie setzten sich in Bewegung und Topaz beschleunigte ihre Schritte.

Nur wenige Meter trennten sie von der Straße, der Freiheit, wie sie sich einredete, da trat ein junger Mann durch den Torbogen. Für einen Augenblick schien die Zeit stillzustehen. Er sah sie aus den blausten Augen an, die Topaz jemals gesehen hatte. Sie lächelte ihn an und wollte an ihm vorbeirennen. Hinter ihr hob erneut das Crescendo der Stimmen an und der fremde Orientale streckte just seine Hände aus und zog Topaz an sich. Im ersten Moment erstarrte sie, dann kam Leben in sie. Sie begann, um sich zu schlagen, zu treten und sich zu winden. Aber der Jüngling hielt sie fest genug, um ihr jede Möglichkeit der Flucht zu rauben. Er flüsterte an ihrem Ohr und sie verstand nur Wortbrocken: *Schöne, Gold, besitzen.*

Sie keuchte und kämpfte weiter gegen ihn an, doch sie wurde hinterrücks gepackt und vom Körper des blauäugigen Mannes gepflückt. Aus dem Augenwinkel sah sie, wie die Tür zugeschlagen und verriegelt wurde. Man ließ sie los und schleuderte sie zu Boden, hart kam sie auf den Platten auf. Ihr rechtes Knie durchzuckte ein Schmerz, so schlimm, dass sie einen Moment glaubte, anschließend nie wieder laufen zu können. Sie schluchzte auf und unternahm einen Versuch, sich aufzurichten, als ihr Blick auf ein Beinpaar fiel, das sich fest und unverrückbar vor ihr aufbaute. Sie hob den Kopf und starrte in Maleks Gesicht. Die Ader an seiner Schläfe pochte und der Ausdruck in seinem Gesicht war nur noch mit viel gutem Willen als wütend zu bezeichnen.

Topaz schloss Frieden mit ihrem Gott, sicher, dass Malek sie jetzt töten würde, und erstaunlicherweise war es ihr gleichgültig.

Der Muselmann zerrte sie hoch, und sie sah seine Faust nicht mehr kommen, dafür fühlte sie den Aufprall in ihrem Gesicht umso deutlicher. Schmerz explodierte raste durch ihren Schädel und gab ihr das Gefühl, ihre Augäpfel wollten implodieren. Dann wurde es schwarz um sie herum.

Sie erwachte mit dem Gefühl, von einer Kutsche überrollt worden zu sein. Ihr Kopf schien um das Doppelte angeschwollen zu sein, und die Lider aufzuschlagen, kostete sie zu viel Kraft, also verzichtete sie in diesem Moment darauf. Stattdessen versuchte sie herauszufinden, wo sie sich aufhielt. Da sie Schmerzen hatte und überdies Geräusche von der Straße hörte, war sie sicher, nicht tot zu sein, obwohl Malek sie hart geschlagen hatte. Sie zappelte erfolgreich mit Fingern und Zehen, fühlte der Unterlage nach und kam zu dem Schluss, in jener Ankleidekammer zu liegen, in der die alte Vettel ihre Untersuchung vollzogen hatte. Sie erinnerte sich an den Geruch, der der Matratze entstiegen war, während sie darauf gelegen hatte. Topaz lauschte und hörte die Atemgeräusche einer Frau.

„Du brauchst dich nicht zu verstellen, ich weiß, dass du wach bist.“ Die Stimme klang vertraut, und nach kurzem Nachdenken identifizierte sie die Sprecherin als Seda aus Maleks Harem. Hitze kroch in ihr hoch bei der Erinnerung, was vor ihrem Fluchtversuch geschehen war.

Topaz zwang sich, ihre Augen aufzuschlagen, und erkannte, dass sie recht hatte. Sie richtete sich auf und stöhnte, weil ihrem Kopf die Bewegung nicht guttat.

„Kannst du aufstehen?“ Die Miene der anderen war unbewegt, doch in ihrem Blick lag Mitleid.

„Ja, ich denke schon“, meinte Topaz und schwang ihre Beine von der Pritsche, während sich Seda erhob. Sie kam näher. Ihre Augen musterten Topaz mit einem Blick, den sie sich im ersten Moment nicht erklären konnte, dann wurde ihr klar, dass es Begehren war.

„Hab keine Angst, Französin“, flüsterte sie. Sie streckte ihre Hand aus, streichelte über Topaz’ heile Gesichtshälfte, und es war so angenehm, dass sie stillhielt, auch als die Blauäugige noch näherkam. „Du bist wirklich schön.“

Topaz erstarrte, doch nicht, weil es ihr unangenehm war. Dafür war die andere zu sympathisch und Topaz zu neugierig, vor allem, nachdem sie zuvor bereits die Berührungen Sedas so sehr genossen hatte. Ihr Herz klopfte immer heftiger in ihrer Brust, als das Gesicht der anderen Frau direkt vor ihrem war.

Die Lippen Sedas waren weich und warm, ihr Atem roch und schmeckte süß nach Anis und etwas Scharfem, dann glitt die Zunge in Topaz’ Mund. Sacht stupste die Spitze, die von Topaz an, und sie begannen, sich vorsichtig zu umkreisen, zu streicheln. Die Hand Sedas legte sich auf Topaz’ Wange. Der Kuss war zärtlich und tröstend zugleich. Kaum wurde sich Topaz ihrer Empfindungen bewusst, beendete die andere ihren Kuss. Sie löste ihre Lippen von Topaz' und trat einen Schritt zurück.

„Komm mit, ich soll dich sofort zu unserem Herrn bringen."

Der Magen zog sich Topaz zusammen, und sie bedauerte, nicht gelogen zu haben, als Seda nach ihrem Wohlbefinden gefragt hatte. Sie hätte die Begegnung mit Malek lieber hinausgezögert, vor allem da sie nicht wusste, was sie erwarten würde. Angst kroch ihren Hals empor und ließ einen Kloß in ihrer Kehle wachsen.

Seda schenkte ihr ein dünnes Lächeln. „Keine Sorge, er wird dich nicht töten. Dafür warst du zu kostspielig." Der Kuss schien vergessen.

Ob dies tatsächlich beruhigend gemeint war oder eher spöttisch, konnte sie nicht so recht einschätzen. Doch Topaz versuchte, sich mit dem Gedanken zu trösten, dass nicht tot zu sein bedeutete, noch hoffen zu dürfen.

Malek saß im Nebenraum auf einem Diwan und trank Tee, der ihm von Kira in einer silbernen Tasse gereicht wurde. Er beachtete Topaz zunächst nicht, schlürfte sein Getränk und musterte seine drei anderen Frauen abschätzend, die im Halbkreis um ihn hockten. Er leerte seine Teetasse und reichte sie einer der Frauen.

Aus zusammengekniffenen Augen starrte er Topaz an und erhob sich. Als er zügig auf sie zukam, zuckte Topaz erschrocken zusammen, eine Regung, die er mit rachsüchtiger Miene erwiderte.

„Du hast Angst vor mir. Recht so! Du dummes Weib verursachst mehr Ärger, als du wert bist. Ich sollte dir wirklich das letzte bisschen Verstand aus dem Schädel ficken, ehe ich dich verprügle, bis du dein Leben aushauchst."

Topaz zitterte und kämpfte gegen die Panik, die seine Worte in ihr auslösten. Sie zweifelte nicht, dass er dazu fähig wäre.

Eine kratzende Stimme meldete sich hinter Topaz' Rücken zu Wort, und sie erkannte sie als jene der alten Vettel wieder. „Das solltet Ihr nicht tun, Herr. Bedenkt, welchen Lohn eine derart außergewöhnlich schöne Sklavin Euch bei Scheich Karim einbringen wird."

„Im Moment will ich dieser Tochter eines räudigen Hundes lieber meine Peitsche zu schmecken geben und sie damit züchtigen, bis ihr das Blut über die Schenkel läuft", erwiderte Malek heftig.

Die Greisin trat näher. Topaz konnte sie nun aus den Augenwinkeln sehen. Die Stimme der Alten verriet, dass sie keinerlei Sympathien für Topaz hegte. Vermutlich war Topaz als Sklavin für die andere nicht mehr als ein Gegenstand, ein teurer Gegenstand, dessen Wert sich auszahlen sollte und musste. Der Gedanke hinterließ ein schales Gefühl in Topaz, doch ihr Verstand erkannte mit kühlem Kalkül, das dies ihre Chance war, zu überleben.

Überleben hieß Hoffnung.

Hoffnung auf Freiheit.

„Es wird ihren Wert mindern, Herr", argumentierte die Alte weiter.

„Amme, ich bin wütend genug, sie umzubringen", knurrte Malek und rollte bedrohlich mit den Augen.

„Beherrscht Euren Zorn, Herr", besänftigte ihn die Greisin weiter. „Bringt sie so schnell wie möglich zu Karim dem Grausamen. Wie man sich erzählt, versteht er es, widerspenstige Sklavinnen zu zähmen. Ihr erweist ihm mit dieser hier sogar einen Gefallen. Aber nur, wenn Ihr sie nicht beschädigt."

Malek brummte und schien sich dem Rat seiner ehemaligen Amme zu beugen, doch dann machte er einen Satz auf Topaz zu und packte sie.

Das Blut schoss in Strömen durch ihr Herz, das sich im gleichen Atemzug aufzublähen schien und ein Druckgefühl in ihrem Brustkorb auslöste. Topaz' Fluchtinstinkt war noch nie drängender gewesen als in diesem Moment. Mehr aus Reflex als aus irgendeinem anderen Grund begann sie, sich zu wehren. Sie würde sich nicht kampflos ergeben, wollte Malek sie töten. Andererseits wollte sie genau so wenig herausfinden, was er sonst vorhaben könnte.

Gegen seine Kraft und Größe kam sie nicht an und so fand sie sich in Windeseile über die Lehne des Diwans gezwungen. „Einem Herrn steht es jederzeit zu, seine Sklaven zu züchtigen, wenn sie sich unbotmäßig verhalten. Davor wird dich auch die Tatsache nicht schützen, dass ich dich verschenken werde."

Die riesige Hand krachte auf ihren Hintern und die Lehne des Sofas drückte sich in ihren Bauch. Sie bäumte sich auf, ruderte mit den Armen und versuchte, irgendwo Halt zu finden, um Widerstand leisten zu können.

„Haltet sie fest!", befahl Malek grunzend und sofort eilten zwei der Frauen heran und packten Topaz unnachgiebig. Sie hing kopfüber, und diesen zu heben hätte zu viel Kraft gekostet, sodass sie darauf verzichtete, zu sehen, wer sie umklammerte.

Wieder knallte seine Handfläche auf ihren Arsch, und wieder und wieder. Er gab sich keine Mühe, seine Wut zu kaschieren, ließ ihr ungehemmt freien Lauf. Ein ums andere Mal krachte seine Hand auf ihren runden Hintern, explodierte der Schmerz auf ihrem Fleisch und breitete sich in ihrem Unterleib aus. Tränen schossen ihr in die Augen und rollten über die Stirn und verfingen sich im Haaransatz, tropften auf den Seidenstoff des Diwans und bildeten punktförmige Muster auf der Sitzfläche.

In einem kurzen Moment der Atempause bemerkte Topaz, dass diejenige, die ihre rechte Hand umschlossen hielt, kaum wahrnehmbar zitterte. Die Frau mochte nicht, was hier geschah. Topaz behielt den Gedanken im Hinterkopf, ehe ein neuerlicher Ausbruch von Gewalt, der ihrem Hintern zuteilwurde, begann.

Hatte sie anfangs noch versucht, sich nicht Blöße und Malek die Genugtuung zu geben, zu schreien, war sie nach den ersten brutal harten Hieben nicht mehr in der Lage, sich zurückzuhalten. Sie brüllte ihren Schmerz und ihre Pein hinaus, immer lauter, in der Hoffnung, Malek möge zumindest das Trommelfell explodieren. Ihr wurde schwindlig, ihr war übel, sie schwitzte und ihr Po fühlte sich geschunden und geschwollen an. Jedes Klatschen von Maleks Hand ließ sie glauben, die Haut würde platzen. Sie hatte jegliches Zeitgefühl verloren. Hinter ihr ächzte und stöhnte Malek.

Endlich ließ er von ihr ab, er drückte sich an sie, als er sie hochzerrte. Sie spürte seinen Unterleib und seinen Penis, der sich hart und bedrohlich wirkend an ihr wund schmerzendes Hinterteil presste. Sie wusste, dass sein Geschlechtsteil bereit war, sie zu schänden. Die Panik, die über sie zu schwappen drohte, war nicht geringer als jene zuvor, als sie gefürchtet hatte, Malek würde sie töten. Ob dieses Entsetzen der Furcht entsprang, er würde sie letztendlich doch umbringen, oder dass sich ihre Besorgnis erfüllte, Malek entschlösse sich dagegen, sie diesem Wüstenprinzen jungfräulich zu überreichen, konnte sie nicht näher ergründen. Stattdessen stolperte ihr Verstand zu dem Gedanken, was sie als Sklavin eines Mannes zu erwarten hatte. Die Ergebnisse dieser hastigen Überlegungen sagten ihr, dass es egal sei, wer sie vergewaltigte, ob dieser oder jener. Es käme auf das Gleiche heraus. Der Vorstellung brachte sie dazu, zusammenzusacken.

Quälend panische Momente verstrichen, dann richtete sich der Muselmann grunzend auf, gab sie frei und trat zurück. „Du!“

Trotz ihrer Benommenheit nahm Topaz die Armbewegung wahr, mit der er auf eine der Frauen deutete. Malek und die, die ihren linken Arm festgehalten hatte, gingen nach nebenan.

Hände legten sich um Topaz’ Hüfte und zogen sie hoch.

„Ich helfe dir.“ Es war die Stimme Sedas. Topaz wollte ihr danken, doch ihre Kehle war ausgedörrt und rau, sodass nur ein Krächzen über ihre Lippen kommen wollte. Als sie aufrecht stand, drohten ihre Knie einzusacken und ihr wurde kurz schwarz vor Augen. Die Blauäugige hielt sie fürsorglich fest und führte sie zu dem Diwan. „Leg dich auf den Bauch, ich vermute, deine Kehrseite wird es dir danken."

Unbeholfen ließ sich Topaz nieder, zu schwach und erschöpft, um zu protestieren, selbst wenn ihr danach zumute gewesen wäre. Die andere schenkte Tee in einen der silbernen Becher, löffelte Zucker hinein und rührte kräftig um, ehe sie sich mit dem Gefäß neben Topaz auf den Boden kniete. „Hier, trink, du kannst es brauchen."

Aus dem Nebenraum drangen spitze Lustschreie, Poltern und das Klatschen nackter Körper aufeinander. Beinahe wurde Topaz übel, als sie den Geräuschen lauschte.

„Keine Sorge", meinte Seda mit dünnem Lächeln. „Es wird nicht lange dauern." Ungerührt hob sie den Teebecher an Topaz' Lippen.

Das Getränk war heiß und süß, genau, wie sie es in diesem Moment brauchte. Sie nippte ein weiteres Mal an dem Tee, den ihr die andere an den Mund hielt, dann stellte diese den Becher fort. Seda wandte sich um und redete leise mit der jüngeren der beiden verbliebenen Frauen im Raum. Aus dem Nebenzimmer steigerten sich die Laute. Die Haremssklavin nebenan quietschte in den höchsten Tönen, ob aus Wohlgefallen oder nur, um ihren Herrn zu erfreuen, konnte Topaz nicht heraushören.

„Ich bin Topaz." Topaz hielt es für angebracht, sich endlich einmal vorzustellen.

Seda nickte und beugte sich ein wenig vor. Topaz konnte den Duft von Anis erneut riechen. „Ich werde mir deine Rückseite jetzt ansehen und ein wenig Salbe darauf verteilen." Sie tätschelte fürsorglich Topaz' Wange, der es unangenehm war, so hilflos zu sein, aber lieber schluckte sie ihre Vorbehalte hinunter und nahm die Hilfe an, als heldenhaft zu leiden. Ihr geschundenes Fleisch brannte wie die Hölle und der Schmerz ging ihr durch und durch. Sie biss die Zähne zusammen und kurz darauf bekam Seda von Kira einiges auf einem Tablett gereicht.

Sie schob mit Topaz' Hilfe das Gewand hoch, bis ihr Po und der untere Rücken freilagen. Während Topaz sich tiefer in die Kissen sinken ließ, stellte sie bei sich fest, wie sehr sie sich bereits verändert hatte. Sie hatte ihre eigenen Moralvorstellungen über Bord geworfen und sich die fast schamlose Freizügigkeit der Orientalen zu eigen gemacht. Nicht ganz freiwillig, wie sie sich in Erinnerung rief. Sie schob diese Gedanken beiseite, auch weil ihre Haut so entsetzlich brannte, dass sie sich nichts sehnlicher wünschte, als Hilfe und Schmerzlinderung zu erhalten. Sie hob den Kopf ein wenig und erkannte, dass Seda nach einer Phiole griff. Kurz darauf tröpfelte eine kühle Essenz auf ihre Haut, ein Tuch fing die Tropfen und Rinnsale auf, die über die Rundungen rollten. Derselbe Stoff wurde über die schmerzenden Stellen getupft. Es brannte und die Berührungen waren alles andere als wohltuend. Doch Topaz hielt tapfer still und verkniff sich jeglichen Laut, der sich über ihre Lippen drängen wollte. Als Nächstes brachte Seda eine sahnige Lotion auf ihrer Kehrseite auf, die einen ebenso intensiven Duft verströmte wie die Tinktur vorher. Es roch nach exotischen Zutaten, herb, würzig und üppig, genauso, wie sich Topaz den Orient vorgestellt hatte. Oh, wie sie es hasste, hier zu sein! Seit sie dieses verfluchte Schiff betreten hatte, hatten sich all ihre Erwartungen ins Gegenteil gekehrt.

Wenn sie es hätte ungeschehen machen können, die Reise angetreten zu haben, hätte sie es getan. Ohne zu zögern. Doch das war unmöglich, also musste sie wohl das Beste aus ihrer Situation herausholen.

Sie verdrehte den Kopf, so weit es ihr möglich war, um einen Blick auf Seda zu werfen. „Danke", sagte sie.

Die Frau blickte kurz auf und lächelte, ehe sie stumm nickte und sich weiter um Topaz' Hinterteil kümmerte.

„So, fertig", meinte sie schließlich und zog Topaz' Gewand wieder bis über die Knie. Als der Stoff Topaz' Po berührte, sog sie erschrocken und vom Schmerz überwältigt die Luft ein. Seda achtete nicht weiter darauf, sondern erhob sich und griff nach dem Tablett mit den Heilwassern und Tinkturen. Sie sah auf Topaz.

„Es wird ein paar Tage dauern, bis das alles verheilt ist. Vermutlich wirst du noch Schmerzen haben, aber das lässt sich nicht ändern", erklärte Seda. „Besser, du forderst eine derartige Situation kein weiteres Mal heraus. Wenn ich dir einen guten Rat geben darf: Wage es nicht, den Scheich gegen dich aufzubringen. Er kann grausam sein."

Sie wollte sich abwenden, doch Topaz fasste nach ihrem Arm und erwischte sie am Handgelenk. Seda starrte überrascht auf Topaz' Hand, die sie umklammert hielt.

Schuldbewusst löste Topaz ihren Griff. „Entschuldige“, murmelte sie, da Seda so verwundert reagierte. „Du kennst diesen Wüstenprinzen?“

Seda verzog amüsiert das Gesicht. „Ein Prinz ist er sicher nicht. Er ist ein Scheich, das Oberhaupt des Stammes, dem Malek angehört.“

Ein alter Mann also. Topaz überlegte sich, ob sich das als Glücksfall erweisen könnte. Sie dachte an die älteren Herrschaften, die sie in den Pariser Salons kennengelernt hatte. Eigentlich war sie mit ihnen immer gut ausgekommen. Sogar mit den Bärbeißigen und den Gebrechlichen.

Kapitel 4

Das Kamel, auf dem man Topaz zu reiten zwang, stank widerlich. Und nicht nur das, es musste das hässlichste Geschöpf sein, das der Herrgott je erschaffen hatte. Es besaß sandfarbenes Fell, das struppig und ungepflegt wirkte. Sein Maul war unförmig, wie von einem volltrunkenen Bildhauer geschaffen, der sich obendrein noch am Rücken des Tiers ausgetobt hatte. Dort hatte er zwei Höcker aufgesetzt, die das Kamel zurecht wie einen grotesken Albtraum wirken ließ. Dennoch schienen die barbarischen Muselmanen irgendwann in ihrer Geschichte beschlossen zu haben, diese abscheulichen Wesen als Last- und Reittiere zu nutzen.

Topaz war an den Sattel einer dieser Scheußlichkeiten gefesselt und versuchte, sich mit dem schaukelnden Gang anzufreunden, der sie beständig durchschüttelte. Sie fühlte sich wie an Bord eines Segelschiffes bei unruhigem Seegang. Ihr Kamel wurde an Zügeln geführt, und ihr Kameltreiber blickte sich gelegentlich um, als wollte er sichergehen, dass sie nicht herabgefallen war. An der Spitze der Karawane ritt Malek auf einem Kamel, danach kam eines, das mit Proviant und Decken beladen worden war, und ein weiteres mit einer Wache. Hinter Topaz folgte noch ein Kamel, auf dem ebenfalls ein Wächter saß. Sie vermutete, dass es nicht ungefährlich war, sich mit Gepäck und Reittieren durch die Straßen zu bewegen, obwohl Malek sie ohne Begleitung in sein Haus gebracht hatte. Vielleicht lag es an ihrem Reiseziel in der Wüste, die diese Sicherheitsmaßnahmen nötig machten. Topaz hatte Seda nach dem Bestimmungsort gefragt, als die Alte ihr angekündigt hatte, dass sie am kommenden Morgen aufbrechen würden. So ganz hatte Topaz nicht verstanden, was ihr Seda erörterte. Denn sie hatte dabei pfeilschnell überlegt, ob es ihr gelingen könnte, unterwegs die Flucht zu ergreifen und zur nächsten französischen Niederlassung zu gelangen. Wenn sie dort Hilfe suchte, noch bevor sie bei der Oase ankamen, in der Scheich Karim seine Zelte aufgeschlagen hatte, wäre sie gerettet.

In Frankreich hätte sie die Aussicht, einem Scheich zu begegnen und in einer Oase als Gast in seinem Zelt willkommen geheißen zu werden, in Erregung versetzt. Nun konnte sie jedoch nur an eines denken: ob es ihr gelingen könnte, aus einem Zelt zu entkommen und sich durch die Wüste über die Grenze zurück nach Tunesien zu ihren Landsleuten aufzumachen.

Sie näherten sich dem Rand der Stadt.

Topaz war komplett verschleiert, man sah nur einen Streifen Haut und ihre Augen. Seda hatte ihr gesagt, dies diene ihrem eigenen Schutz. Malek wolle nicht sein wertvolles Geschenk, die Sklavin mit dem Goldhaar, der Gefahr aussetzen, das Interesse von Räubern zu erregen. Topaz argwöhnte, ein Hauptgrund sei, dass Malek nicht riskieren wollte, dass jemand herausfand, dass er eine Europäerin in seiner Gewalt hatte, und ganz sicher wollte er vermeiden, dass dies zufällig anwesende Europäer entdeckten.

Und kaum dachte sie daran, tauchten französische Soldaten aus der Straße rechts von ihnen auf. Weit drüben, auf der anderen Seite der Gasse, durch die sie sich gerade bewegten. Topaz schätzte ab, ob es ihr gelingen könnte, vom Kamel zu hüpfen und unverletzt zu bleiben, dann die Querstraße entlangzulaufen und die Kavalleristen durch schreien auf sich aufmerksam zu machen. Sie überlegte, dass es möglich wäre und dass sie es schaffen könnte. Sie zerrte an ihren Fesseln und ruckelte am Sattelknauf, an den sie festgebunden worden war. Frustriert musste sie erkennen, dass ihre Stricke zu fest verknotet waren, als dass sie sich hätte befreien können. Sie sah erneut zu der Armeetruppe und musste beobachten, wie diese abbog und auf Nimmerwiedersehen in den Gassen Faqaeas verschwand.

Wütend beendete sie ihre Befreiungsversuche. Wieder eine vertane Gelegenheit.

Topaz war heiß, sie war müde und ihre Kehrseite schmerzte wieder, nachdem sie noch am Morgen geglaubt hatte, es wäre nun ausgestanden. Doch die ungewohnte Fortbewegungsart und das lange Sitzen in dem Sattel hatten sie mehr beansprucht als erwartet. Aber sie hatten endlich ihr Ziel erreicht: eine kleine Oase inmitten goldener Sanddünen und Hügel. Der See war groß genug, um ausreichend Wasser für die Tiere und die Menschen der kleinen Zeltsiedlung zu bieten. Hohe Palmen hielten die Sonnenstrahlen vom Wasser fern und spendeten für ein paar darunter errichtete Zelte wohltuenden Schatten. An einer Stange hatte man edle Araberstuten in allen möglichen Farben angebunden und ein Stück entfernt standen und hockten einige Kamele.

Man hörte Stimmengewirr, vereinzelt verstand Topaz die Sätze und Wörter, die gesprochen wurden. Es waren ausnahmslos Männer, die redeten, obwohl Topaz sicher war, dass es auch Frauen geben musste. Sie sah sich um und entdeckte, wie eine Frau den Eingang eines Zeltes zurückschlug und ins Freie trat. Einen Krug auf ihre Hüfte gestützt, lief sie zum See hinüber. Ihre Kleidung war fremdartiger als alles, was Topaz bisher gesehen hatte, und zugleich wunderschön. Auf ihrem Kopf saß eine Art Haube aus runden Silberscheiben, die das Sonnenlicht reflektierten, wie ein Stirnband verdeckte es den Haaransatz. Das Gewand war lang und umfloss ihren schlanken Körper. Die Stickereien auf der braunen Abaya ließen es wertvoll und außergewöhnlich wirken.

Topaz' Aufmerksamkeit wurde abgelenkt, weil einer der Wächter, die die Karawane begleitet hatten, ihre Handfesseln vom Sattelknauf löste und ihr half, aus dem Sattel zu klettern. Sie beachtete den Mann nicht weiter, weil sie wusste, dass er auch ihr nicht mehr Augenmerk schenkte als jedem anderen Stück aus dem Besitz seines Herrn, vielleicht ein teurer Gegenstand, aber dennoch ein Ding, nichts, was sein näheres Interesse wert war.

Topaz' Beine wollten nachgeben, doch sie zwang sich, stillzustehen und den Moment der Schwäche zu überwinden, ohne dabei zusammenzubrechen. Nach ein paar Minuten war das Zittern und Beben vorüber, und Topaz, die sich, ohne es zu merken, am Kamel, das auf dem Boden hockte, anlehnte, trat einen Schritt nach vorn. Das Tier scherte sich nicht drum, und Topaz dachte, dass sie nie ein widerwärtigeres Geschöpf als eins dieser Trampeltiere erlebt hatte.

Malek war in eine Unterhaltung mit einem der Wüstenmänner vertieft, und Topaz grübelte, wie diese Leute genannt wurden. Beduinen, schoss es ihr durch den Kopf. Es waren Nomaden und Malek gehörte zu diesem Stamm. In Kürze würde er sie seinem Fürsten in die tattrigen Klauen werfen. Topaz' Magen zog sich vor Widerwillen zusammen. Um sich abzulenken und um einen Überblick über den Bereich zu erhalten, sah sie sich um. Sie versuchte, sich jedes Detail, jedes Zelt, jede Feuerstelle, jeden Standort der Wachleute einzuprägen, für den Fall, dass man ihr in Kürze keine Gelegenheit mehr geben würde, sich außerhalb der Zelte aufzuhalten.

Am See wurde Gelächter laut, Wasser platschte und spritzte. Neugierig blickte Topaz dorthin und konnte ihre Augen nicht mehr abwenden. Ein Mann entstieg den Fluten wie der junge Poseidon, wenn der Meeresgott ein arabischstämmiger Nomade gewesen wäre. Das klatschnasse Haar klebte an seinem Kopf und glänzte dabei schwarz wie Rabenschwingen. Seine Züge waren fein und scharf geschnitten. Als er sich in Topaz' Richtung drehte, konnte sie einen Blick auf mandelförmige Augen, eine gerade Nase und sinnliche Lippen über einer kantigen Kinnpartie werfen. Ein kurzer schwarzer Bart bedeckte Wangen und Kinn. Um den Hals hing eine Kette mit einem silbernen Anhänger, und das war das Einzige, das er am Leibe trug. Topaz bezweifelte, dass es ihr erlaubt war, einen nackten, fremden Mann anzustarren, aber sie konnte auch nicht fortsehen. Sie musste ihn einfach betrachten! Seine bronzene Haut, die ausgebildeten Muskeln an den Armen, die breiten Schultern und der Brustkorb! Dieses Aussehen erhielt man sicher nur durch harte körperliche Arbeit, und diesen flachen, gewellten Bauch von karger Nahrung, die ihn keine Bauchröllchen ansetzen ließ. Die schlanken Beine mit den deutlich vortretenden Muskeln und Sehnen waren nur ein weiterer Beweis dafür, dass es sich bei ihm um einen Mann handelte, den das harte Leben hier draußen geprägt hatte. Er wandte sich ab und nun sah Topaz unzählige Narben auf seinem Rücken. Er musste ausgepeitscht worden sein und er hatte überlebt. Dieser Gedanke faszinierte Topaz. Nur ein starker, unbeugsamer Mann überstand eine solche Folter. Wie er, würde auch sie alle Torturen überstehen, die sich ihr noch entgegenstellen würden. Am Ende würde sie frei und lebendig ihrer Sklavenschaft entkommen, das schwor sie sich zum wiederholten Male, und warf einen neuerlichen Blick auf den anziehenden, nackten Beduinen.

Ihr Herz klopfte wild in ihrer Brust, und die Hitze zwischen ihren Schenkeln, die von dort plötzlich ausstrahlte, beunruhigte sie zum ersten Mal nicht weiter. Ihm zu gehören wäre weitaus angenehmer als sich von einem alten Scheich betatschen zu lassen. Selbst wenn er sie weiterverschenken würde, hätte sie sicher nicht das Glück, an einen einfachen Beduinen übergeben zu werden.

Im selben Moment flüsterte ein feines Stimmchen in ihrem Kopf: Hüte dich vor deinen Wünschen. Sie könnten in Erfüllung gehen.

Trotz der Hitze fröstelte sie mit einem Mal.

Maleks Schatten fiel auf sie und blinzelnd sah sie zu ihm hoch.

„Wir werden zu Scheich Karim vorgelassen. Ich warne dich, Weib, benimm dich so, wie es sich einer Sklavin geziemt, sonst wirst du es büßen!“ Die Art, wie er das sagte und wie er sie dabei anblickte, machten ihr klar, dass er keine Scherze mit ihr trieb. Sie hatte zu gehorchen oder es käme sie teuer zu stehen.

Er packte sie und zerrte sie in die Mitte des Zeltplatzes, wo sich die große Feuerstelle befand, die im Augenblick nur mäßig vor sich hin flackerte.

Topaz wusste nicht, wie lang sie hier verharrte, doch irgendwann wurde sie von Malek gepackt und zu einem der Zelte gezerrt. Ein alter Mann stand dort, hielt den Vorhang zum Eingang hoch und wartete, bis sie eingetreten waren. Topaz’ Herz stolpert in ihrer Brust. Der Alte hatte nur ein paar einzelne braune Stummel im Mund, aber seine Kleidung war sauber und aus gutem Tuch. Ihr wurde übel. Im Innern war es erstaunlicherweise viel angenehmer, als sie erwartet hatte, doch die Dunkelheit ließ sie halb blind herumstehen.

„Malek al-Ghanouchi, was treibt dich in die Wüste?“ Die Stimme klang für einen alten Mann erstaunlich kräftig.

Topaz blinzelte und erkannte immerhin, dass der Mann, der sie ins Zelt gerufen hatte, nicht Karim ben Said al-Wahhab gewesen war. Dieser saß nämlich vor ihr auf Teppichen und Kissen und deutete Malek mit einer Geste, sich zu setzen.

Noch konnte Topaz sein Gesicht nicht erkennen, obwohl ihr Blick sich zusehends an das Dämmerlicht gewöhnte, und so lauschte sie fürs Erste dem Gespräch der Männer. Sie begrüßten sich, und es folgte eine schier endlose Fragerei nach irgendwelchen abwesenden Familienangehörigen, ehe sie endlich zum Anlass für Maleks Besuch beim Scheich kamen.

„Ich habe kürzlich dem Hause El Ghalis einen Besuch abgestattet und konnte nicht widerstehen, ein Geschenk für Euch käuflich zu erwerben, Hoheit“, erzählte Malek und katzbuckelte.

Dem Scheich schien diese übertriebene Darstellung von Unterwürfigkeit nicht zu gefallen, denn seine Antwort klang zu kühl, zu formell für jemanden, der ein unerwartetes Geschenk erhalten sollte und sich bis vor wenigen Minuten noch in einer wahren Litanei besorgter Nachfragen über das Wohlbefinden Maleks und dessen Verwandtschaft ausgelassen hatte.

Mittlerweile hatten sich Topaz’ Augen an die Düsternis im Zeltinnern gewöhnt, und sie sah Maleks Augen berechnend glitzern, als er auf sie deutete. Unwillig wandte sie ihren Blick ab und sah zum Scheich. Gerade noch rechtzeitig konnte sie ein Keuchen unterdrücken und sich ein überraschtes Stolpern nach hinten verkneifen.

Karim der Grausame war niemand geringerer als der Beduine aus dem See. Er trug nun eine weite weiße Hose und ein ebenfalls weißes Hemd, dessen Schnürung offen war, sodass Topaz seine Brust und den geometrischen Anhänger besonders gut betrachten konnte.

Obwohl er sie nicht beachtete, senkte sie den Blick, fühlte sich atemlos und verwirrt und hoffte, er hätte nicht bemerkt, wie sie ihn vorhin am See angestarrt hatte. Konnte sie annehmen, dass ihre Gefangenschaft sich als doch nicht so fatal erweisen würde, wie sie fürchtete? Immerhin war Scheich Karim jünger und besser aussehend, als sie erwartet hatte.

„Malek, du weißt, dass ich Speichelleckerei verachte. Komm zur Sache, meine Zeit ist knapp und meine Geduld kostbar!"

„Ich will euch diese goldhaarige Sklavin schenken, Hoheit!" Malek sprang hoch und schob Topaz näher an den Scheich heran. Als sie sich sträubte, versetzte er ihr einen Schubs, der sie Richtung Karim stolpern ließ.

Erst jetzt schien der Stammesfürst sie überhaupt wahrzunehmen. Er betrachtete sie mit kühlem Interesse, und Topaz hätte sich zu jeder anderen Gelegenheit darüber aufgeregt, doch mittlerweile konnte sie auch Vorteile darin erkennen, behandelt zu werden wie ein unwichtiges Möbelstück. Vielleicht war es das, was die Frauen hier an ihrem Los nicht verzweifeln und sich damit arrangieren ließ. Wer nicht beachtet wurde, war in seinen eigenen, von anderen gesteckten Grenzen frei, und diese Freiheit sollte sich doch ausnutzen lassen. Vor allem, wenn man hier in der Wüste festsaß. Keine festen Mauern, keine Gefängnisgitter. Nächte so tiefschwarz, dass man ungesehen verschwinden konnte.

Topaz straffte sich. Jetzt war nicht der Zeitpunkt, um sich in tollkühnen Plänen zu verlieren. Sie musste all ihre Sinne beisammenhalten und den Scheich in Sicherheit wiegen. Er sollte sie als sittsam wahrnehmen, uninteressant, aber fügsam.

Sie erwiderte seinen Blick und der Ausdruck seiner bernsteinfarbenen Augen ließ sie frösteln. Es waren die grausamen Augen eines Wüstenfalken, ein Jäger, einer, der seiner Beute, einmal ausgemacht, nie wieder die Chance zum Entkommen gab.

Er musterte sie so intensiv, dass Topaz unwohl wurde auf eine Art, die sie nicht erwartet hätte. Es schien kein Interesse an ihrem Körper zu sein. Etwas Anderes erweckte seine Neugier. Plötzlich schien in ihm etwas Düsteres und Unheildrohendes aufzulodern.

„Sie stammt aus Europa." Es war keine Frage, es war eine Feststellung.

„Ja, Hoheit, man sagte mir, aus Frankreich."

Der Stammesfürst betrachtete sie aus verengten Augen. „Frankreich also, la Grande Nation. Nun, *Sklavin*, entspricht das der Wahrheit?", fragte er auf Französisch.

Er brachte Topaz damit derart aus dem Konzept, dass sie Sekunden benötigte, um ihre eigene Muttersprache nach den vielen ungezählten Wochen überhaupt noch zu verstehen, so sehr hatten sich ihr Ohr und der Verstand bereits an das Arabische gewöhnt. Doch nach der ersten Schrecksekunde fand sie problemlos in die ihr vertraute Sprache zurück. „Oui, je m'appelle Topaz Garnet. Je suis enseignant."

Der Scheich lächelte süffisant und lehnte sich zurück. „So, eine Lehrerin. Ausgesandt, um uns Barbaren etwas Kultur und Bildung nahezubringen, nicht wahr?"

Etwas verriet Topaz, dass sie sich besser hüten sollte. Er sprach zwar Französisch, doch das hieß nicht, dass er Sympathien für ihre Landsleute hegte. Nicht wenn er sie mit solch kaltem Blick betrachtete. Oder galt es nur ihr persönlich, war sie ihm zuwider? Würde er sie wieder mit Malek zurückschicken? Vielleicht ließ er sie zu ihren Leuten zurückzubringen? Kurz flammte Hoffnung in ihr auf, nur um im nächsten Moment rüde zerstört zu werden:

„Zieh dich aus!“ Er wechselte ins Arabische.

Als sich Topaz nicht rührte, nickte er Malek zu, der vortrat und ihr kuttenähnliches Obergewand öffnete. Die Berührungen und die Vorstellung, er zöge sie aus, waren Topaz so unangenehm, dass sie sich seinem Griff entwand. Malek reagierte sofort, hob den Arm, bereit, ihr ins Gesicht zu schlagen, hätte ihn Scheich Karims scharfer Befehl nicht zurückgehalten. Er wies Malek an, zurückzutreten, und fixierte Topaz mit jener distanzierten Neugier, mit der sie in den Pariser Salons zuweilen von den Matronen der Gesellschaft angestarrt worden war.

Sie hatte nicht vor, ihn in irgendeiner Art zu reizen. Also zog sie sich aus, zügig, aber ihren Widerwillen deutlich zeigend.

Der Scheich beobachtete sie reglos. „Dreh dich um. Ich will mein Geschenk genau betrachten.“

Gehorsam begann sie, sich um ihre eigene Achse zu bewegen. Als sie wieder an ihrem Ausgangspunkt war, zog Karim eine Augenbraue hoch. „Heb deinen Kopf, Sklavin“, befahl er.

Sie tat es und glaubte, einen Schatten über sein Gesicht huschen zu sehen. Er erhob sich und kam auf sie zu, mit der Geschmeidigkeit eines Berglöwen und drohend funkelnden Augen.

Topaz biss sich auf die Lippen, als er weniger als eine Armlänge von ihr entfernt stand. Sie hielt die Luft an und hasste es, dass es ihr nicht gelang, das Zittern zu verbergen. Doch der Scheich bemerkte es offenkundig nicht. Er trat hinter sie und seine Hand berührte ihren Hintern. Sie zuckte zusammen, weil selbst diese sachte Berührung schmerzte.

„Was hat das zu bedeuten, Malek?“ Der Ton wurde scharf und schneidend.

Malek ächzte, offenbar kannte er die düsteren Launen seines Stammesfürsten und fürchtete, dass nichts Gutes folgen würde. „Sie war eine sehr ungehorsame Sklavin. Sie versuchte zu fliehen und hat dabei einen meiner Männer verletzt. Ich musste sie bestrafen!“ Er winselte schier.

In diesem Moment wuchs Topaz’ Abscheu vor dem Orientalen ins Unermessliche. Was für ein Mann quälte Schwächere und Niedriggestelltere, katzbuckelte aber vor Ranghöheren?

„Ich schwöre Euch, sie wird keinen bleibenden Schaden davontragen“, versprach er hastig.

Karim zog seine Hand zurück und trat einen Schritt von Topaz fort, näher hin zu Malek.

„Was für ein Mann bist du, dass du nicht in der Lage bist, deinen Frauen ohne Prügel Respekt einzuflößen? Wie kann eine einfache Frau, obendrein eine Europäerin, deinen Wachleuten Paroli bieten?“

Die Stimmung im Zelt war eisig und dies nicht wegen oder gegen Topaz’ gerichtet.

Malek ächzte, und Topaz begriff, dass der Scheich, obwohl jünger, nicht nur wegen seines Standes eine

Autoritätsperson für Malek war. Er strahlte etwas Hoheitliches aus, dieses Charisma, das einen echten Anführer ausmachte, und Malek beugte sich. Er erkannte die Überlegenheit Karims an. Dass er den Scheich verärgert hatte, schien an ihm zu nagen, er murmelte Entschuldigungen, Erklärungen, die Scheich Karim ben Said al-Wahhab sichtlich nicht beeindruckten.

„Geh, Malek. Komm mir die nächste Zeit nicht mehr unter die Augen!“ Er kehrte an seinen Platz zurück und setzte sich. Ein Nicken ließ den Diener herbeieilen, der Malek zum Zeltausgang führte.

Topaz bemerkte einen Blickwechsel zwischen Karim und dem Diener und fragte sich einen Moment lang, ob das wohl von Bedeutung war. Dann war Malek verschwunden und Topaz war allein mit Karim. Sie grübelte darüber, wie sie sich verhalten sollte und was er von ihr erwarten würde. Die Antworten, die sie fand, gefielen ihr nicht sonderlich. Auch wenn sein Anblick sie auf eine primitive lustbetonte Weise ansprach und ihre intime Stelle unerklärlicherweise kribbelte, so wollte sie nicht, dass er sie anrührte.

„Komm zu mir“, befahl er und Topaz schreckte auf. Sie zögerte und er wurde ungeduldig. „Sofort!“

Prompt setzten sich ihre Füße in Bewegung, bis sie vor ihm stand. Ein wenig Selbstsicherheit kehrte zurück, als sie feststellte, von dieser Warte aus auf ihn herabsehen zu können. Er tat ihr nicht den Gefallen, zu ihr aufzublicken. Stattdessen deutete er mit der Hand auf den Platz neben sich. „Setz dich!“

Topaz biss die Zähne aufeinander und ließ sich auf den Boden sinken. Dabei gab sie sich Mühe, so zu sitzen, dass er möglichst wenig von ihr erkennen konnte, was in ihrem unbekleideten Zustand einem Kunststück glich.

Er reagierte nicht auf ihr schamhaftes Benehmen und betrachtete sie ungeniert und, für Topaz' Empfinden, besorgniserweckend düster.

Überraschend schoss sein Arm vor und seine Hand packte sie grob am Kinn. „Du gehörst jetzt mir, Noura", erklärte er. Seine bernsteinfarbenen Augen glitzerten so kalt, wie der Wüstensand heiß war. Panik wollte in Topaz hochkriechen. Jeder Teil, jedes Fitzelchen ihres Körpers schrie: Gefahr!

Sie verfiel in Schockstarre, konnte sich nicht bewegen, auch wenn sie es gewollt hätte. Vielleicht lag es daran, dass Karims Blick sie durchbohrte und bis in die Tiefen ihrer Seele vorzudringen schien, möglicherweise war er ein Hexer und sie stand unter seinem bösen Bann. Sie schluckte nervös und gewann wieder die Kontrolle über ihren Körper zurück. Sie wollte zurückweichen, doch Karims Griff verstärkte sich nur.

Sein anderer Arm legte sich um ihre Hüfte. Er fixierte sie und seine Hand glitt über ihr Becken auf ihren Po, wenigstens auf den Teil, den er in dieser Stellung berühren konnte. Auch dort erwies sich ihre Haut als empfindlich und an einzelnen Stellen bohrte sich der Schmerz wie ein glühendes Eisen in ihr Fleisch.

Doch genau das schien Karim beabsichtigt zu haben. Sein Gesicht kam ihrem ganz nah, so nah, dass seine Lippen nur Millimeter vor den ihren schwebten. „Wage es nicht, mir den Gehorsam zu verweigern oder mich in irgendeiner anderen Art und Weise zu hintergehen. Es würde dir schlecht bekommen. Und zu fürchten, ich würde dich züchtigen, ist in diesem Fall die geringste deiner Sorgen."

In Topaz' wild schlagendem Herzen lag all die Angst, derer sie fähig war. Sie starrte in die mitleidslosen Augen Karims und wusste, dass er jedes seiner Worte todernst meinte.

Seine Hand griff an ihren Hinterkopf, die Finger vergruben sich in ihr Haar und zwangen sie stillzuhalten, wollte sie nicht ein paar Haarsträhnen verlieren. Karims Lippen pressten sich auf die ihren. Er küsste sie, grob und dominant. Einzig, um ihr zu beweisen, dass er derjenige war, der über sie verfügen konnte, wann, wo und wie es ihm beliebte. Topaz fühlte sich verloren und überwältigt. Seine Zunge schob sich in ihren Mund und Topaz schmeckte die Bitternis von Kaffee und die Süße eines Gewürzes. Ein Teil ihres Verstandes dachte hysterisch, dass er wenigstens nicht stank. Sie hob ihre Arme, bereit, ihn von sich zu drücken, doch noch ehe sie ihren Plan in die Tat umsetzen konnte, hatten Karims Hände sie an den Oberarmen gepackt.

„Wag es nicht", knurrte er. Er löste seine Lippen von den ihren und zwang sie mit eisenhartem Griff rücklings auf die Decke.

Topaz schluchzte auf und versuchte, ihre Arme aus seiner Umklammerung zu befreien, doch seine Kraft überstieg die ihre bei Weitem und so war sie hilflos seinen Zudringlichkeiten ausgeliefert. Er warf sich auf sie, schob sein Bein zwischen die ihren und drückte ihre Schenkel gewaltsam auseinander. Dass er immer noch seine Hose trug, beruhigte Topaz kein bisschen. Sie fühlte sich bezwungen und gedemütigt, und ein Teil ihres Hirns war empört und entsetzt zugleich, gedacht zu haben, er wäre die bessere Wahl im Vergleich zu einem alten Scheich. Die Hoffnung, vielleicht doch Glück zu haben, nachdem sie in Karim statt einen alten Tattergreis den verführerischen Beduinen vom See erkannt hatte, verflüchtigte sich angesichts seines harten Körpers auf ihrem. Als seine Hände sie grob packten, löste sich das letzte Fünkchen Erleichterung im Nichts auf.

Ihren Kopf zur Seite zu drehen war alles, was ihr in seinem Klammergriff noch möglich war. Karim lachte heiser und sein Atem wehte über ihre Wange und strich über ihr Ohr. Der Stoff der Hosenbeine fühlte sich an der zarten Haut ihrer Schenkel rau an. An ihre Scham presste sich der eisenharte Penis. Von den anderen Frauen wusste sie, dass das männliche Geschlecht steif wurde, wenn es bereit war, in eine Scheide einzutauchen und dass dies gelang, wann immer der Mann hart wurde.

Sie war nackt, schutz- und barrierelos. Als er jetzt so auf ihr lag, seine deutliche Erregung an sie gepresst und sie kaum in der Lage, sich zu rühren, explodierte Panik in ihr. Es war der Horror davor, dass der Scheich sie jeden Moment schänden und ihr Schmerzen zufügen würde. Gleichzeitig durchdrang sie die Resignation, weil sie von einer schrecklichen Situation in die nächste rutschte. Seit dem Tag, an dem sie ihren Fuß auf nordafrikanischen Boden gesetzt hatte, hatte sie es nicht einmal geschafft zu fliehen, die einzige Gelegenheit, die ihr vergönnt gewesen war, hatte ihr das Schicksal rüde zunichte gemacht.

Einen grässlichen Augenblick lang erfasste sie eine solch tief empfundene Melancholie, dass Karim alles mit ihr hätte tun können. Sie war nicht mehr in der Verfassung zu kämpfen, zu widerstehen. Wozu auch? Sie war verloren. Sie besaß keine Zuversicht mehr. Nicht für sich, für ihr Leben, ihre Zukunft. All ihre Träume hatten sich in Albträume, ihre Hoffnungen in Staub und Schmutz, ihre Wünsche in tiefe, schwarze Mördergruben verwandelt. Sie könnte hier und jetzt sterben und es würde sie nicht kümmern.

Eine Ohrfeige riss sie aus ihrem erstarrten Zustand. Der Schlag war nicht zu fest gewesen, dennoch schockierte sie die Handgreiflichkeit.

„Das Letzte, was ich will, ist eine geistlose Sklavin, die so viel Leben in sich trägt wie eine Lumpenpuppe." Karim hielt ihre Hände über ihrem Kopf fest und hatte seinen Oberkörper so weit aufgerichtet, um ihr ins Gesicht und auf die Brüste blicken zu können. Sein Unterleib begann, über ihre Scham zu reiben. Fest drückte er sich gegen ihre Mitte und bewegte sich unnachgiebig. Sein Pfahl ruhte inmitten ihrer intimen Stelle, dort, wo Topaz' Spalte zwischen ihren Schenkeln verborgen lag. Der Körperkontakt mit einem ihr völlig Fremden versetzte sie in Aufruhr, und obwohl es entsetzlich und peinlich gleichermaßen war, pochte ihre Scham auf eine Art, die ihr nicht unangenehm war.

Karim bewegte sich energischer, der Druck baute gleichzeitig eine Empfindung ganz anderer Art in Topaz auf, die sie sich nicht erklären konnte. Auf eine ungewohnte und verwirrende Weise löste es Lust auf mehr aus, zugleich wünschte sie, Karim möge sie freigeben. Sie keuchte, als sich die neue Empfindung in ihrem Innern ballte, dann wie überschäumende Milch auf dem Herd ihren ganzen Körper erfassen wollte.

Just in diesem Moment ließ Karim von ihr ab. Er richtete sich auf, ohne weiter auf Topaz zu achten. Sie blinzelte und wusste nicht, was los war, ob sie das abrupte Zusammenfallen der prickelnden Gefühlserregung bedauern oder das Ablassen von Karims Zudringlichkeiten erfreuen sollte.

Karim deutete dem Diener heranzukommen und redete leise auf ihn ein, ehe er sich an Topaz wandte, die sich nun erhob und nach ihren Kleidern bückte.

„Zieh dich wieder an, Ibrahim bringt dich ins Frauenzelt. Dort wird man dich untersuchen und vorbereiten, vielleicht steht mir heute Abend der Sinn nach dir.“ Er machte eine Handbewegung in ihre Richtung, als verscheuchte er ein lästiges Insekt.

Topaz kannte sich inzwischen gut genug mit den hiesigen Gepflogenheiten aus, dass sie wusste, was für eine grobe Beleidigung es war, mit den Händen auf sie zu zeigen. Wut stieg in ihr auf und sie gab sich dem Gefühl hin. Wut gab Kraft, mit Zorn konnte man Widerstände niedermähen, während Angst lähmte – diese altbekannte Weisheit schoss ihr in diesem Moment durch den Kopf und brachte sie dazu, einen Schritt auf Karim zuzumachen.

„Ich bin kein Hund!“

Sie quietschte erschrocken, als er mit einem Satz bei ihr war und sie an den Schultern packte. „Nein, du bist schlimmer als ein Hund. Du bist aus Frankreich. Für euch Franzosen sind wir Wilde, Barbaren, die den falschen Gott anbeten und in Zelten in der Wüste hausen. Zivilisation wollt ihr uns bringen? Von nichts seid ihr Europäer weiter entfernt als davon!“ Hass blitzte in seinen Augen auf, und Topaz fürchtete einige Momente lang, er würde ihr etwas antun. Doch der Eindruck schwand nach ein paar Atemzügen und Karim stieß sie von sich, in die Arme seines Leibdieners.

„Bring sie weg!“, knurrte er, ehe er sich abwandte.

Ibrahim, der alte Mann, griff Topaz am Unterarm und führte sie nach draußen. Zurück im Freien musste sie geblendet die Augen schließen. Hier war alles grell, weit, laut und heiß. Die Luft schmeckte förmlich nach Sand und Sonne und roch nach dem Dung der Tiere des Zeltlagers, nach Leder, Feuer und etwas Würzigem. Als sie ihren Blick hob, entdeckte sie den Ursprung des appetitlichen Dufts. An einer Feuerstelle in angemessenem Abstand zu den Zelten stand eine Frau und rührte in einem dreibeinigen schwarzen Kessel herum, in dem es offensichtlich brodelte und in dem offenbar Essen zubereitet wurde. Sie wirkte hoch konzentriert, wie sie da verharrte und mit dem Inhalt ihres Topfs beschäftigt war. Die ganze Szene hatte etwas von einem Gemälde, auf dem eine mittelalterliche Hexe in einem Kessel ihre üblen Mixturen kochte.

Der Leibdiener des Scheichs lenkte Topaz mit sanftem Nachdruck zu einem Zelt auf der anderen Seite der Oase. Dieses hatte man sogar im Schatten der Palmen errichtet, die rund um das Ufer des kleinen Sees wuchsen. Der Eingang der Behausung führte in die Mitte des überschaubaren Zeltdorfes, so wie alle anderen. Topaz überlegte, dass auf diese Art alle wussten, wer wann und für wie lange in welches Zelt ging oder dieses verließ. Sie vermutete, dass keine Haremswächter für die Frauen im Zelt abgestellt worden waren. Unter den Adleraugen der gesamten männlichen Beduinen hier gab es keine Gelegenheit, um sich unbotmäßig zu benehmen. Ganz bestimmt würde jedwedes Vergehen umgehend dem Scheich gemeldet werden. So schnell, dass kaum der Sünder selbst davon wusste. Es war sicher unmöglich, hier in dieser reduzierten Welt etwas zu tun, von dem nicht sofort alle Bescheid wussten.

Sie fragte sich, ob die anwesenden Muselmanen alle noch lebenden Mitglieder des Stammes waren, natürlich bis auf ein paar wenige, die wie Malek nicht in dieser Wüstenei verblieben waren.

Topaz schluckte, nahm plötzlich alle Blicke überdeutlich wahr und bemerkte das Flüstern der Leute, die sich in Sichtweite befanden. Ihr war bewusst, dass sie als hellblonde Europäerin auffiel wie ein buntes Kamel. Sicher waren Europäer nicht mehr ganz so exotisch wie noch vor einigen Jahrzehnten. Doch hier, so weit draußen, gab es wohl keine anderen Weißen und so wurde Topaz mit einer Mischung aus Misstrauen, Faszination, Hass und Neugier begafft.

Ihr behagte dies nicht, verriet es ihr doch, dass sie keine Verbündeten in diesem Lager finden konnte und dass sie schärfer bewacht werden würde als alle anderen. Um sie hier festzuhalten, waren keine Ketten, keine Mauern oder Wachen nötig, dafür reichte schon der Argusblick der Gruppe.

Ibrahim erreichte den Zelteingang und blieb dort diskret und mit einer Noblesse, um die ihn jeder britische Butler beneidet hätte, stehen, als er eine der Frauen herausrief. Die Decke vor dem Eingang lüftete sich und eine Beduinin mit einer turbanähnlichen Kopfbedeckung schlüpfte heraus. Sie hatte Zeichnungen auf den Wangen, die wie in die Haut gesickert wirkten. Topaz erinnerte sich, Ähnliches bei einigen der Seeleuten gesehen zu haben, und starrte nun interessiert auf die Tätowierungen. Es faszinierte sie, so etwas an einer Frau und sogar in deren Gesicht zu entdecken.

Ibrahim redete auf die Unbekannte ein, die ihm aufmerksam zuhörte, immer wieder zu Topaz blickte und dann nickte.

Ibrahim wandte sich an Topaz. „Geh mit Thiyya."

„Komm", sagte Thiyya mürrisch. Sie besaß ein breites, aber hübsches Gesicht, das unter dem dunkelblauen Material der Kopfbedeckung etwas Apartes besaß. Das Gewand, das sie trug, war aus einem wollweißen Stoff, der etwas grober gewebt war als die meisten anderen Kleider, die Topaz bislang an den Frauen eines Harems gesehen hatte.

Thiyya öffnete den Eingang und schob Topaz hinein, als diese nicht schnell genug kam.

Wieder brauchte Topaz einige Minuten, bis sich ihre Augen an die Düsternis im Innern des Zeltes gewöhnt hatten. Diesmal gab es keinen Scheich, der ihre Angst und ihr Unbehagen weckte, keine Sorge, hier lebend nicht mehr wegzukommen.

Zu leben hieß zu hoffen, bestärkte Topaz sich erneut, während sie ihren Blick durch die Behausung schweifen ließ. Es gab kleine Laternen, die jedoch nicht angezündet waren, dafür drang dann doch genug Licht ins Innere. Auf der Erde lagen bunte Teppiche, Hocker standen herum, winzige Tischchen, in der Höhe zu den Schemeln passend und sogar niedrig genug, um sie auf dem Boden zum Sitzen zu verwenden. Es gab einen Schlafbereich, eine riesige Liegegelegenheit aus Matten und Decken hinter einem hauchzarten Gewebe, das an Spinnweben erinnerte.

Der Wohnbereich des Zeltes, in dem sich die Frauen vermutlich tagsüber aufhielten, wenn sie nicht im Freien verweilten, weil es verboten oder zu heiß war, war erstaunlicherweise nicht annähernd so groß wie der Schlafbereich. So als gäbe es kaum Grund für die Frauen, sich hier zu mehr als zum Schlafen aufzuhalten. Es wirkte alles luftiger und heller als im Beduinenzelt des Scheichs.

„Bist du die erste Frau des Scheichs?“, fragte Topaz und klang schüchterner, als sie tatsächlich war, aber sie vermutete, dass es nicht unbedingt verkehrt war, zurückhaltend und scheu zu wirken. Es könnte sich als hilfreich erweisen, wenn man vermutete sie sei ängstlich und unsicher.

Sie würde auf diese Weise alle täuschen und zum Narren halten. Sicher hielt man es für unnötig, sie allzu streng zu beaufsichtigen, wurde geglaubt, sie hätte sogar Angst vor ihrem eigenen Schatten.

Thiyya lachte rau.

„Der Scheich hat kein Weib, seine Liebe gehört der Wüste und seine Treue dem Stamm.“

Die Verwirrung stand Topaz wohl ins Gesicht geschrieben, denn die Beduinenfrau fühlte sich bemüßigt, es ihr zu erklären: „Alle unverheirateten Frauen des Stammes wohnen in diesem Zelt. Es ist also der Harem der Wahhabs. Alle Frauen und Töchter der Männer dieses Dorfes schlafen und halten sich hier auf, wenn ihre Herren sie nicht bei sich zu haben wünschen."

Also eine Gemeinschaftsunterkunft für die Gemahlinnen und Töchter der Beduinen, folgerte Topaz, ehe sie fragte: „Wahhabs?"

„Der Name unseres Stammes. Du bist jetzt eine Wahhab, Sklavin des Scheichs."

Topaz schluckte und glaubte, fürs Erste genug gehört zu haben, doch Thiyya legte nach: „Als Teil der Sippe wird dein Name künftig Noura sein."

„Ich habe bereits einen Namen!", widersprach Topaz.

„Ja, Noura!", bestätigte Thiyya ernst. „Und jetzt leg dich hin, ich soll mich davon überzeugen, dass du jungfräulich bist."

„Ich bin wirklich unberührt", entgegnete Topaz mit einem Anflug von Trotz. Nicht schon wieder Hände, die sie befingerten!

„Leg dich hin oder ich muss dem Scheich mitteilen, dass du ungehorsam bist!"

Topaz verschränkte in einem spontanen Ausbruch von Widerborstigkeit die Arme vor der Brust. „Zählt mein Wort denn nichts? Man hat mich bereits mit einer Untersuchung in Maleks Haus aufs Tiefste gedemütigt."

„Ich sage es kein weiteres Mal! Lass mich dich abtasten oder du wirst es büßen. Glaubst du, du kannst hier etwas entscheiden? Du bist eine von Scheich Karims Sklavinnen. Du hast zu gehorchen oder die Folgen zu tragen, und das wird dir noch um einiges weniger gefallen als die Untersuchung!“, drohte die Beduinenfrau und schob sich die Ärmel ihres Kittels zurück.

„Ach ja?“, beharrte Topaz störrisch.

„Ich hole Männer zu Hilfe, und wenn auch nur einer Zeuge dieser Überprüfung wird, bist du in den Augen des Stammes entehrt“, versprach Thiyya mit ruhiger Stimme und steinerner Miene, die Topaz’ Widerstand schneller in sich zusammenfallen ließen als jeder Wutausbruch.

Topaz ließ ihre Arme sinken und schluckte. Die Ehre war in diesem Teil der Erde alles, wer seine Ehre verlor, ob Mann oder Frau, war nichts mehr wert, weniger als nichts. Ein Grund, dem allem hier zu entfliehen. Sie wollte wieder zurück nach Frankreich. Sie hätte niemals auf den Gedanken verfallen sollen, Paris hinter sich zu lassen. Wenigstens innerhalb der Landesgrenzen hätte sie bleiben sollen, statt sich von den frivolen Ideen einer Frauenrechtlerin anstecken zu lassen und mit Abenteuerlust und Eigensinn zu versuchen, sich wie ein Mann zu benehmen. Sie war kein Mann, und die Welt war brutal zu Frauen, die glaubten, sie könnten Gottes natürliche Ordnung, die selbstverständlich nur eine von Männern zitierte war, unterwandern. Jetzt lernte sie auf schmerzhafte Art, was es hieß, gegen die Regeln der Gesellschaft zu verstoßen.

Sie schwor sich, sollte sie heil und sicher nach Frankreich zurückkehren können, würde sie sich einen anständigen Ehemann suchen und eine ehrbare Frau werden, so wie es sich gehörte.

Sie legte sich gehorsam hin, schloss die Augen und ließ die entwürdigende neuerliche Feststellung ihrer Unberührtheit über sich ergehen. Anders als in Maleks Haus reichte es Thiyya, unter die Abaya zu greifen und Topaz zu betasten. Sie tat es kurz und mit kühler Gleichgültigkeit, was für Topaz bedeutend weniger demütigend war als die Untersuchung vor ein paar Tagen.

Thiyya zog ihre Hand zurück. „Fertig."

Sie wandte sich ab und verschwand aus dem Zelt. Topaz setzte sich auf und überlegte, ob sie Thiyya folgen sollte oder hier warten musste. Doch noch bevor sie zu einem Ergebnis gekommen war, kehrte die Frau zurück.

„Du darfst im See baden, dann werden wir dich für unseren Scheich vorbereiten. Du wirst mit ihm zu Abend essen", verkündete sie.

Bei dem Gedanken daran, dass überall Männer herumliefen und sie begaffen würden, sobald sie auch nur den Saum ihrer Kutte über ihren Knöchel hob, stieg Übelkeit ihre Kehle empor. „Und was ist mit den Männern, die mich dabei beobachten könnten?"

Zum ersten Mal ließ sich auf dem Gesicht der Beduinin etwas Vergleichbares wie ein Lächeln sehen. „Komm mit!"

Thiyya zog Topaz am Ärmel ihrer Abaya mit sich aus dem Zelt. Draußen brach eine Welle aus Licht und Hitze über ihr zusammen, einen Moment lang verschlug es Topaz den Atem, so drückend schien ihr die Luft. Sie stöhnte und folgte Thiyya, die sie um das Zelt herumführte.

Direkt hinter dem Frauenzelt begann das Ufer des Sees. Lange Stoffbahnen waren gespannt worden und grenzten einen großzügigen Bereich – vom Zelt weg bis etliche Meter in den See hinein – ab. Niemand und schon gar kein Mann konnte diesen Bereich einsehen und erst recht nicht betreten, ohne nicht vorher am Zelt der Frauen vorbeizulaufen, doch in diesem Fall hätten ihn die anderen gesehen.

Und jetzt wusste Topaz auch, warum sie bis auf die einsame Köchin und Thiyya keinen anderen Frauen begegnet war. Alle Frauen des Stammes hielten sich anscheinend hier auf. Die meisten trugen lange, helle Kutten, die jedoch so dünn waren, dass man die Brustspitzen und die Schamhügel hindurchsehen konnte.

Eben watete eine schwarzhaarige Schönheit mit Augen so intensiv grün, dass sie Topaz als Erstes auffielen, aus dem Wasser. Das Gewand schmiegte sich nass, schwer und nahezu durchsichtig um ihre schmale Figur, die in Topaz spontan Neid weckte. Mit einem Mal kam sie sich plump und aufgedunsen vor mit ihren runden Hüften und den schweren Brüsten, die dreiste Männer oft verlockten, darauf zu starren, als hätten sie Ähnliches noch nie zuvor gesehen.

„Viel zu dünn!“, kommentierte Thiyya tadelnd und sah zu Topaz, als durchschaute sie deren Gedankengänge. „Das ist Zuleika, die zweite Frau von Bassam, einem engen Vertrauten des Scheichs.“

„Die zweite Frau“, echote Topaz fassungslos.

Thiyya schien das als Frage zu verstehen und nickte. „Die Rothaarige dort ist Bassams erste Frau und Mutter seines Sohnes, Vega.“ Ihr Blick wanderte zu einer üppigen Rothaarigen, die auf einer Matte lag und weiße Würfel, vermutlich eine Süßigkeit, naschte. „Wenn du auf mich hörst, hältst du dich von Vega fern. Sie ist eine hinterhältige Viper.“

Mit einem Achselzucken wandte sie sich ab, wieder Topaz zu. „Du wirst feststellen, dass die Dinge hier in der Wüste anders sind als in unseren Nachbarländern oder in der Stadt. Malek hat sich schon viel zu sehr von den Ausländern beeindrucken lassen und folgt ihrer Lebensweise. Hier draußen haben wir Frauen noch mehr Freiheiten und Rechte. Die Mauern und der Lärm der Städte vergiften die Denkweisen der Menschen. Wenn unsereins die Freiheit der Wüste und den Sand unter den Fußsohlen nicht spürt, wird er krank und verrückt. Nur die endlose Weite, die kristallklaren Sternennächte und die glühend heiße Sonne halten unser Blut flüssig und unsere Herzen rein.“

Thiyya hatte zum ersten Mal so lange und vor allem pathetisch zu Topaz gesprochen, dass diese über die Maßen erstaunt lauschte. Kaum zu glauben, dass so viel Feuer und Leidenschaft in der Frau verborgen lagen. Bis zu diesem Moment hätte Topaz ihr jegliche intensivere Gefühlsaufwallung abgesprochen.

Weil Thiyya sie anstarrte, als erwartete sie eine Antwort oder wenigstens eine Reaktion von Topaz, nickte diese. Damit schien die Beduinenfrau zufrieden und deutete auf das Wasser. „Geh hinein, kühl dich ab, aber vor allem säubere dich“, forderte sie von Topaz.

Noch bevor diese eine Seife oder Ähnliches verlangen konnte, kamen zwei Frauen herbei, leichtfüßig und mit Silbertabletts in den Händen. Auf dem einen lagen Tücher, die zum Waschen und Entfernen der rauen Hautstellen gedacht waren. Ein Stück Seife, würfelförmig und von graugrüner Farbe, befand sich nebst einem Krug auf dem anderen Tablett.

Thiyya räusperte sich. „In dem Krug befindet sich ein Kräuterwasser, mit dem du hinterher dein Haar spülst, nachdem du es mit Seife gewaschen hast. Dieses Seifenstück stammt übrigens aus der feinsten Werkstatt Aleppos.“

Der Tonfall legte nahe, dass Thiyya Topaz etwas besonders Edles bot, doch da sie nicht wusste, wer oder was Aleppo sein sollte, konnte sie nur nicken. „Vielen Dank, das ist sehr großzügig“, erwiderte Topaz wohlerzogen und ein wenig irritiert, weil man ihr als Sklavin etwas offensichtlich Teures zugestand.

Die Beduinin wirkte zufrieden und schien davon auszugehen, dass Topaz auch tat, was sie ihr als Vorschlag und gütiges Zugeständnis empfahl. Topaz hätte vielleicht rebelliert, doch die Aussicht, sich nach dem langen Ritt durch die Wüste den Sand, der immer wieder unter ihre Kleider gekrochen war und auf ihrer Haut kratzte, den Kuss der Wüste vom Leib zu spülen, erwies sich als zu verführerisch. Aber vor allem wegen der fast schon unerträglichen Hitze und dem Schweiß, der sich klebrig anfühlte, würde sie ein kühlendes Bad genießen. So töricht war sie nicht, sich aus bloßem Trotz gegen etwas zu wehren, was ihr selbst zugutekam.

Sie öffnete die Schnürung an ihrem Hals, die die Abaya, das kuttenähnliche Gewand, so weit öffnete, dass sie es über ihre Schultern gleiten und auf den Boden fallen lassen konnte. Sie stieg aus dem Stoff und ging an den Rand des Wassers. Das Gefühl des heißen Wüstenwindes, der um das Zelt strich und sich weder von den Zeltbahnen aufhalten noch dem vorhandenen See in etwas Angenehmes verwandeln ließ, streichelte Topaz' Haut wie die raue Hand eines ungeschickten Liebhabers. Eben in diesem Moment schlug eine kleine Welle gegen ihre Zehen, leckte an den Kuppen und umspülte ihre Fußnägel. Das lauwarme Wasser war zu verlockend, als dass Topaz noch länger widerstehen konnte und wollte. Sie trat einen Schritt gen Wasser und stand daraufhin bis zu den Knöcheln im Wasser. Die sachten Strömungen unter der Wasseroberfläche trafen auf ihre Schenkel, und die erquickliche Kühle verlockte Topaz, weiter in die Mitte des Sees vorzudringen. Sie stoppte, als sich die Hälfte ihrer Brust im blaugrünen Nass befand.

Der Boden unter ihren Fußsohlen erwies sich als weich wie Samt. Mit jeder Bewegung wurde der Untergrund aufgewirbelt, und manches Mal fühlte sie, wie die sandigen Wirbel über ihre Haut rieben, ehe sie sich im Wasser verloren. Als sie ihren Blick senkte, konnte sie trotz des aufgewühlten Bodens bis auf den Grund sehen, dabei hätte der Schlick doch das Seewasser in eine schlammige Brühe verwandeln können. Sie hatte ihre Arme gesenkt und begann nun, sie im Wasser zu bewegen. Die Wellen, die sie so auslöste, trafen sacht auf ihre Haut, leckten sie, kitzelten an ihren Nippeln, die sich durch die ungewohnte Kühle versteiften. Schon nach kurzer Zeit fühlte Topaz, wie ihre Brustspitzen prickelten und sich zusammenzogen, bis sie hart wie Kieselsteine wurden.

„Herrin?“ Eine der Frauen mit den Tabletts war unbemerkt neben ihr erschienen. Sie reckte ihr das Servierbrett entgegen, sodass Topaz nach der Seife griff, ehe sie sich ein Herz fasste und kurz untertauchte. Kälte und Nässe umfingen sie. Sie gab sich einige Momente, ehe sie sich wiederaufrichtete. Immer noch mit dem Waschstück in der Hand kam sie an die Oberfläche zurück. Erst jetzt begann sie, sich damit abzureiben, doch nur dort, wo ihre Haut auch an der Luft war, konnte sich Schaum entwickeln. Der Duft nach kostbarem Jasmin umhüllte sie. Es war ein Vergnügen, das duftende Rechteck über ihr Haar zu reiben und anschließend die goldenen Längen zu kneten.

Die Kopfhaut zu massieren, bis üppige weiße Blasen entstand, der in dicken Rinnsalen über den Nacken lief und sich seinen Weg über den Rücken bahnte, die Schultern und das Dekolleté benetzte und dessen Geruch Topaz umgab. Sie wischte sich Wasserperlen von der Stirn. Sie verrieb die Schaumberge auf ihrer Haut und genoss den Jasminduft, die Seidigkeit der Seife und die Frische des Wassers. Ihre Nippel kribbelten noch heftiger unter ihren Berührungen, als sie begann, ihre Brüste etwas intensiver als nötig zu bearbeiten. Sie rieb über die Brustspitzen und erschauerte, als sie dadurch das wohlige Prickeln intensivierte, sodass es bis direkt in ihren Bauch wanderte und sich dort ausbreitete und erotisch pulsierte.

Sie schluckte und überspielte die Verlegenheit, die sie überkam, weil sie sich klarmachte, nicht unbeobachtet zu sein, und dass eine der Frauen vielleicht ahnte, was in ihr vorgehen könnte. Sie tauchte schnell unter und wusch sich die seifigen Überreste ab. Ehe sie an die Oberfläche zurückkehrte, bewegte sie ihren Kopf unter Wasser, als würde sie ihn schütteln. Unbeschreiblich langsam schwebten ihre Haare im Seewasser hin und her. Ihr Blick folgte der Bewegung ihres Kopfes, und sie beobachtete, wie sie ein goldblonder Schleier aus ihren Haarsträhnen umgab. Als sie auftauchte, klebten dicke Strähnen in ihrem Gesicht, die sie beiseiteschob.

„Lasst mich Euer Haar spülen", bat die zweite Dienerin, die nun nähertrat. Sie goss den Inhalt des Krugs über Topaz' Kopf und der Geruch nach orientalischen Blüten und Gewürzen kitzelte ihre Nase. Sie strich das Haar zurück, drückte das Wasser heraus und folgte der Dienerin ans Ufer. Dort wickelte diese Topaz' Haarlängen in ein Tuch, das ähnlich wie die Spülung roch, nach Blüten und Gewürzen. Offenbar war das Tuch damit parfümiert worden.

Die Dienerin trat einen Schritt zurück und die zweite näherte sich. Ihre Hand streckte Topaz einen der Lappen entgegen, mit denen man die Hautschüppchen entfernen konnte und den Körper massierte. Fragend blickte sie Topaz an, und diese nickte, worauf die Dienerin begann, mit dem rauen Lappen über ihre Haut zu reiben. Sie fasste Topaz' Hand an den Fingerspitzen und strich über die

Haut. Part um Part nahm sie sich Topaz' Körper vor, mal sanfter, mal kräftiger; kurze Striche, kleine Kreise ziehend, dann wieder ausladende Kreise beschreibend. Topaz' Haut prickelte und sie fühlte sich erfrischt und lebendig. Schließlich bat man sie, sich auf ein dickes Tuch zu stellen, ehe die beiden Dienerinnen sie mit Öl salbten und erneut durchkneteten. Als sie von ihr abließen, fühlte sie sich wie eine Königin.

Während sich die Dienerinnen um sie kümmerten, hatten ihr die anderen Frauen immer wieder mehr oder weniger verstohlene Blicke zugeworfen. Offenbar war es nichts Ungewöhnliches, dass eine der Frauen von den Dienerinnen so umsorgt wurde, oder es lag daran, dass sie dem Scheich gehörte und alle zu großen Respekt vor ihm hatten.

Eine der Dienerinnen kniete sich nieder und hielt Topaz nacheinander Seidenpantoffeln mit Ledersohlen entgegen, in die sie stieg. Dann reichte man ihr ein Gewand, das an einen Morgenmantel erinnerte. Sie schlüpfte in den feinen Seidenmantel und bekam den Gürtel gebunden.

Thiyya kam näher und nickte zufrieden. „Komm mit!"

Da ihr nichts anderes übrigblieb, trottete sie der Beduinenfrau hinterher.

Kapitel 5

Sie kehrten ins Zelt zurück, dort befahl Thiyya Topaz auf einen Schemel und begann, sich um ihr Haar zu kümmern. Topaz hatte nicht den Eindruck, dass Thiyya eine Dienerin war, und wunderte sie sich, dass die Frau die niedrigen Arbeiten einer Zofe ausübte. Sie fragte nach, stolz, dass ihr Arabisch gut genug war.

„Ich bin die Witwe von Scheich Karims Stiefvater und für die Frauen im Frauenzelt zuständig."

Topaz nickte, wusste damit jedoch nichts anzufangen. Wieder einmal wurde ihr bewusst, wie umfassend fremd ihr dieser Landstrich, die Kultur und die hier lebenden Menschen waren.

Thiyya schien ihre Unwissenheit zu erahnen. „Es ist Tradition, dass die weiblichen Verwandten des Scheichs diese Aufgabe übernehmen."

Sie kämmte Topaz' goldene Mähne behutsam und legte ihr ein Band um Stirn und Haar, ehe sie damit begann, Topaz' Gesicht zu schminken. Erst trug sie farbige Lippenpomade auf, dann holte sie eine Kerze herbei, entzündete diese und stellte sie auf ein kleines Tischchen, kaum größer als der Hocker, auf dem Topaz saß. Als Nächstes öffnete Thiyya eine schmale Kiste und nahm einen schwarzen Stift heraus, der etwa so lang wie ihr kleiner Finger war, aber dünn und spitz. Neugierig beobachtete sie, wie die Beduinin diesen ein paarmal durch die Kerzenflamme zog, ehe sie sich ihrem Auge näherte. Gekonnt fuhr sie mit dem Stift über die Augenränder.

Dann trat sie ein Stück zurück und musterte Topaz kritisch, ehe sie nickte. „Gut so."

Sie reichte Topaz einen Spiegel. Fasziniert, dass es hier draußen in der Wüste Derartiges gab, nahm sie diesen an sich und betrachtete ihr Gesicht. Die Farbe auf den Lippen ließ diese voll und feucht wirken und lenkte die Aufmerksamkeit darauf, nicht so sehr jedoch wie die Augen. Durch das Umrahmen mit dem Stift wirkte die Iris intensiver und ihr Blick besaß etwas Katzenhaftes. Ein bisschen ähnelte ihr Gesicht nun wie das einer der ägyptischen Königinnen, von denen sie bereits Bilder und Zeichnungen gesehen hatte. Sie konnte kaum glauben, dass sie es war, die ihr von der Spiegeloberfläche entgegensah.

Thiyya nahm ihr den Handspiegel wieder ab und legte ihn zurück in die Truhe, in der sie auch die Schachtel mit dem Augenfarbstift und der Lippenpomade aufbewahrte.

„Und jetzt suchen wir noch die passende Kleidung", verkündete die Beduinin, während Topaz sie beobachtete.

Thiyya hockte sich vor eine weitere Truhe und begann, dort nach etwas zu wühlen. Sie schichtete Kleider um, und gelegentlich erhaschte Topaz einen Blick auf feine, seidig glänzende Stoffe, die ihr ein wenig Mut gaben.

Schließlich fand die Frau, was sie suchte, und kam zu Topaz, in der Hand ein Kleiderbündel, das Topaz' Herz in die Magengrube rutschen ließ. Dunkelroter Stoff, so dünn und durchscheinend, dass die Badegewänder dagegen wirkten wie die biederen, hochgeschlossenen Kutten von Nonnen. Die orientalische Bekleidung war allgemein viel offenherziger und luftiger als die, die Topaz von zu Hause gewohnt war.

Als ihr Blick über das Bündel glitt, wusste Topaz nicht, wie sie reagieren sollte. Sie stand auf und wich einen Schritt zurück, als ihr Thiyya die Sachen reichen wollte.

„Zier dich nicht." Die freundliche Vertrautheit, die sich in den letzten Minuten aufgebaut hatte, verlor sich in dem ruppigen Ton der Orientalin. „Du bist eine Sklavin, du trägst, was sich deiner geziemt."

Topaz zögerte und Thiyya hielt ihr auffordernd die Kleidung entgegen. Als sich sie sich immer noch weigerte, legte Thiyya das Stoffpäckchen auf den Schemel, auf dem Topaz eben noch gesessen hatte. Sie hielt das Oberteil hoch, sodass sie es in seiner Gesamtheit betrachten konnte. Es war nicht mehr als eine ärmellose Weste, so kurz, dass mindestens eine Handbreit Bauch zum Hosen- oder Rockbund freiliegen musste. Immerhin war es nicht komplett durchsichtig, sondern hatte auf Höhe der Brüste einen breiten Stoffstreifen eingearbeitet.

Es war sinnlos, noch länger dem Unvermeidbaren auszuweichen, zu groß waren Topaz' Furcht und ihr Wunsch zu fliehen. Dieses Vorhaben durfte sie nicht in Gefahr bringen, indem sie die Vertrauten des Scheichs und ihn selbst gegen sich aufbrachte, rief sie sich in Erinnerung.

Wütend, verstört und ängstlich zugleich schlüpfte sie in das Leibchen. Dass Thiyya triumphierend nickte, verärgerte Topaz, doch sie biss sich auf die Wange, um sich nicht zu einer törichten und spontanen Äußerung hinreißen zu lassen.

Sie nahm die Hose entgegen. Mit den weiten Hosenbeinen und engen Bündchen an den Knöcheln, bauschte sich der Stoff um ihre Beine und ließ die Form nur erahnen, ein guter Kompromiss. Doch empörenderweise war auch hier das Material so dünn und zart wie Spinnweben. Als Einsätze in einer sonst anständigen Abendrobe oder als Verzierung am Saum eines Tageskleides, vielleicht um das Dekolleté mit einem Hauch von Nichts zu verhüllen, wäre das durchscheinende Gewebe ein wahrer Traum gewesen. Doch komplett damit eingekleidet zu werden, war eher eine Beleidigung für jede Frau, die auch nur im Ansatz etwas auf sich und ihren Ruf hielt.

Kein Wunder also, dass man den Orientalen nachsagte, lasterhaft, verdorben und triebhaft zu sein. Schon der Gedanke, sich in dieser Aufmachung einem anderen Menschen zu zeigen, beschämte Topaz. Wenn diese dazu gedacht war, sie zu beschämen und bloßzustellen, dann war es erfolgreich. Sie fühlte die Scham von den Füßen bis zur Stirn brennen. Ein Kloß im Hals erschwerte ihr das Schlucken und erst recht das Sprechen.

Wenn sie das alles gewusst hätte! Damals, bei ihrem ersten Vortrag über die Rechte der Frauen, als sie im Kreis vieler Gleichgesinnter bestärkt wurde, nicht auf Ehegatten-Jagd zu gehen. Geblendet von den Zukunftsaussichten, die in ihr erweckt worden waren, hatte sie warten wollen, bis sie aus Liebe heiraten würde und mit dem Wissen, für sich selbst sorgen zu können. Bis dahin hätte sie etwas von der Welt gesehen gehabt und sich aus freiem Willen zur Ehe und Mutterschaft bekennen können, und nicht, weil die Gesellschaft dies von ihr erwartete und weil sie einen Ernährer benötigte.

Stattdessen hatte sie das Schicksal – oder vielleicht auch ein äußerst männerliebender, rachsüchtiger Gott – hierhergeführt. Zu einem der rausten Völker der Welt, wo man sie halb nackt als Sklavin einem Mann auslieferte, der sich laut seiner Landesgesetze ihrer bedienen konnte, wie es ihm in den Sinn kam. Und niemand würde ihr helfen.

Sie rang die Übelkeit nieder, die ihren Magen und die Kehle emporsteigen wollte. Sie würde mit allem fertig werden, schwor sie sich.

Sie zuckte zusammen, als sie kaltes Metall um ihren Bauch fühlte. Thiyya legte ihr einen feingliedrigen Kettengürtel um, an dem flache, tropfenförmige Plättchen aufgereiht hingen, die bei jeder Bewegung klirrten. Man würde sie bei jedem Schritt, den sie tat, hören. Einen irren Moment lang fürchtete sie, der Gürtel könnte auf Dauer um ihren Leib geschlossen worden sein, sodass man sie künftig sofort bemerkte, wenn sie sich in der Nähe befand. Doch dann erkannte sie, dass es sich nur um einen gewöhnlichen Gürtel handelte.

Nachdem Thiyya sie mit Ohrgehänge und einem breiten Halsband geschmückt hatte, schien die Frau mit ihr zufrieden zu sein. Sie trat einen Schritt zurück und betrachtete Topaz beeindruckt.

„Scheich Karim wird von dir hingerissen sein!“, meinte Thiyya stolz. Vermutlich würde man ihr Lob und Anerkennung zuteilwerden lassen.

Topaz hingegen verspürte nur Scham über die anrüchige Aufmachung, die man ihr aufgezwungen hatte. Am liebsten hätte sie sich nicht nur in einen der dicksten Kaftans gehüllt, sondern sich obendrein auf dem Boden zusammengerollt wie ein verwundeter Igel. Sie wagte sich die Reaktionen der Männer des Zeltdorfes nicht einmal auszumalen, wenn diese sie zu Gesicht bekamen.

Doch als könnte Thiyya ihre Gedanken lesen, wandte sie sich nun ab, um erneut in einer der Truhen zu kramen. Sie kam zu Topaz zurück, die immer noch in der Mitte des Zeltes stand, und hatte ein sorgfältig zum Viereck gefaltetes Paket in der Hand. Triumphierend hob sie es hoch und ein Burnus entfaltete sich vor Topaz' Augen. Thiyya legte ihr den Umhang um die Schultern. Der Stoff bestand aus einem dicht gewebten purpurfarbenen Material, so weich, dass sich Engelsflügeln nicht weicher hätten anfühlen können, und so lang, dass sie vom Hals bis zu den Knöcheln verhüllt werden konnte.

„Den ziehst du über, wenn wir zum Zelt des Scheichs hinübergehen", ordnete Thiyya an, und Topaz dachte rebellisch, sie zöge ihn an und ganz sicher nicht mehr aus. Wenigstens so lange, bis sie eine andere respektable Bekleidung erhalten würde.

Ganz so, als hätte der Ibrahim darauf gewartet, dass die Frauen fertig wurden, erklang seine Stimme vor dem Zelteingang. Er verharrte dort diskret und verkündete, Topaz holen zu wollen. Das Herz rutschte ihr förmlich in die Bauchgrube und ihr wurde heiß vor Angst und Verlegenheit.

Thiyya merkte von alldem nichts, vielleicht wollte sie auch nichts merken, sie legte ihre Hände auf Topaz' Schultern und zwang sie hinaus, in Ibrahims Obhut.

Der alte Mann nickte ihr zu und machte eine auffordernde Bewegung, um Topaz zu deuten, ihm zu folgen. Sie fügte sich, wieder einmal, weil sich ihr keine andere Möglichkeit bot, als dem Alten zu gehorchen. Während sie über den Platz lief und die Zelte bewunderte, achtete sie ebenso auf die Menschen, vor allem die Männer, die das Lager und seine Bewohner bewachten. Dass die Männer mit dem Schutz des Lagers betraut worden waren, bezweifelte Topaz nicht. Zwar mochten sie sich allesamt wie normale Leute benehmen, doch sie rief sich streng in Erinnerung, dass sich die Alqadimaner ihren Ruf als Wegelagerer und kriegerisches Völkchen nicht umsonst erworben hatten. Die einzelnen Stämme waren untereinander verfeindet und gerieten immer wieder in Scharmützel. Es würde nicht leicht sein, unter diesen Umständen entfliehen zu können, das war Topaz von Anfang an klar gewesen. Aber nur, weil es schwierig war, hieß das ja nicht, dass es unmöglich war.

Sie ließ ihre Blicke scheinbar willkürlich herumwandern, erfasste dabei blitzschnell, wie viele Männer offensichtlich im Lager patrouillierten und ob sich Frauen außerhalb ihrer Zelte und des abgeschirmten Bereiches am See aufhalten konnten. Sie entdeckte die beiden, die sie beim Waschen unterstützt hatten, und weiter hinten war eine damit beschäftigt, in einem riesigen Topf zu rühren. Währenddessen saß eine daneben auf dem Boden und knetete kleine Teigbälle. Topaz vermutete, dass es den Dienerinnen auf jeden Fall erlaubt war, sich frei im Lager zu bewegen.

Ibrahim stoppte vor dem Zelt des Scheichs, und Topaz verspürte ein Rumoren in ihrem Bauch, das das Hungergefühl überlagerte, das sich eigentlich hätte einstellen müssen. Sie hatte seit dem Frühstück, das aus einem Becher Milch und einem darin eingetunkten Kanten Fladenbrot bestanden hatte, nichts mehr zu sich genommen.

„Rühr dich nicht von der Stelle!" Das erste Mal sprach der Diener direkt zu ihr, und das auch noch mit einem harschen Befehl, der Topaz tatsächlich dazu veranlasste, zu tun, was ihr befohlen worden war. Jetzt, so unmittelbar davor, dem Scheich gegenübertreten zu müssen, rauschte es in ihren Ohren. Selbst ihr Herzschlag polterte so laut in ihrer Brust, dass sie glaubte, es wären Trommelschläge, die gegen ihre Rippen donnerten und weithin zu hören sein müssten. Sie konnte das Beben ihrer Finger unter den Falten des Umhangs verbergen, und als der Alte wieder aus dem Zelt herauskam, verkrampfte sich ihr Griff im Gewand. Sie trat an ihm vorbei ins Innere und nahm nur am Rand war, dass er ihr nicht folgte.

Immerhin würde es keine Zeugen der Schmach geben, wenn sie vom Scheich geschändet werden würde. Sie schob ihr Kinn kämpferisch hervor und streckte den Rücken durch, entschlossen, dem unvermeidlichen endgültigen Untergang ihrer Tugend in Würde entgegenzutreten.

Sie wusste nicht, was sie erwartet hatte, doch gewiss nicht, dass ihre Nase von köstlichsten Essensgerüchen umschmeichelt würde. An anderen Ende des Zeltes war auf dem dafür typischen niedrigen Tisch eine Vielzahl verlockend aussehender Speisen aufgetragen worden, deren Düfte und Farben nun doch Topaz' Appetit anregten.

Den Scheich entdeckte sie erst, als er sich ihr aus einer dunklen Ecke des Zeltes näherte. Furchtsam zog sie den Burnus enger um ihren Körper. Sie merkte, dass es ihr auf Dauer zu warm werden würde, doch das nahm sie billigend in Kauf. Sie räusperte sich.

„So ängstlich, Noura?" Er lächelte dünn.

Etwas in seiner ansonsten reglosen Miene ließ sie Verachtung vermuten. Verzweifelt hoffte sie, dass er sie genug verabscheute, um sie weder in sein Bett zu zerren, noch als Sklavin zu behalten. Vielleicht konnte sie sogar an sein Ehrgefühl appellieren und ihn zu ihrer Freilassung überreden. Wenn er sie in eine französische Siedlung eskortieren würde, reiste sie von dort zum nächsten Hafen weiter und nähme das nächste Segelschiff zurück nach Frankreich. Dort zöge sie sich aufs Land zurück, irgendwohin, wo Lavendel wuchs. Dort lebte sie dann in einem winzigen Häuschen und säße spätabends unter dem französischen Sternenhimmel und zählte die Himmelskörper, während der würzig-frische Duft des Lavendels sie umwehte. Die bleichen Mondstrahlen würden die dunkelvioletten Blüten in zartem Flieder erscheinen lassen, und vielleicht fände sie sogar eines Tages einen Mann, der mit ihr die Felder bewunderte. Einen sanften, belesenen Mann, der mit Topaz vor dem Haus saß und ihr bei Baguette und Landwein Gesellschaft leistete.

Das Herz wurde ihr schwer, und noch ehe sie sich weiter in Tagträumen erging, zerrte die Stimme des Scheichs sie in die Wirklichkeit zurück.

„Du verlierst dich doch nicht etwa in Melancholie? Ich kann es an deinen Augen erkennen."

Topaz blinzelte und begegnete seinem Blick. Sie konnte dort nichts weiter finden als Kälte und Gleichgültigkeit, obwohl sie zuvor geglaubt hatte, Wärme in seinen Worten vernommen zu haben.

Er packte sie am Kinn und zwang sie, ihren Kopf hin und her zu drehen, damit er sie betrachten konnte. „Bleiche Haut, Augen so blass wie der Himmel im Morgengrauen und Haare wie der Wüstensand am Ende der Dürrezeit."

Seine freie Hand glitt jetzt über ihre Seiten, ihren Hintern, umfasste die rechte Pobacke und knetete sie. Noch durch den Burnus und die Hosen hindurch nahm sie seine heiße Haut wahr. Obwohl es ihr missfallen sollte, waren ihr diese Zudringlichkeiten durch ihn nicht unangenehm, und sie wusste nicht, wie sie darauf reagieren sollte.

„Wenigstens hat man genug üppiges Fleisch in der Hand, wenn man dich anfasst." Es hätte bewundernd klingen können, derb, aber bewundernd. Doch seine Stimme troff vor Hohn. Erneut musterte er ihr Gesicht. Er näherte sich ihr noch weiter. „Deine Furcht beeindruckt mich nicht, im Gegenteil, es gibt nichts Süßeres, als der Erste zu sein, der die Barriere der Unschuld durchstößt. Nur dann kann der Mann sicher sein, für immer in der Erinnerung der Frau zu bleiben. Ihren ersten Liebhaber vergisst eine Frau nie, egal wie viele Männer zwischen ihren Schenkeln ruhen werden."

Panik erfasste Topaz bei der Vorstellung, er würde sie nach ihrer Entjungferung all seinen Männern überlassen.

Sein Lächeln verstärkte sich und es war ein böses Lächeln voller Verachtung. „Es ist mehr als unbegreiflich, wie eine Frau deines Alters noch immer unberührt sein kann. Die Männlichkeit der Franzosen muss wahrhaft bemitleidenswert und jämmerlich sein. Ich verspreche dir, du wirst schon bald erfahren, was es heißt, der Lust eines Mannes zu dienen."

Topaz zitterte furchtsam und sie hasste sich im selben Moment dafür. Sonst keine ängstliche, schwache Frau, raubte ihr die Aussicht, gegen ihren Willen genommen zu werden, jeglichen Mut, und auf einmal verstand sie, weshalb Vergewaltigungen zu den üblichen Grausamkeiten der Kriegstreiberei gehörten. Mit nichts anderem konnte man die Frauen und deren Männer so gründlich demoralisieren und demütigen.

Sie fühlte, wie Tränen in ihre Augen steigen wollten. Krampfhaft schluckte sie und zwang die Furcht zurück. Nicht willens, den Scheich sehen zu lassen, wie sehr es sie bereits in Angst und Schrecken versetzte, wenn er nur davon erzählte, was er für sie plante.

Seine Hand ließ ihr Kinn los und er trat zurück. Erleichtert darüber wich Topaz einen Schritt nach hinten aus, um wieder mehr Abstand zwischen ihn und sich zu bringen.

„Zieh den Umhang aus!", befahl Scheich Karim und seiner Miene war anzusehen, dass mit ihm nicht zu spaßen war.

Topaz' Hände flogen auf die Höhe des Dekolletés und zogen dort den Stoff noch enger um ihren Oberkörper.

Karim hob eine Augenbraue. „Verweigerst du dich mir etwa jetzt schon?“ Sein Blick war wie aus Eis, und die Kälte, die er versprühte, verhieß nichts Gutes.

„Mir ist kalt“, stotterte Topaz entschuldigend, weil sie ahnte, den Bogen zu überspannen. Sie verstand nicht, warum der Scheich sie dermaßen in Aufruhr versetzte. Es gab keinen Grund, sie war dreisteren, gefährlicheren Männern begegnet, und doch war Karim ben Said al-Wahhab derjenige, der Topaz grenzenlose Angst einjagte. Er war der Einzige, der es je geschafft hatte, dass die Aufregung mit heißkalten Schauern ihren Körper durchfuhr.

„Dann zieh dich aus und leg dich hin. Wenn mein Körper den deinen bedeckt, wird dir warm werden“, erklärte er.

Sie schüttelte den Kopf und ahnte bereits in diesem Moment, dass sie kapitulieren würde, sogar musste. Doch jegliches Handeln von ihrer Seite wurde überflüssig, als Karim sie packte und gegen die Zeltwand drängte. Obwohl es ihr ein Leichtes gewesen wäre, sich zu befreien und loszumachen, tat sie es nicht. Sie sah in seine bernsteinfarbenen Augen und erkannte die Überlegenheit in seinem Blick, die innere Stärke. Diese Eigenschaften beriefen ihn zum Anführer seines Stammes, und auch sie ergab sich. Doch nur für diesen Moment, schwor sie sich.

Er öffnete Topaz’ Burnus, zog ihn ihr über die Schultern und fixierte dabei ihr Dekolleté. Offenbar hielt er sie nicht für würdig genug ihr ins Gesicht zu blicken.

Sie stieß einen schluchzenden Laut aus. Der Umhang glitt zu Boden, nachdem Karim sie ein wenig näher zu sich gezogen hatte, damit das Kleidungsstück nicht zwischen Körper und Zeltwand eingeklemmt blieb.

„Dich zu ficken wird mir das reinste Vergnügen sein. Egal wie sehr du dich wehrst. Ich werde bekommen, was ich will, und jede Träne, jeder verzweifelte Schrei aus deinem Mund wird meine Lust steigern."

„Ich hasse Euch, Scheich Karim!", flüsterte Topaz inbrünstig.

Sie wusste nicht, welche Reaktion sie von Karim erwartet hatte, ganz sicher jedoch nicht diese: Er beugte sich über ihr Ohr und sein heißer Atem strich über ihre Ohrmuschel und den Hals. Gegen ihren Willen überlief sie ein Schauer, der bis in ihre unteren Regionen kroch und dort eine wohlige Hitze auslöste.

„Das hoffe ich. Dein Hass ist jedoch nur ein schwacher Abglanz dessen, was ich für die Franzosen empfinde. Es heißt übrigens ‚Eure Hoheit'", erwiderte er.

Abrupt packte er sie am Hals, drängte sie erneut gegen die Wand und schob seine Hand in ihren Ausschnitt. Seine Finger ertasteten ihren rechten Nippel, und er begann, ihn zu reiben, zwischen Daumen und Zeigefinger zu nehmen, zu zupfen und zu kneifen.

Es tat weh. Und doch löste diese Zuwendung, so grob und lieblos sie auch war, ein weiteres erregendes Kribbeln in ihrem Unterleib aus. Sie keuchte. Sie hätte ihm entkommen können, aber das wagte sie nicht. Oder wollte sie es nicht? Der Gedanke, sich ihrem Entführer freiwillig hinzugeben, egal wie verführerisch und anziehend ihr Körper ihn fand, weckte ihre Widerspenstigkeit. Sie versuchte, sich aus seinem Griff zu winden, seine Hand von ihrer Kehle zu schieben und ihren Oberkörper so zu drehen, dass ihre Brustspitzen freikamen. Es hätte gelingen können, doch Karim packte nun blitzschnell ihre Handgelenke. Stark wie ein Ochse hatte er sie im Griff, und plötzlich ging ihr auf, dass er sie sicher mit Leichtigkeit zu allem zwingen könnte, was ihm in den Sinn käme. Dass jeglicher Widerstand völlig sinnlos sein würde. Karim ben Said al-Wahhab war ihr an Kraft überlegen und hatte den eisernen Vorsatz, sie zu nehmen. Ob mit ihrer Zustimmung oder ohne, das wäre ihm gleichgültig. Die Erkenntnis war wie ein eisiger Regenguss. Obwohl sich ein Zittern ihrer Glieder bemächtigen wollte, zwang sie sich, steif und starr stehen zu bleiben, ohne sich zu regen. Vor allem wollte sie Karim nicht die Genugtuung geben, sich von seiner Grausamkeit beeindruckt zu zeigen.

„Ich gestehe dir zu, dich an den Gedanken, mir zu Willen zu sein, zu gewöhnen. Doch vergiss zu keinem Moment, weshalb du hier bist und was deine Aufgabe ist“, sagte er unheilverkündend.

Topaz hob den Blick, sah ihm in die bernsteinfarbenen Augen, und ganz gegen ihren Willen, wider jegliche Vernunft, begann ihr Herz plötzlich wie wild zu pochen. So schmerzhaft, dass sie fürchtete, ohnmächtig zu werden.

Karim packte sie fester, und nun glaubte sie, ihre Knie gäben doch jeden Moment nach. Verbissen kämpfte sie gegen den Schwächeanfall, verweigerte ihrem Körper, nachzugeben und weich zu werden. Alles, nur sich keine Blöße zugestehen vor einem Muselmanen!

In seinen Augen blitzte etwas auf, das sie nicht zu deuten wusste.

Er schob sie zur Essecke und zwang sie, sich zu setzen.

„Iss", verlangte er. Er musterte sie scharf. „Du kannst es vertragen!"

Sie sah ihn verwirrt an, doch er ließ nicht erkennen, ob er es ernst meinte oder sie mit seinem Hohn beleidigen wollte. Er ließ sich auf der anderen Seite des Tisches nieder, während Topaz noch immer zögerte.

Gleichmütig griff Karim nach einem Bällchen aus einer goldbraun frittierten Masse und tunkte es in ein Schälchen mit Soße, ehe er es in den Mund steckte. Er nickte auffordernd. „Nur zu, du kannst es dir nicht erlauben, weiter vom Fleisch zu fallen, und du wirst alle Kraft benötigen, die du kriegen kannst."

Topaz schluckte. Kurz verspürte sie das Bedürfnis, ihm eine der Schalen ins Gesicht zu werfen, idealerweise eine mit besonders scharf gewürzter Soße. Das Verlangen nach solch primitiver Befriedigung ihrer Rachegelüste war einer aufgeklärten Französin nicht würdig. Sie würde ihren Gegner mithilfe ihres Intellekts und Überzeugungskraft in die Knie zwingen, niemals jedoch wie ein zänkisches Waschweib. Solch ein Benehmen stand einer kultivierten Person, gleich welchen Geschlechts, nicht gut zu Gesicht. Also griff sie nach einem der Bällchen, die in gehackten Mandeln gewälzt worden waren. Wie sie es bei Karim gesehen hatte, versenkte sie die untere Hälfte des Happens in einer Soße. Ihre Wahl war auf einen weißen, cremigen Dip gefallen. Es war lecker, aber nicht überragend. Ihre Enttäuschung schien ihr ins Gesicht geschrieben.

Karim deutete auf ein paar Bällchen. „Diese hier schmecken am besten zu diesen Cremes und Pasten.“ Er zeigte auf eine Auswahl kleiner Schalen. „Und dieses dort“, erklärte er mit einer flüchtigen Geste, „isst man am besten mit der grünen, der weißen oder dieser roten da.“ Seine Mundwinkel zuckten kurz, als wäre er kurz davor zu lächeln.

„Danke“, murmelte Topaz und folgte seinem Ratschlag. Sie schloss genussvoll die Augen, als sich auf ihrem Gaumen exotische Geschmacksaromen entfalteten, die sie an den Rand eines kulinarischen Orgasmus versetzten.

Karim sagte nichts, doch Topaz bemerkte, dass er sie immer wieder anblickte, während sie so tat, als würdigte sie ihn keines Blickes. Sie fragte sich, die wievielte Sklavin in seinem Besitz sie sein mochte. Sie vermutete, dass ein so angesehener Scheich wie er nicht nur sie als Sklavin besaß, sondern noch viel mehr. Bestimmt hatte er auch mehrere Gattinnen, die ihm das Bett warmhielten, wann immer ihm der Sinn danach stand.

Ganz sicher war er der Besitzer eines großen Hauses, ein Palast unter Umständen, denn so, wie sie das verstanden hatte, war ein Scheich eine Art König. Nicht einmal ein sarazenischer Barbar würde ausschließlich in einem Zelt hausen. Sie überlegte, ob es ihr zustand, das zu fragen.

„Es ist dir übrigens erlaubt zu sprechen. Ich weiß eine gute Konversation durchaus zu schätzen. Sogar mit einer ungebildeten Französin."

„Ihr hegt offenbar keinerlei Sympathien für Frankreich", erwiderte sie daraufhin. Sie erwartete keine Zurückhaltung, keine freundliche Entgegnung und tatsächlich enttäuschte der Scheich sie nicht.

„Ihr kommt hierher, trampelt wie tumbe Trottel durch die Wüste Alqadimas, wisst nicht einmal, dass Alqadima nicht zum Hoheitsgebiet Tunesiens gehört und stört mit eurer impertinenten Gegenwart unseren Frieden. Ihr Franzosen seid anmaßend und unverschämt, ihr haltet uns für Wilde, doch ihr seid es, die keine zwei Tage in der Wüste überleben würdet! Für euch sind nur jene zivilisiert, die in feinen gewebten Stoffen und mit bleichen Gesichtern mit denselben engstirnigen Ansichten umherstolzieren wie ihr und einem eurer sauertöpfischen Pfaffen den Ring küssen. Ihr denkt, weil ihr so weit gereist seid, wärt ihr etwas Besseres oder gebildeter? Ihr seid grausam und brutal gegen jene, die anders sind, und wenn ihr sie nicht beherrschen könnt, flüchtet ihr euch in Verleumdungen, Aberglauben und Vorurteile."

Topaz schluckte und wusste nichts zu antworten. Karims feurige Reaktion verriet ihr, dass seinen Worten mehr zugrunde lag als eine kleine Zwistigkeit zwischen ihm und einem französischen Mitbürger. Karim zog die Augenbraue hoch und belauerte sie regelrecht. „Du weißt darauf nichts zu erwidern? Keine Entschuldigung?"

So wie Karim sich nach hinten lehnte, beugte sie sich nun vor. Ärger stieg in ihr auf. In blinder Wut hatte man noch nie ein Wortgefecht gewonnen und noch weniger einen Gegner in eine gesittete Diskussion gezwungen, aber es fiel ihr schwer, sich nach seinen Anschuldigungen zurückzuhalten.

„Wie ich das sehe, zwingt Ihr eure Frauen in Harems, wo sie nicht mehr als Gefangene sind, vor der Außenwelt verborgen und der Willkür der Männer ausgeliefert. Ihr Muselmänner erdreistet euch sogar, Sklavinnen zu halten! Die Frauen sind nur wenig mehr als Spielzeuge für euch!"

Das feine Lächeln, das Karims Lippen umspielte, hätte Topaz warnen sollen. Doch sie redete sich nun entgegen ihrem Vorsatz in Rage. Vielleicht aus dem Bedürfnis heraus, endlich einmal zu sagen, was ihr auf dem Herzen lag und was sie all die Monate hier in Alqadima nicht hatte aussprechen können.

„Wenn Ihr behauptet, wir Franzosen seien die Wilden, muss ich Euch entschieden sagen: non, Monsieur! Die einzigen Barbaren sind die Alqadimaner!" Sie reckte herausfordernd ihr Kinn in die Luft und fühlte einen heftigen Pulsschlag durch ihre Halsschlagadern wummern, während ihr Herz so energisch schlug, dass es ihr fast den Brustkorb sprengte.

„Du willst mir weismachen, dass ihr französischen Frauen frei seid? Ihr könnt studieren und in denselben Anstellungen tätig werden wie eure Landsmänner? Ihr könnt heiraten, wen ihr wollt, und euch auch wieder scheiden lassen? Ihr habt das alleinige Recht, über euer Vermögen zu bestimmen, vor allem aber genießt ihr das Recht zu wählen?"

Mit wenigen Worten hatte Karim Topaz mundtot gemacht. Zielsicher hatte er die größten Probleme für die Frauen Europas aufgezählt und mit einem Tonfall vorgebracht, der ätzender nicht hätte sein können.

Ihr fehlten für den Augenblick die Argumente. Doch als sie in die triumphierende Miene des Scheichs sah, wusste sie, dass sie ihm Paroli bieten musste, hier und jetzt, wenn sie sich nur einen Funken Selbstachtung bewahren wollte. Aber vor allem, um aus diesem strengen und zugleich schönen Gesicht die Überheblichkeit zu wischen. Selbst wenn er ihren Körper versklavte, ihren Geist würde er nicht unterjochen!

„Immerhin werden wir nicht im Haus eingesperrt und wie gewöhnliche Waren auf dem Markt gehandelt. Schon bald erringen wir Frauen auch in Frankreich die gleichen Rechte wie die Männer! Wir werden zur Wahl gehen, Berufe ausüben und eines Tages wird eine von uns sogar Präsidentin!“

„Das wird dem alten Jules Grévy und seinen Gefährten sicher gefallen“, spottete Scheich Karim. Er stand auf und Topaz tat es ihm gleich. „Genug von dem Unsinn, du bist in Alqadima, in meinem Zelt, als meine Sklavin, und wie eine solche hast du dich zu verhalten.“

Topaz presste die Lippen aufeinander. Sie zögerte, auch weil Karim zwar den Tisch umrundet hatte und sich vor ihr aufbaute, sich aber immer noch auf Armlänge von ihr entfernt hielt.

„Ich kehre dann ins Frauenzelt zurück“, erklärte sie mutig und wollte sich abwenden.

„Auf keinen Fall!“, widersprach Karim.

Das Herzstolpern ignorierend wandte sie sich ihm zu und sah zu ihrem Entsetzen, dass er in Windeseile aus seinen Kleidern geschlüpft war und nun nackt vor ihr stand.

Obwohl sie ihre Augen bedecken oder sich umdrehen hätte sollen, verharrte sie und sah ihn aufmerksam an. Sie musterte die samtige bronzene Haut, die dicken Adern, die an seinen muskulösen Armen hervortraten, die schwellenden Muskeln der Oberarme und Brust. Sie schluckte trocken, als ihre Blicke über die Wellen wanderten, die seine Bauchmuskeln zeichneten. Weil sie einmal damit begonnen hatte, ihn so dreist anzustarren – ihr Beitrag zur Gleichberechtigung im Morgenland! –, ließ sie ihre Betrachtungen nicht am Bauchnabel enden, sondern setzte sie fort. Sein Gemächt war beeindruckend. Je länger sie darauf blickte, umso stärker zuckte er, schien sich zu vergrößern, wurde zusehends steifer.

Ungeniert umfasste er seinen Schaft mit der einen und die Hoden mit der anderen Hand. Er stieß einen kehligen Laut aus und ließ Topaz nicht aus den Augen.

„Komm her“, befahl er.

„Ich sollte gehen“, stotterte Topaz und fühlte trotz der Faszination Panik in sich aufsteigen. Er war riesig. Welche Qualen würde sie erleiden, wenn er sich in sie zwängte? Ob er sie auf alle viere befehlen und von hinten nehmen würde? Taten es Menschen so? Trotz einiger Kenntnisse über den Geschlechtsakt war dies ein Detail, das ihr bislang verborgen geblieben war.

Wie hypnotisiert starrte sie auf Karims Hand, die seinen Schwanz umschloss und langsam auf- und abglitt. „Du wirst nicht gehen. Es ist an der Zeit, dass du deiner Verpflichtung als meine Lustsklavin nachkommst“, erklärte er unheilschwanger.

„Aber Ihr sagtet, Ihr gäbet mir Zeit“, widersprach Topaz, während sich ihr Unterleib aus Angst und einer Regung, die sie nicht als Lust wahrnehmen wollte, zusammenzog.

„Glaubst du, ich habe dich herbringen lassen, damit du dir den Bauch vollschlägst und mich dabei mit deinen unschuldigen Augen und deinen großen Brüsten in den Irrsinn treibst?“ Die Bewegungen seiner Hand wirkten zornig. Topaz verfolgte einen Moment lang das rhythmische Auf und Ab seiner Faust, ehe sie in Karims Gesicht sah.

„Her mit dir. Aber sofort!“ Seine Stimme klang gepresst und die Dringlichkeit seiner Worte ließ Topaz' Füße wie von selbst auf ihn zugehen.

„Auf die Knie!“

Sie gehorchte zitternd. Sein Duft wehte ihr entgegen. Süß und herb zugleich. Köstlich, obwohl es nicht so sein sollte. Verwirrt sah sie zu ihm auf und er stöhnte rau.

„Nimm ihn in die Hand, so wie ich es getan habe. Bereite mir Lust. Und ich warne dich, tu es gut, sonst nehme ich mir mein Recht, dich zu entjungfern, sofort heraus!“

Hastig packte sie seinen Schwanz und er keuchte schmerzerfüllt auf. „Nicht so fest!“, tadelte er sie knurrend.

Topaz biss sich auf die Lippen. Sie hielt ihren Blick auf seinen Oberschenkel gerichtet. Obwohl sie ihn so intim festhielt, war es ihr doch peinlich, ihn nun, wo sie ihn berührte, zu betrachten. Die Haut seines Schafts fühlte sich unter ihren Fingern heiß und weich an. Ungelenk bewegte sie ihre Hand und empfand den Phallus auf eine ungewöhnliche Art hart und biegsam. Als sich Karims Finger in ihrem Haar vergruben, zuckte sie kurz zusammen.

„Weiter so", ächzte er.

Sie fühlte, wie der Schaft unter ihren Händen weiter anschwoll.

„Es wird mir ein Vergnügen sein, dich anzuleiten", verkündete er und stieß hörbar die Luft aus, als Topaz' Daumen über die samtige Kuppe strich, wo ein Schlitz zu sehen war. Eine klare Flüssigkeit perlte hervor. Sie verrieb sie.

Karim zog an ihrem Haar. „Du weißt, was passieren wird, wenn ich den Höhepunkt der Lust erreiche?", fragte er ruppig.

Topaz hob den Kopf, teils, um ihn anzusehen, teils, um den Schmerz an ihren Haarwurzeln zu lindern. „Nein, das weiß ich nicht", erwiderte sie ruhig. Sie hielt mit dem Reiben des Schwanzes inne, nahm aber ihre linke Hand und begann, den Hodensack zu kneten. Unter der Haut fühlte sie kugelähnliche Gebilde, die lose in dem Hautbeutel zu liegen schienen.

Raue Atemstöße kamen über Karims Lippen, ehe er sie aufklärte: „Ich werde meinen Samen verspritzen. Du wirst ihn irgendwann mit dem Mund aufnehmen, aber für heute Abend empfehle ich dir, ihn mit deiner Handfläche aufzufangen."

Bei dieser Vorstellung riss Topaz die Augen auf, was Karim zu einem teuflischen Lächeln herausforderte. „Du kannst mir natürlich auch deine Möse anbieten. Vielleicht fällt mein Samen auf fruchtbaren Boden. Eine französische Sklavin mit einem muselmanischen Bastard zu schwängern, erscheint mir durchaus als passende Schmach. Was würden deine Landsleute wohl dazu sagen, wenn ich dich rund und schwer, mit meinem Spross im Bauch, zu ihnen zurückschicken würde?"

Das Atmen schien anstrengend, als sie sich das vorstellte. Unverheiratet, schwanger mit einem Bastard, und das, weil sie von einem Muselmann geschändet worden war.

Da konnte sie sich gleich umbringen.

Karim packte sie fester am Haar, riss daran, sodass sie aufschrie. Tränen stiegen ihr vor Schmerz in die Augen.

„Keine Sorge, solltest du mit meinem Kind schwanger gehen, so werde ich dich hierbehalten. Was nach der Geburt mit dir geschieht, weiß ich nicht, doch meine Sprösslinge behalte ich bei mir."

Topaz wusste nicht, ob ihr dieser Vorstellung mehr zu sagen wollte, aber im Moment gab es für sie ohnehin kein Entkommen und keine eigene Entscheidungsfreiheit.

Karim verscheuchte jeden Gedanken, indem er begann, seinen Unterleib vor- und zurückzubewegen. Er fickte Topaz' Hand, benutzte sie wie einen Gegenstand. Stöhnend bewegte er sich rascher, und sie knetete seine Hoden, was er mit wollüstigem Keuchen erwiderte.

„Du bist wahrlich eine talentierte französische Hure. Meine Hure", stieß er hervor. Er knurrte. „Ich werde dich mit Vergnügen hart ficken, wieder und wieder, solange es mir Spaß macht."

Seine Bewegungen wurden wilder, unkontrollierter, sein Atem kam stoßweise und aus seinem Schwanz erneut quoll eine durchsichtige Flüssigkeit. Dann, ohne Vorwarnung, stieß er so heftig in ihre Hand, dass sie fast das Gleichgewicht verlor. Aus einem Reflex heraus hob sie die andere Hand und wollte sich festhalten. Genau an Karims Schwanz. Just in diesem Moment schoss cremig weißer Samen aus seiner Schaftspitze, pumpte in mehreren Stößen heraus und landete auf Topaz' Hand. Der Saft rann über ihre Handfläche, ihr Handgelenk und tropfte auf den Boden.

Karim atmete schwer, minutenlang stand er nur da, und Topaz verharrte in ihrer Stellung: auf Knien, die Faust um den Schaft geschlossen, während die Samenflüssigkeit hinablief und langsam auf ihrer Haut trocknete. Es fühlte sich klebrig an.

Topaz zögerte, unsicher, ob sie sich bewegen durfte oder konnte und ob sie vielleicht sogar gehen durfte.

Karim nahm ihr die Entscheidung ab. „Steh auf", befahl er. Er hob die Hand und deutete in eine Ecke des Zeltes. „Dort sind feuchte Tücher. Hol sie her und säubere mich."

Topaz hob den Blick und entdeckte einen schmalen Tisch, auf dem eine silberne Schüssel stand. Sie ging dorthin und bemerkte am Boden der Schale ein paar sorgsam gefaltete Lappen, die in parfümiertem Wasser schwammen; der würzige Duft von Zimt, Nelken und Anis stieg ihr entgegen. Kurzerhand holte sie eins der Stoffvierecke und säuberte rasch ihre besudelten Hände. Statt nur eines der Tücher zu nehmen, trug sie die Schale zu Karim hinüber. Er hatte nichts getan, war stehen geblieben und beobachtete sie. Wie er es ihr aufgetragen hatte, griff sie sich einen der Lappen und begann, ihn abzuwaschen. Sie tat es flüchtig, so wie sie ihre Finger gereinigt hatte. Es gab ihrer Meinung nach keinen Grund, es langsam zu tun oder es auszudehnen.

Sie japste erschrocken, als Karims harter Griff sich abrupt um ihr Handgelenk schloss.

„Erledige es anständig!“, befahl er. „Deine Aufgabe ist es, mir Freude und Lust zu bereiten, also tu, was deine Aufgabe ist.“

Ihre Lider flatterten ganz ohne ihr Zutun, und während sie ihren Blick senkte, schlug ihr Herz so wild, dass sie den Widerhall bis in ihre Kehle spürte. Das Schlucken fiel ihr schwer, und als sie den Lappen ins Wasser eintauchte, gestand sie sich ein, dass es ihr nicht unangenehm war, Karim zu betasten. Im Gegenteil, es rief in ihr viel zu viel Freude hervor. In Frankreich war es ihr nie in den Sinn gekommen, sich unter Schwalbenschwanz, Hemd und Hosen einen nackten Körper vorzustellen. Auch hatte sie nie das Verlangen verspürt, einen anderen Menschen zu berühren. Jetzt war sie sogar gezwungen, es zu tun.

Widerstreitende Gefühle stiegen in ihr auf. Sie hatte keine Wahl, sie musste Karims Körper, seinen Penis, seine Hoden streicheln, ihm Lust verschaffen. Tat sie es nicht, hätte es Folgen. Schlimme Folgen, daran zweifelte sie keinen Moment. Karim würde sie züchtigen. Die Vorstellung, er würde sie seinen Männern überlassen, die einer nach dem anderen über sie herfielen, beflügelte sie in diesem Augenblick, alles zu tun, was er von ihr verlangte. Er wollte, dass sie ihm mit der Körperreinigung Freude bereitete? Dann tat sie es auch, obwohl es ihr ebenso widerstrebte wie zuvor, ihre Hand um seinen Schaft zu legen und ihn zu reiben und zu massieren, bis er seinen Samen hervorschleuderte. Wie es sein würde, wenn er dies in ihr tat, wie es sich anfühlen würde? Sicher spürte sie seinen Schwanz viel intensiver als seinen Saft, den er in sie spritzen wollte. Nur kurz flackerte die Überlegung auf, wie es sein mochte, wenn er in sie stoßen würde. Dann lenkte sie ihren Blick auf den Schaft, der selbst jetzt, schlaff und hängend, eine beeindruckende Größe aufwies. Er würde sie zerreißen bei dem Versuch, in sie einzudringen.

Sie zwang den Gedanken, wie schon so viele zuvor, beiseite und konzentrierte sich ganz auf ihre Aufgabe, ihn zu waschen. Dem Lappen entstieg ein würziger Geruch, der sie für den Moment sogar beruhigen konnte. Das war es, was sie vom Orient erwartet hatte: Düfte. Farben. Klänge. Exotisch, fremd und verlockend. Eine völlig andere Welt, bestehend aus üppigen, neuen Sinneseindrücken. Köstlich, berauschend, paradiesisch.

Stattdessen war sie in einer sandigen Einöde gelandet, ausgeliefert, versklavt und fernab jeglicher ihr zugetaner Menschen. Hätte sie zuvor in einem Familienverbund gelebt oder wäre Teil einer Gemeinschaft gewesen, so hätte sie ihr Schicksal, auf sich gestellt und verloren in der Fremde zu sein, sicher zerstört. Der Gedanke, Eltern, Geschwister, Tanten, Onkel oder Großeltern in der Ferne zu haben, zu wissen oder auch nur zu fürchten, sie niemals wiederzusehen, hätte ihr das Herz gebrochen. Doch so war es eine Tragödie für sie allein. Sie war noch nie einsam gewesen, wann immer sie derartiger Kummer überkam, sagte sie sich, dass sie immerhin sich selbst hatte. Sie wusste, dass niemand anderer vertrauenswürdiger war. Mit eben dieser Gewissheit war sie sicher, dass sie entkommen würde. Wenn sie es nur schlau anstellte, konnte sie sogar dem allmächtigen Scheich und seinen Untergebenen entrinnen.

Zu allen Zeiten waren Frauen unterdrückt, geknechtet und unterschätzt worden. Doch schon immer waren es auch die Frauen gewesen, die sich dieses Vorteils bewusst gewesen waren und sich seiner bedient hatten.

Schlagartig ging Topaz auf, dass sie zwar auf Knien vor dem übermächtigen Wüstenprinzen Alqadimas rutschte, aber dass er es gewesen war, der sich vor ihr entblößt hatte.

Es war eine Auslegung der Sichtweise, ob man beschämt wurde oder ob das Gegenüber sich bloßstellte. Mit dieser Erkenntnis war ihr im Nu leichter ums Herz, während sie Karims Penis mit dem feuchten Lappen reinigte. Sie tupfte ihn sanft ab und war noch sanfter, als sie sich seinen Hoden widmete. Schon diese vergleichsweise harmlosen Berührungen sorgen dafür, dass der Schwanz sich erneut mit Blut vollpumpte und steifer wurde.

Topaz hob den Kopf und begegnete Karims glutvollem Blick. Einen Augenblick lang schien die Luft zwischen ihnen zu brennen auf eine Weise, die Topaz verwirrte und zugleich mit Sehnsucht erfüllte. Sie wusste nicht, wie sie das zu deuten hatte, und dann war der Moment auch schon wieder vorbei und sie konnte nichts weiter sehen als Verachtung, Strenge und Gier.

Karims Aufmerksamkeit saugte sich an ihren Lippen fest. „Ich werde deinen Mund benutzen. Du wirst mir mit Lippen und Zunge Vergnügen bereiten, und das wirst du mit dem gebotenen Eifer tun. Ich werde dich lehren, was es heißt, mir in allen Belangen der körperlichen Lust zu Diensten zu sein. Du wirst immer und zu jeder Zeit ganz zu meiner Verfügung stehen."

Am liebsten hätte sie ihm entgegengeschleudert, dass er von all dem träumen, es aber nie erleben würde. Doch die Monate als Gefangene der Barbaren hatten sie gelehrt, ihre Zunge im Zaum zu halten. Stattdessen senkte sie ihre Lider und fuhr fort, ihn zu waschen, glitt zwischen die Beine und rieb über die Innenseiten seiner Schenkel. Sie fühlte, wie sich ihre Nasenflügel aufblähten, als sie den Duft des aromatisierten Wassers gemischt mit dem Karim eigenen Körperaroma wahrnahm. Eine verführerische Note, die ihr bewies, wie viel es ausmachte, ein gut riechendes Gegenüber zu haben. Karim mochte ein herrschsüchtiger Tyrann sein, dessen Art sie abstieß, doch sein Geruch betörte sie. Topaz wollte sich an dem aufbauen, was ihr Gutes widerfuhr, und wenn er sie schon gegen ihren Willen nehmen würde, wäre sie wenigstens nicht von üblem Geruch übermannt.

Sie ließ die Fingerkuppen dem Lappen folgen und fühlte die weiche Innenhaut seiner Schenkel. Die gesamte Körperhaut war dunkel, so wie es normal war für einen orientalischen Mann. Bei genauerem Hinsehen fiel ihr auf, dass Gesicht, Hals und Handrücken bis zu den Handgelenken vom Sonnenschein eine Nuance dunkler waren als der Rest.

Ihr Tun versetzte Topaz in eine Art Versunkenheit, in der Raum und Zeit miteinander verschwammen, ein eigenartiger Zustand, jenem ähnlich, den man wohl religiöser Verzückung gleichsetzte. Sie kehrte erst in die Wirklichkeit zurück, als Karim einen Schritt zurücktrat und sich ihr so entzog.

„Genug!", sagte er herrisch und drückte sie von sich, indem er seine Hände auf ihre Schultern legte.

Erleichtert erhob sie sich mit der metallenen Schüssel in der Hand und trug diese zum Beistelltisch zurück. Sie drehte sich und neigte demütig den Kopf vor Karim, ganz so, wie er es sicher erwartete.

„Wenn Ihr erlaubt, kehre ich nun zu den Frauen zurück." Sie wandte sich bereits dem Zeltausgang zu, als Karims scharfer Befehl sie zurückhielt.

„Du bist nicht entlassen!"

Ihr Kopf ruckte hoch, und ihr Blick war sicher so schockiert, wie sie sich fühlte. Sie zwang sich, ihre Hände sittsam vor ihren Körper zu falten, und senkte die Lider. „Aber ich dachte …"

„… wie du mir größtmögliche Freude bereiten könntest", beendete Karim ihren Satz selbstgefällig.

Das verächtliche Hochziehen seiner Augenbraue warnte Topaz davor, ihm zu widersprechen. Hitze brodelte in ihrem Bauch und dehnte sich gleichzeitig aus. Sie ignorierte das Rumoren und räusperte sich.

„Entkleide dich, du wirst diese Nacht in meinem Bett verbringen", sagte der Scheich, und eine Haarlocke, die ihm ins Gesicht gefallen war, verlieh ihm ein verwegenes Aussehen.

Der Schock, ihm nun bis zum Morgen nicht entkommen zu können, lähmte sie.

„Ich bleibe lieber angezogen“, würgte sie hervor, ohne darüber nachzudenken, was dies für Folgen haben könnte.

Im nächsten Moment stand Karim vor ihr, packte ihr Oberteil am Dekolleté und zerriss es. Er zerrte die Kleiderfetzen von ihrem Körper und Topaz ließ es fassungslos zu.

Wie von selbst flogen ihre Hände hoch und bedeckten ihren blanken Busen.

Karim lachte diabolisch und schob seine Finger in ihren Hosenbund. Warm und bedrohlich presste sich seine Handfläche auf ihrem Schamhügel. Gleichzeitig umschloss sein der andere Arm um ihre Hüfte und zog sie an sich, sodass ihre Brüste samt Händen an seinen Oberkörper gedrückt wurden und sie damit zur Bewegungslosigkeit verdammt war. Wie hypnotisiert starrte sie in seine Augen. Da war nichts, nur Schwärze. Was Karim ihr antat, tat er nicht aus Lust oder Zuneigung, sondern schlicht aus dem Grund, weil er es konnte. Und weil er ihr beweisen wollte, wozu er in der Lage war und was alles in seiner Macht stand.

Ein Beben lief durch ihren Körper, als Karims Finger weiter vordrangen. Er schob sie zwischen die Hautfalten, die ihre intimste Stelle verbargen. Sie schämte sich, dass er sie dort berührte und dass sie nichts dagegen tun konnte. Aber noch mehr beschämte es sie, dass es in ihr nicht nur unangenehme Gefühle, sondern auch ein wohliges Prickeln auslöste. Aus irgendeinem Grund war sie feucht geworden und mit jeder Berührung, jeder Bewegung

Karims vermehrte sich die Nässe zwischen ihren Beinen.

„So ein nasses Kätzchen“, raunte er an ihrem Ohr. „Dort hineinzustoßen wird mir Vergnügen bereiten. Dein Körper verrät dich. Du magst dich wehren und schreien, aber dein Körper ist so willig wie der jeder anderen Hure Alqadimas. Du wirst unter mir keuchen und stöhnen, wenn ich dich nehme.“

Topaz versuchte, sich zu wehren, doch Karim reagierte darauf nur mit verächtlichem Lachen. Heiß wehte sein Atem über ihre Ohrmuschel.

„Vielleicht warte ich, dass du nicht auf mich vorbereitet bist, ehe ich in dich stoße. Das wäre eine viel bessere Maßnahme, als dich jetzt zu ficken, wo du vor Geilheit bereits tropfnass bist. Vielleicht verschafft es mir mehr Freude, dich mit Gewalt zu nehmen und zu hören, wie du heulst und um Gnade winselst, während mein riesiger Schwanz deine Möse bearbeitet.“

Er rieb über die Perle, die vorn zwischen ihren Beinen saß und langsam anschwoll. Jedes Streicheln, jedes Reiben durchzuckte Topaz auf eine Weise, die ihr bis zu diesem Moment unbekannt gewesen war. Sie hatte die Augen geschlossen vor Scham, doch damit war sie auch ganz auf die erotischen Empfindungen fixiert, die Karim in ihr hervorrief. Sie konnte es nicht sehen, aber sie spürte Karims Blicke auf sich ruhen. Sie glaubte, dass er sie mit einer Gier anstarrte, die ihr erst recht die Schamesröte in die Wangen treiben würde. Also hielt sie die Augen zusammengekniffen und setzte sich den intensiven Regungen aus, die Karim in ihr auslöste. Eine imposante Glut entfachte sich in ihrem Körper, ausgehend von der Perle, die Karim unverdrossen reizte.

„Karim", bettelte Topaz, ohne zu wissen, worum sie eigentlich flehte. Sie lehnte ihre Stirn an seiner Schulter, sog seinen bereits nach so kurzer Zeit vertrauten Duft ein, ließ zu, dass er sie immer weiter in einen Erregungszustand trieb. Mehr und mehr baute sich in ihr ein Druck auf. Ihr Körper versteifte sich an, wurde starr und hart wie ein Stück Holz unter der Anspannung, um dann zitternd und bebend zusammenzusacken, nicht stabiler als ein Blatt Pergament, während ihr Leib endlich von etlichen Wonneschauern übermannt wurde. Sie keuchte, rang nach Luft, und als sie glaubte, wieder zu Atem gekommen zu sein und aus Karims Armen freizukommen, musste sie feststellen, dass er sie weiterhin festhielt. Nicht nur das, seine Finger wanderten tiefer, fanden zwischen ihren Schamlippen den Zugang und drangen ein, grob, ohne jegliche Raffinesse. Ein Finger, zwei Finger.

Sie glaubte zu fühlen, dass er ihr Jungfernhäutchen berührte. Er knurrte und zog seine Finger ein wenig zurück. Dann bewegte er sich sacht in ihr. Noch immer überreizt von vorher, glaubte Topaz nicht, dass Karim sie ein weiteres Mal auf den sexuellen Gipfel treiben könnte. Auch er musste erschöpft sein, doch im Moment merkte Topaz davon noch nichts.

Karim zog sie enger an sich und bewegte seine Finger unermüdlich. Wieder zog sich ihr Leib zusammen, diesmal schneller und sogar heftiger. Sie fühlte, wie die Vorwehen des kommenden Orgasmus stärker und stärker wurden. Sie biss die Zähne aufeinander und senkte den Kopf.

„Gehorsame kleine Hure“, murmelte Karim und presste seinen Unterkörper an Topaz’ Hüfte – sie standen ein wenig versetzt zueinander, sodass Karim auch gut an sie herankommen konnte. Sie spürte seinen anschwellenden Schwanz und hörte Karims heftige Atemstöße.

Sie wollte ihm nicht den Gefallen tun und einen weiteren Höhepunkt zulassen, wenn es das war, was er von ihr erwartete. Sie machte Anstalten, ihre Schenkel zusammenzudrücken, doch prompt schob Karim sein Knie zwischen ihre Beine und raubte ihr so die Chance, ihm den Zugang zu erschweren. Intensive erotische Aufwallungen glitten durch ihren Leib. Alles in ihr schien zu kribbeln. Sosehr sie auch versuchte, die Empfindungen zurückzudrängen, jedes Mal wenn sie glaubte, es zu schaffen, intensivierte Karim seine Bemühungen.

„Warum tust du das?“, wimmerte sie und wand sich in seinem Arm, an seinem Körper, wollte ihm entgehen, um sich nur noch enger an ihn zu schmiegen, bereit, sich von seinen Fingern reiten zu lassen. Erneut ballte sich die Lust in ihr zusammen, stärker und intensiver als vorher.

„Weil es mein Recht ist“, raunte er an ihrem Ohr.

Sie gab nach, erschöpft von den Anstrengungen des Tages, müde und satt vom üppigen Abendmahl und aufgewühlt von Karims Zudringlichkeiten.

In dem Moment, als sie sich ergab, ließ Karim sie los, ganz so, als hätte er sein sadistisches Vergnügen, Topaz zu bedrängen, verloren. Er stieß sie von sich und sie taumelte nach hinten. Sie keuchte erschrocken, versuchte, sich zu fangen, und prallte dabei an die Zeltwand. Obwohl erschreckend elastisch hielt die Tierhautbespannung stand.

In Karims Augen funkelte etwas auf, das Topaz wieder einmal nicht zu deuten wusste. Er beobachtete sie, wie sie ihr Gleichgewicht wiederfand und sich vor ihm aufrichtete, ohne irgendwelche Gefühlsausbrüche zu zeigen.

Sie verbiss sich die Wut, die in ihr hochkochte. Nur zu gern hätte sie ihren Emotionen freien Lauf gelassen, aber sie wusste, dass es ihr nicht helfen würde. Sie musste sich ruhig verhalten und Zurückhaltung vortäuschen; etwas sagte ihr, dass sie auf diese Weise einfacher und vor allem schneller zum Ziel käme: den Argusaugen ihrer Aufpasser entschlüpfen zu können, weil diese nicht vermuteten, dass Topaz fliehen wollte.

Mit hocherhobenem Kopf sah sie zum Zeltausgang. „Wenn Ihr erlaubt, werde ich mich nun doch ins Zelt der Frauen zurückziehen, sofern Ihr meiner nicht länger bedürft.“ Ihr Blick suchte den Umhang, in dem sie ins Zelt gekommen war. Sie wollte ihn sich überwerfen und so rasch wie nur möglich aus Karims Nähe entschwinden, je eher und weiter, umso lieber. Er hatte seinen Spaß mit ihr gehabt, für diese Nacht war er ihrer doch sicher überdrüssig und er würde sie zu den anderen Frauen schicken, egal was er zuvor noch gesagt hatte.

„Du bleibst!“ Karims harsche Stimme durchschnitt die Stille des Zeltes, in dem außer dem Knistern der Fackeln und den Atemgeräuschen Karims und Topaz’ nichts zu vernehmen war. Vielleicht noch Topaz’ Herzschlag, denn im Augenblick trommelte dieser wie ein wild gewordener Specht gegen ihren Brustkorb.

Kurz fiel ihr das Luftholen schwer. Verärgert drängte sie diese Empfindungen zurück. Seit sie arabischen Boden betreten hatte, schien sie nicht anderes mehr zu fühlen als Angst, Aufregung und Ärger.

Was hatte sie in Frankreich für ein geruhsames Leben gehabt! Stattdessen hatte sie sich nach Abwechslung und Abenteuer gesehnt. Als wären dies die Zutaten, die ihrer Existenz Sinn und Zweck verliehen. Sie hatte kaum zu schätzen gewusst, wie befriedigend ihr Dasein gewesen war!

In Frankreich war sie eine gesellschaftlich anerkannte Lehrerin gewesen, und hier? In dieser Wüstenei war sie nicht mehr als eine Sklavin. Gefangen, verachtet und verspottet. Ein eiserner Ring wollte sich um ihre Brust legen. Selbst wenn sie dem Scheich unberührt entkommen sollte, würde ihr dies zu Hause niemand mehr glauben, sobald ruchbar wurde, was ihr in Alquadima widerfahren war. Vermutlich musste sie irgendwo in Frankreich neu anfangen. Mit neuer Identität, um ihre Geschichte zu verschleiern. Zaghafte Hoffnung und Sehnsucht keimte in ihr auf. Das Häuschen am Rand der Lavendelfelder schien ihr plötzlich greifbar. Oder auch irgendwo anders, so lange sie nur fort kam von Karim, dem Grausamen und seinem Volk. Vielleicht sollte sie nach England gehen? Als französische Gouvernante besaß sie sicher gute Aussichten, ein erträgliches und noch mehr ein behagliches Auskommen zu finden.

Sie zwang sich in die Gegenwart zurück. Unsinnig, sich in solchen Träumereien zu versenken, ehe sie dem Wüstenprinzen und seinen Sandkriegern entflohen war! Erst dann, wenn sie sich wohlauf an Bord eines Segelschiffes und auf hoher See gen Frankreich oder England befand, war die Zeit für diese Art Zukunftspläne gekommen. Erst dann verdienten diese Ideen es, gedacht und ausgearbeitet zu werden!

Erneut blickte sie zum Zelteingang, überlegte, ob und wie schnell es ihr möglich sein würde, dorthin zu gelangen. Sie warf Karim einen raschen Blick zu, ehe sie sich straffte und losgesprintet wäre, wäre Karims Arm nicht vorgeschossen. Sie prallte regelrecht gegen seinen eisenharten Brustkorb und verlor den Halt, doch Karim zog sie eng an seine Brust und schleppte sie zum Bett. So mühelos, als wäre sie nur eine Stoffpuppe.

Am Lager angekommen schubste er sie unsanft auf die Matratze. Noch während sie nach Atem rang, warf sich Karim über sie, nagelte sie förmlich auf der Unterlage fest. „Du bleibst hier“, erklärte er.

Sein Gesicht schwebte über dem ihren, und einen Moment, einen winzigen Moment lang nur, glaubte sie, in seinen Augen etwas Freundliches und Gerechtes zu erkennen.

„Schlaf“, befahl er knurrend, dann rollte er sich zur Seite, nicht ohne sie sofort wieder in seine Umklammerung zu ziehen, und schloss die Augen.

Minutenlang lag Topaz wie erstarrt da, fühlte seinen Arm, seine Hand an ihrer Hüfte und die Wärme seines an ihren gepressten Körpers.

Das Licht der Fackeln war hell genug, dass sie alles deutlich wahrnehmen konnte, sie bewunderte den Farbkontrast zwischen seiner dunklen und ihrer hellen Haut. Immer noch auffallend unterschiedlich, obwohl sie bemerkt hatte, dass ihr allein der Aufenthalt in diesem heißen, sonnigen Land etwas Tönung verpasst hatte, selbst wenn die Haut keinen Zentimeter Sonnenstrahlung abbekam. Sie fragte sich, ob Karim eine viel hellere Haut haben mochte und nur so dunkel war, weil er offenbar unbekleidet im Tageslicht herumspazierte. Wenigstens vermutete sie, dass er nicht zum ersten Mal nackt im See gebadet hatte, als sie ihn früher an diesem Tag gesehen hatte. Zu selbstverständlich bewegte er sich unter den Augen der Anwesenden und hatte sich nicht einmal darum geschert, dass auch Frauen ihn in seiner ganzen Pracht zu sehen bekamen.

Diese Schamlosigkeit, die im Orient herrschte, verwirrte Topaz nach wie vor. Und noch mehr, dass dies nicht dazu führte, dass den Frauen mehr Freiheiten zugestanden wurden. Männliche Doppelzüngigkeit, überlegte sie verärgert.

Es tat gut, über etwas Anderes nachzudenken als über ihre missliche Lage. Wenn sie ehrlich war, empfand sie im Augenblick sogar so etwas wie Erleichterung. Obwohl sie bei Karim liegen musste und er sie festhielt, dass selbst Eisen sie nicht zuverlässiger an Ort und Stelle festsetzen würde. Seine Atemzüge verrieten, dass er tief und fest schlief.

Ihre Lage war nach wie vor grauenvoll, und es sollte sie kein bisschen trösten, dass ihr Sklavenhalter ein gut aussehender und scheinbar nicht allzu gewalttätiger Mann war. Immerhin hatte er Malek davongeschickt, nachdem er ihn wegen der Schläge scharf kritisierte, die Malek Topaz verpasst hatte.

Sie fühlte sich in diesem Moment wohl, hier, in seinem Griff.

Er schnaufte hörbar und drehte sich ein wenig, sodass Topaz einen Blick auf seinen Rücken werfen konnte. Obwohl die Flammen der Fackeln langsam zu erlöschen schienen, herrschte doch ausreichend Helligkeit, um das Flechtwerk aus Narben auf Karims Rückseite zu erkennen. Die Spuren von verheilten Peitschenhieben. Wer würde einen Scheich, das arabische Gegenstück zu einem König, misshandeln? Und vor allem: warum?

Ob darin der Grund für seinen offensichtlichen Hass gegenüber Frankreich und den Franzosen begründet war? Würden die Dinge anders liegen, hätte sie ihn gefragt, so aber vermied sie es besser, ihn darauf anzusprechen. Sie ahnte, dass es das denkbar schlechteste Gesprächsthema sein würde, Karim auf diese alten Verletzungen hinzuweisen.

Sie richtete sich ein wenig auf, um einen besseren Blick auf das Narbengeflecht zu erhaschen. Dünne rote Spuren, ähnlich ehemals dünner Schnitte und breite wulstige Narbenstränge, so hell, dass sie fast farblos wirkten, lagen nebeneinander, übereinander – ein schauriges Abbild menschlicher Grausamkeit.

Topaz konnte sich nicht länger verkneifen, die längst verheilten Striemen zu berühren, und glitt mit der Fingerkuppe darüber. Die Haut fühlte sich ein wenig uneben und doch auch zart und glatt an. Ehe ihre Hände weiter auf Wanderschaft gehen konnten, schoss Karims Hand vor und packte ihr Handgelenk. Er hob schlaftrunken den Kopf und fixierte sie aus seinen bernsteinfarbenen Augen, die sich schlagartig klärten und bewiesen, dass er binnen Sekunden hellwach sein konnte.

„Schlaf, oder steht dir der Sinn nach meinem Schwanz?“

Und da war sie, die orientalische Unverblümtheit, die nur einer Sklavin zuteilzuwerden schien. Gewiss würde ein französischer Mann nicht so mit ihr sprechen! Nicht einmal, wenn es ihr eigener Ehegatte wäre. Vor allem nicht dann.

Sie schüttelte nur stumm den Kopf und folgte der Bewegung ihrer Hände hinab auf die Matratze.

Einige Momente lang beobachtete Karim sie lauernd. Als sie ihre Augen schloss und versuchte, sich schlafend zu stellen, entspannte sich auch Karim wieder, und nach einer Weile hörte sie seine tiefen, regelmäßigen Atemzüge, die verrieten, dass er eingeschlafen war.

Nach einer Weile übermannte auch Topaz der Schlaf.

Kapitel 6

Umgeben von den schwelgerischen Farben und intensiven Düften exotischer Gewürze wie Zimt und Moschus und Räucherstäbchen fühlte sich Topaz im Zwischenreich aus Wachsein und Schlaf wie im Paradies. Oder, um es treffend zu titulieren, der orientalischen Entsprechung, dem Dschanna. Sie rekelte sich. Das hieß, sie testete es aus, doch sie konnte sich kaum bewegen. Ihre Hände lagen über dem Kopf und die Handgelenke waren gekreuzt. Als sie die Hände auseinanderbewegen wollte, fühlte sie, dass sie gefesselt waren. Schlagartig war sie wach. Panik schien wie Eiswasser ihren Körper zu übergießen, so plastisch, dass sich ihre Nippel zusammenzogen, sogar prickelten vor Kälte, und ihre Haut bildete eine Gänsehaut. Vor Furcht fiel ihr das Atmen schwer.

Jetzt erkannte sie auch, was geschehen war. Ihr Verstand klärte sich. Karim hatte sich auf sie gelegt und starrte sie an. Sein Schwanz ruhte an ihrem Schambein, und obwohl ihre Möse mit erregendem Pochen reagierte, ließ Topaz' Angst nicht nach. Schreck und Lust schienen Hand in Hand zu gehen. Wenigstens bei ihr und in Karims Gegenwart. Karim hatte etwas an sich, das Topaz' dunkelste Begierde weckte.

„Du weißt, dass es geschehen wird. Es steht mir zu. Du bist mein Eigentum", raunte Karim.

In seinen honigfarbenen Augen glühte die Gier, und seine Miene zeigte deutlich, dass er keine Gnade walten ließe. Nicht diesmal. Er wollte Topaz und er würde sie jetzt nehmen. Ob es nach ihrem Wunsch wäre oder nicht. Und dieser Gedanke erregte Topaz trotz allem.

„Nein, ich will das nicht“, wimmerte sie.

„Du bist meine Sklavin. Du wirst mir zu Willen sein“, verlangte er.

Mit einer Hand hielt er die ihre fest, mit der anderen glitt er an ihre Brust und vergrub seine Finger in ihrem üppigen Fleisch. In dem Moment, als die Handfläche sie umschloss, erwartete sie Brutalität. Stattdessen knetete er ihre fleischigen Hügel mit sachten Griffen, streichelte die Brüste, mal die eine, dann die andere. Sein Zeigefinger umkreiste die Brustspitze, und erst als Topaz unter diesen Zuwendungen zu zittern begann, umfasste Karim ihre Nippel, rollte sie zwischen den Fingern und zupfte sanft daran.

Seine Lippen legten sich auf die ihren, sanfte Küsse, die sie in Sicherheit wiegten, dann süße Empfindungen in ihr auslösten und ein Flattern in ihrem Magen hervorriefen. Karims Zudringlichkeiten wurden energischer, dreister, seine Zunge zwang sich zwischen ihre Lippen, eroberte und bezwang ihren Mund, erfüllte sie mit seiner Feuchtigkeit, seinem Geschmack und seiner Überlegenheit. Und er war bestimmend, das bekam Topaz deutlich zu spüren. Er bedeckte sie mit seinem Körper, als würde er sie vor allem, was sich außerhalb des Bettes befand, abschirmen.

Doch Topaz war nicht sicher, ob er nicht vielleicht derjenige war, vor dem man sie beschützen musste.

Seine Hand strich ihre Seite empor, über den Arm hinauf zu den Handgelenken, die noch immer über ihrem Kopf abgelegt waren. Karim umfasste ihre Hände und drückte sie auf die Matratze.

„Halt still!" Seine Füße schoben sich nun zwischen ihre Schenkel und zwangen sie mit den Knien auseinander, um dann dazwischen zu rutschen. Die samtige Haube seines Schwanzes ruhte einen Moment lang an ihrer Scheide, und für den Bruchteil eines Augenblicks hoffte Topaz, er hätte Erbarmen. Sie fühlte das treulose Prickeln ihrer Möse, das Zusammenziehen ihres Unterleibes. Beides bewies ihr einmal mehr, dass ihr Körper nicht mit ihren Vorsätzen, Karim und seiner Lust Widerstand zu leisten, im Einklang war. Sie schloss die Augen, wollte nicht, dass er sah, wie sehr es sie aufwühlte, was er mit ihr anstellte. Doch offenbar war ihr Talent, ihre Gefühlsregungen zu verschleiern, nicht ansatzweise so ausgeprägt, wie sie geglaubt hatte.

Karim lachte an ihrem Mund.

„Meine willige Sklavin!"

Damit war die Schonfrist vorbei, und er stieß in sie, ohne zu zögern und ohne Rücksicht. Sie spürte das Reißen ihres Jungfernhäutchens, fühlte den unglaublichen Schmerz und schrie auf. Zu groß, zu lang, zu fremd. In ihrem Körper befand sich etwas, das dort nicht hineingehörte. Nie hätte sie gedacht, dass es so ein entsetzliches Gefühl sein würde, entjungfert zu werden. Sein Schaft steckte tief in ihr, ein Fremdkörper, heiß und hart. Feuchtigkeit umhüllte ihn. Sie fragte sich, ob das nun alles gewesen war, ob er fertig war und nur noch in ihr lag, um sie zu quälen und zu erniedrigen. Sie fürchtete, er hätte sie untenrum zerrissen und ernsthaft verletzt.

„Ich mag deine Tränen, Weib“, sagte Karim mitleidslos.

Sie war nicht in der Lage zu antworten, versuchte, ihre Hände aus seinem Griff zu befreien und sich von ihm loszumachen. Stattdessen drückte er sich tiefer in sie, obwohl Topaz nicht geglaubt hätte, dass dies möglich wäre. Er begann, sich in ihr zu bewegen. Kleine Stöße, um ihr die Chance zu geben, sich an ihn zu gewöhnen.

„Das ist erst der Anfang“, verkündete er und entzog sich ihr just in diesem Moment so weit, dass nur noch seine Eichel in ihr steckte. Topaz hoffte, das wäre alles gewesen und er hätte seinen Samen in ihr vergossen und sie wäre erlöst. Doch anstelle dessen stieß er erneut in sie. So wie sie es von seinem Fingerspiel bereits kannte, nur, dass es nun sein großer, langer Schwanz war, der mit ihr spielte und ihren Körper benutzte. Der Griff seiner Hände verstärkte sich, und sein Unterkörper hob und senkte sich, hämmerte in sie hinein, so wie er es ihr angedroht hatte.

Kurz hielt er inne, beugte sich über ihr Ohr und sein heißer Atem strich über ihre Schläfe und die Ohrmuschel. „Du bist so unglaublich eng, sich in dir zu versenken bereitet einem Mann wirklich außerordentliches Vergnügen.“

Er ächzte, ließ dabei Topaz’ Hände los und packte sie an den Schultern, während er ohne Unterbrechungen seinen Schwanz in sie trieb, ihr entzog und wieder in sie stieß. Topaz’ erkannte, dass ihr anfängliches Unbehagen schon längst anderen, angenehmeren Gefühlen gewichen war. Hitze und ein Kribbeln rumorten in ihrem Unterleib, als ihre Hände sich in die Matratze krallten und der Sturm aus heißer Wollust über sie hinwegfegte und sie durchschüttelte. Ihr Körper krampfte wie nach einem Anfall, während sich in ihrem Innersten im folgenden Augenblick eine Ruhe und Zufriedenheit ausdehnte, die sie kaum zuvor kennengelernt hatte. Sie seufzte, keuchte und sank in die Kissen zurück, während Karim ein letztes Mal in sie stieß, um nun mit heiserem Schrei seinen Samen in sie zu verströmen. Er brach über ihr zusammen, und einen Moment durchzuckte Topaz ein freudiger Schreck. Wenn er jetzt gestorben war, könnte sie sich unmittelbar in dieser Nacht auf und davon machen, noch ehe es jemand merkte. Und solange sie beschäftigt mit der Trauer um ihren geliebten oder wenigstens geschätzten Scheich waren, kämen sie sicher nicht auf die Idee, sie zu verfolgen.

Doch Topaz' Freude währte nur wenige Augenblicke, den dann atmete Karim hörbar aus und richtete sich auf, indem er sich auf den Unterarmen abstützte und sie abschätzend musterte. Sie wartete, dass er etwas sagte, aber er zog sich aus ihr zurück, ohne sie weiter zu beachten. Er kletterte aus dem Bett und trat an die Schale, in der ein Lappen im parfümierten Wasser schwamm. Karim nahm diesen, drückte das überschüssige Wasser aus dem Stoff und begann, sich zügig zu waschen. Ohne sich mit dem Abtrocknen aufzuhalten, kehrte er an das Bett zurück, die Schüssel in der Hand.

„Bleib liegen", verlangte er, während er das Gefäß neben sich auf den Boden stellte. Dann nahm er erneut den Waschlappen in die Hand, jedoch diesmal, um Topaz zu säubern. Er tat es ohne weitere Worte und eher grob, aber doch gründlich.

Das Wasser roch anders, süßlicher als am Vorabend. Da inzwischen die Fackeln erloschen waren und durch den offenen Zelteingang Licht drang, konnte Topaz sehen, dass es bereits Morgen war. Vermutlich hatte ein Diener sich um das frische Waschwasser und das Lüften gekümmert, während sie und Karim geschlafen hatten.

Karim wusch nun ihren Intimbereich und war dort deutlich sanfter, allerdings auch weniger diskret. Er fuhr langsam über ihre Spalte, glitt zwischen die Hautfalten und verfolgte die Bewegungen seiner Hände mit Blicken. Das Wasser war kühl, zu kühl für Topaz' Schamlippen und Vulva, doch sie biss die Zähne zusammen und ließ sich das Unwohlsein nicht anmerken, so hoffte sie wenigstens.

Sie blickte Karim auch nicht an, sondern starrte an die Decke über sich. Sie fragte sich, wie lange es gedauert haben mochte, diese Stoffbahnen aneinanderzunähen, und wie viele Frauen daran beteiligt gewesen sein mochten, das riesige, luxuriöse Zelt herzustellen.

Karim reinigte mittlerweile ihre Beine und die Oberschenkel, Knie, glitt weiter zu den Füßen und nahm sich diese gründlich vor. Er tunkte das Tuch in das Wasser, wrang es aus und wusch ihre Zehen, die Zwischenräume, die Fußsohle. Während der ganzen Zeit sagte er nichts, tat nichts, was auch nur entfernt anders als der bloßen Körperreinigung zugeordnet werden könnte.

Schließlich ließ er den Lappen in die silberne Schale plumpsen und trug diese wieder zu dem hohen Tischchen. Dann kam er zum Bett zurück.

„Auf alle viere mit dir!“, befahl er.

Erregt von Karims Berührungen und nervös, machte sie Anstalten, ihm zu gehorchen, doch im selben Atemzug wurde ihr abrupt klar, was da gerade geschah: Sie verwandelte sich in ein dressiertes Hündchen. Als sie in Karims Gesicht sah, erkannte sie, dass er sie genauso behandelte: als seinen Besitz, einen Gegenstand, der ihm zu Diensten zu sein hatte und der von ihm weder Respekt noch nähere Beachtung erhielt.

„Nein!“ Sie entfloh seinem Zugriff, indem sie auf der anderen Seite des Schlaflagers von der Matratze kletterte.

Kurz huschte Betroffenheit über Karims Miene, dann verdüsterte sich seine Stimmung sichtlich. Er sagte nichts, ging mit langen Schritten um das Bett herum auf Topaz zu. Aber die war nun, aufgestachelt von ihrer eigenen Widerspenstigkeit, ihrem Stolz und Selbsterhaltungstrieb nicht willens, sich zu ergeben, obwohl ihr Verstand wusste, dass es vernünftiger wäre. Doch sie konnte nicht zulassen, dass er sie nur als Ding wahrnahm, als seinen Besitz. Sie mochte für den Moment eine Sklavin sein, wenigstens bis sie geflohen war, zuvor sollte er begreifen, dass auch sie eine Frau mit Gefühlen war. Sie verdiente es genauso wie jeder andere Mensch, mit Respekt behandelt zu werden.

„Was fällt dir ein, dich mir zu widersetzen?“ Karims Stimme klang kalt wie Eis. Es gefiel ihm nicht, dass sie sich nicht fügte.

Er machte einen Satz auf sie zu und Topaz hüpfte förmlich auf das Bett. Sie rollte sich über die Matratze und stand auf der anderen Seite. Das kurze Aufflackern von Triumph war eine Narretei, das wusste sie, aber sie gönnte sich diese Empfindung. Vor allem da ihr im nächsten Moment klar wurde, wie töricht sie sich verhielt. Sie war immer noch nackt. Nicht einmal in Frankreich hätte sie so auf die Straße laufen können, selbst unter Lebensgefahr. Das war ja wie ein Leuchtfeuer für jeden Schurken im Umkreis. Im Orient verbot sich das erst recht.

Das war auch Karim klar. Mit zornig zusammengekniffenen Augen starrte er sie an. „Lass diesen Unsinn und komm her!“, befahl er ein weiteres Mal.

„Niemals!“, rief Topaz empört. „Ihr behandelt mich wie einen Gegenstand! Aber ich bin eine Frau, und sogar mir als Sklavin steht das Recht zu, dass mir Anstand und Respekt entgegengebracht wird!“

Der Blick, den ihr Karim nun schenkte, löste gleichzeitig Beklommenheit und Genugtuung in ihr aus. Der Scheich hasste es, dass sie ungehorsam war, und zugleich schien er nicht zu wissen, wie er angemessen reagieren sollte.

„Als ich sagte, dass ich es verabscheue, wenn Frauen geschlagen werden, schloss ich damit Sklavinnen aus. Gib auf, gehorche mir oder du wirst lernen, was es heißt, deinen Hintern so zugerichtet zu bekommen, dass du die kommenden Tage nur mehr stehend oder auf dem Bauch liegend verbringen kannst!“ Er knurrte seine Drohung fast, und Topaz hatte das Gefühl, das Vibrieren in der Bauchgrube zu fühlen.

Sie fühlte sich gehetzter denn je und ließ ihren Blick zwischen Zeltausgang und Karim hin und her schweifen. Sie wog ihre Chancen ab, doch noch zu entfliehen oder wenigstens einer Strafe zu entkommen. Sie ahnte, dass Karim es ernst meinte. Sie war ihm ohnehin hoffnungslos ausgeliefert, so abgeschieden in der Wüste, lediglich umgeben von seinen Getreuen. Genauso gut hätte man Topaz in der Bastille einkerkern können.

„Eine gute Sklavin ist wertvoll! Ihr könntet mich beschädigen!“

Karim bewegte sich langsam und mit geschmeidigen Bewegungen seitwärts, sodass er zwischen Topaz und den Eingang gelangte. „Das interessiert mich im Augenblick mit jedem Atemzug weniger!“, erklärte er mit vor Ärger vibrierender Stimme.

Der große Scheich war es nicht gewohnt, dass ihm jemand die Stirn bot. Topaz beschloss, dass sie dann eben die Erste sein würde. Sie würde sich ihm zwar hingeben und gehorchen – immerhin wollte sie ihm ihre Kapitulation vorgaukeln –, aber sie würde sich davor ein kleines bisschen Respekt erkämpfen.

„Ich will doch nur mit Anstand behandelt werden“, sagte Topaz wild entschlossen. „Ihr könnt über meinen Körper verfügen, aber niemals über meine Seele, und ich werde Euch hassen bis zum letzten Atemzug, wenn Ihr weiterhin so respektlos mit mir umgeht!“ Sie kreischte, als Karim sie plötzlich packte und zum Bett schleifte. Vor Schreck vergaß sie zu atmen.

„Respekt? Du sprichst von Respekt? Wo war der Respekt deiner Landsleute vor einem törichten Jüngling?“ Sie fühlte Karims Körper an sie gepresst;

die Berührung seiner warmen Haut und sein unerbittlicher Griff brannten auf der ihren. Ihr Pulsschlag vibrierte in ihren Wangenknochen, und sie versuchte, sich aus Karims Händen zu befreien, indem sie sich wand und aufbäumte. Er hielt sie fest und so eng an sich gedrückt, dass sie sich auf diese Art an ihm rieb. Sie keuchte und nahm das Pulsieren und Kribbeln in ihrem Unterleib wahr. Sie verstärkte ihre Bemühungen, aber alles, was sie damit erreichte, war, sich noch intensiver an Karim zu pressen. Die Anspannung wurde so groß, dass sie sich am liebsten weiter an Karim geschlängelt und gedrückt hätte, nur um die köstliche Empfindung explodierender Wollust zu genießen. Just in diesem Augenblick warf er sie auf sein Bett.

Sie landete bäuchlings auf der Unterlage, und kurzzeitig vergrub sie ihr Gesicht vor Scham und Wut in den Kissen. Sie wollte ihren Frust darüber, so überrumpelt worden zu sein, in die Seidendecken brüllen, doch noch bevor sie Luft holen konnte, spürte sie Karims harten Griff in ihrem Haar. Er zog daran, sodass sie den Kopf hob und schließlich sogar in den Nacken legte. Sie sah keinen Sinn darin, sich weiterhinzu wehren und zu riskieren, dass Karim ihr ganze Haarbüschel herausriss. Nicht, nachdem sie begriffen hatte, dass sie sich auf primitive, triebhafte Art von ihm anzogen wurde. Sie ergab und beruhigte sich selbst damit, dass es daran lag, dass sie ihm hier in der Wüste ausgeliefert war.

„Und jetzt endlich auf alle viere!“, befahl Karim.

Diesmal gehorchte sie. Sie vergrub ihre Finger in den Laken, krallte sie in den Stoff und wartete zitternd darauf, was Karim vorhaben mochte.

Er packte sie an den Hüften und zog sie näher an den Rand des Bettes. Dann hob und senkte sich die Unterlage, Karim hockte zwischen ihren Beinen und sein Schwanz legte sich genau an ihre Möse. An den Schulterblättern drückte er sie nach unten. Ihren Widerstand zu brechen hatte ihn kaum mehr als eine Handvoll Minuten und ein beängstigend niedriges Maß an körperlicher Kraft gekostet.

Nicht, dass Topaz ernsthaft Versuche unternommen hätte, sich von Karim loszureißen oder sich gegen seine Zudringlichkeiten zur Wehr zu setzen. Sie wollte ihn in Sicherheit wiegen, er sollte sie für eine unterworfene, eine willige Sklavin halten; umso leichter wäre es für sie, ihm zu entrinnen.

Als er in sie stieß, keuchte sie erschrocken und zugleich lustvoll auf. Sie würde es am liebsten leugnen, vor sich aber vor allem vor Karim, doch es hatte sie vom ersten Moment erregt, wenn Karim sie berührte. Sogar mehr, als für sie gut war. Davon war sie überzeugt. Sie würde umso mehr zu seiner willigen Sklavin werden, je stärker es sie zu ihm hinzog. Das durfte sie nicht zulassen, sie sollte also ihr Vorhaben, zu fliehen, so bald wie möglich umsetzen, und bis dahin musste sie Karim auf Abstand halten. Sie war seine Sklavin, eine Französin und seine Feindin, und er war der Scheich, von dem ihr Wohlergehen abhing. Er hatte mehr als einmal gezeigt, wie wenig er von ihr und ihresgleichen hielt. Er schien sie sogar aus tiefster Seele zu hassen.

Daran musste sie stets denken.

Sie krallte sich fester in die Matratze unter sich, stemmte sich gegen Karim und seinen Unterleib, der rhythmisch gegen den ihren klatschte, ihre Möse spaltete und ihre Lust anstachelte. Sein Schwanz war genau richtig, groß genug, um sie zu dehnen und auszufüllen, und so wie er sich bewegte, brachte er die Säfte ihrer Erregung zum Fließen. Nach jedem Stoß in sie vergruben sich seine Hände in ihren Hüften, zogen sie näher zu sich, weil die Wucht seiner Bewegungen sie stets nach vorn rutschen ließ.

Er keuchte, hämmerte hart und immer wieder in ihre Möse, deren Nässe schmatzende Geräusche verursachte, die Karim zu Höchstleistungen anzuspornen schien. Er stöhnte und seine Stöße gerieten außer Takt. Er fickte sie härter, schneller und seine Hände legten sich um ihren Hals, drückten jedoch nicht zu. Dennoch brodelte in Topaz' die Furcht. Sie wollte sich bewegen, doch jedes Kopfdrehen oder -heben hätte den Druck auf ihre Kehle verstärkt. Panik breitete sich in ihrem Leib aus. Karim hatte die absolute Kontrolle, über sie, ihren Körper, über ihr Leben und ihren Tod.

Er stieß hart in sie, sein Schwanz schien anzuschwellen, und einen Moment lang überlegte sie, ob es ihn erregte, diese Macht über sie zu haben. Sein Griff wurde fester, aggressiver. Nicht so sehr, dass sie ernsthaft in Atemnot geraten wäre, doch Luft zu holen schien ihr anstrengend, ihre Lungen gierten nach mehr. Vielleicht lag es auch einfach daran, dass sich die Lust in ihr aufzutürmen begann. Jeder Stoß brachte sie näher an die Klippe, und sie vernahm ein Röcheln, spürte, wie eine Gänsehaut ihren Körper überzog und dass Karim stöhnte. Die Wellen der Erlösung schleuderten sie an die Gipfel der Leidenschaft, und sie sog Luft ein und keuchte und schrie, während die Gefühlsaufwallung Lichtblitze vor ihrem inneren Auge entfachte. Sie hörte das Blut in ihren Ohren rauschen, und dann fühlte sie nur noch, wie sie zusammenbrach, als köstliche Lustwogen ihren Körper durchzuckten.

Sie genoss das sinnliche Nachglühen ihres Leibs, das Prickeln und die Wonneschauer und war so in sich und ihre Empfindungen versunken, dass sie nichts mehr von ihrer Umgebung mitbekam, denn als sie wieder zu sich fand, war Karim fort und sein Diener Ibrahim eilte geschäftig im Zelt herum.

Als er feststellte, dass Topaz wach war, wandte er sich ihr zu. Seine schwarzen Augen musterten sie freundlich, aber unbestimmt. Er nickte ihr zu.

„Unser Herr befahl, Euch ins Frauenzelt zurückzubringen“, erklärte er, sich offenkundig weder an ihrer Nacktheit noch an ihrer Benommenheit störend. Er ging mit etwas steifen Bewegungen zu einem Schemel, auf dem ein Kleiderbündel abgelegt worden war, und brachte es zu Topaz. Obenauf lagen weiche Pantoffeln, eine Schuhart, die sie erst hier im Orient kennen- und lieben gelernt hatte. Sie schlüpfte hinein und wackelte mit den Zehen – ein Luxus, den sie über die Maße genoss. Dann entfaltete sie das Gewand und erkannte eine Abaya. Sie zog sich das Kleidungsstück über und bemerkte dabei, wie erschöpft sie sich fühlte. Ihre Hüfte schmerzte und ihre geheime Mitte schien wund.

Sie erinnerte sich an die würgenden Griffe an ihrem Hals, aber als sie versuchsweise schluckte und sich darauf konzentrierte, war nichts Ungewöhnliches zu spüren, nicht einmal ein Kratzen. Sie hob die Hand und betastete mit den Fingerkuppen die

Haut an ihrer Kehle und die Bereiche rundherum, überall, wo Karim sie gepackt hatte. Doch auch dort war nichts Anderes wahrzunehmen als ihre eigenen Berührungen.

Erleichtert stieß sie Luft aus, und als Ibrahim sie fragend ansah, nickte sie nur. „Ich bin bereit", meinte sie, woraufhin der Mann sie aus dem Zelt führte.

Die Sonne stach herab und ließ Topaz in Schweiß ausbrechen. Außerdem war die Helligkeit so stark, dass sie blinzelte und gegen die aufsteigenden Tränen ankämpfte, die ihr das grelle Sonnenlicht verursachte, ehe sich ihre Augen daran gewöhnt hatten.

Ibrahim musterte sie geduldig. Als er das Gefühl zu haben schien, sie wäre so weit, machte er eine auffordernde Handbewegung und ging voraus. Topaz beeilte sich, ihm zu folgen.

In der Zeltsiedlung herrschte reges Treiben, jeder hatte etwas zu tun, doch keiner wirkte dabei gehetzt. Man stand beisammen, plauderte und lachte. Überraschenderweise hörte Topaz viele familiäre Anreden wie „Freund", „Bruder" oder deutlich Älteren gegenüber „Onkel" oder „Vater". Dieser als rau verrufene Volksstamm pflegte einen warmherzigen, vertraulichen Umgang, der Topaz gegen ihren Willen Hochachtung abverlangte. Man ging freundschaftlich miteinander um – welch krasser Gegensatz war da das kühle und harsche Benehmen, das in Paris geherrscht hatte. Erneut musste Topaz sich eingestehen, dass ihre Meinung über den Orient und seine Menschen voreilig von ihren persönlichen schlechten Erfahrungen geprägt war, was weder Land noch Leuten gegenüber gerecht war.

Sie entdeckte Zuleika, die Zweitfrau von Karims engstem Vertrauten Bassam. Die Frau lag wie hingegossen auf dem Boden vor einem kleineren Zelt, wohl Bassams Zelt, denn der Mann saß neben Zuleika, die ihren Kopf auf seinen Schoß gebettet hatte und von ihm sichtlich anhimmelt wurde, obwohl sie elend und bleich wirkte.

Bassam hielt ihre Hand. Die Art, wie er seine zweite Ehefrau anblickte und mit zärtlichen Berührungen ihre dunklen Augenringe nachfuhr, versetzte Topaz einen Stich. Es erinnerte sie daran, dass es nie einen Mann geben würde, der sie derartig anbetete. Für Karim war sie eine Sklavin, der Feind oder im besten Fall ein Nichts, und für jeden zukünftigen Mann, der ihren Weg kreuzen würde, war sie beschmutzte Ware.

Sie zwang den Gedanken beiseite, fort in die tiefsten Abgründe ihrer Seele. Wenn sie nicht zusammenbrechen und stark bleiben wollte, durfte sie sich nicht mit solchen Dingen beschäftigen. Vorrangig wollte sie ihre Freiheit wiedererlangen, und dazu musste sie sich mit allem, was dieses Zeltdorf und seine Bewohner betraf, vertraut machen.

Sie starrte auf Bassam und Zuleika. Streng rief sie sich in Erinnerung, dass die Gesten der beiden Ehemann und Frau vorbehalten waren und sie als Sklavin gewiss nicht auf Zuneigung und Zärtlichkeit hoffen durfte. Außerdem war diese Zurschaustellung von Gefühlen schamlos. Wie konnten sie in aller Öffentlichkeit so vertraulich herumliegen und Zärtlichkeiten austauschen? Topaz versuchte, es zu verstehen, und gewahrte, dass es ihr nicht gelang. Es waren eben Barbaren, redete sie sich ein, während sie Ibrahim zum Frauenzelt folgte.

Noch bevor sie das Zelt erreicht hatte, trat Thiyya aus dem Eingang und nickte Ibrahim zu, der sich daraufhin zu Topaz umdrehte und sich von ihr verabschiedete.

Einladend hob Thiyya ihren Arm. „Komm herein, du siehst aus, als könntest du ein wenig Ruhe brauchen."

Dem wollte Topaz nicht widersprechen. Ein Nickerchen wäre genau das, was ihr guttun würde. Thiyya blickte über ihre Schulter, hinüber zu Bassam und Zuleika, wie Topaz erkannte, als sie den Blicken der Älteren folgte.

„Wie überaus gedankenlos von den beiden!", kritisierte Thiyya. „Sich derart schamlos vor allen zu präsentieren, wo Vega dafür bekannt ist, rasend vor Eifersucht zu sein."

„Dann akzeptieren die Frauen die Vielweiberei nicht?"

Thiyya schnaubte. „Welche Frau ist schon gern eine von vielen. Und welche Frau schätzt einen Mann, der seinen Riemen heute in diesen Schmalztopf tunkt und morgen in jenen?", erwiderte sie geringschätzig. Dann zwinkerte sie Topaz zu. „Wir Alqadimanerinnen fordern unsere Männer für gewöhnlich so sehr, dass sie gar keine Kraft für eine zweite oder dritte Frau aufbringen."

Sie legte ihre Hand auf Topaz' Schulter und schob sie ins Zelt. Im Innern empfing sie der Geruch nach verbrannten Hölzern und Kräutern. Als sie sich umsah, fiel Topaz' Blick als Erstes auf ein Schlaflager, das im Gegensatz zu den anderen eine zurückgeschlagene Seidendecke auf der Matratze liegen hatte. Die Müdigkeit befiel Topaz mit kaum zu beherrschender Intensität, und sie hätte sich am liebsten auf der Stelle auf das Bett gelegt und geschlafen, doch sie wagte nicht, danach zu fragen. Stattdessen wartete sie, bis Thiyya von sich aus erklärte, was sie mit Topaz vorhatte oder von ihr erwartete.

Zu Topaz' Überraschung nahm Thiyya das Gespräch von zuvor über Bassam und seine Frauen wieder auf: „Zuleika ist schwanger. Vega macht gute Miene zum bösen Spiel, aber wir alle warten nur darauf, dass Vegas Temperament mit ihr durchgeht. Sie ist keine Frau, die stillschweigend erduldet, was ihr andere zumuten. Ich erzähle es dir nur, damit du Bescheid weißt."

Irritiert nickte Topaz. Eigentlich war es ihr gleichgültig, was für Querelen und Intrigen die Frauen des Lagers miteinander austrugen. Andererseits konnte es sich als hilfreich erweisen, zu wissen, von wem sie sich besser fernhielt, um jeglichen Ärger zu vermeiden. Wenn sie ohnehin verschwinden wollte, war es besser, in der Menge unterzugehen – was zwar bei den wenigen Leuten in diesem Dorf schwierig, aber nicht unmöglich sein dürfte. Um nichts in der Welt wollte sie hier irgendwie im Mittelpunkt des Interesses stehen.

Thiyya deutete auf das Bettenlager. „Das ist dein Schlafplatz, du darfst dich jetzt hinlegen und ausruhen, wenn du möchtest. Später finden wir schon etwas, das du tun kannst."

„Gerne", erwiderte Topaz. Sie näherte sich ihrem Bett und unterdrückte ein Gähnen.

Topaz wusste nicht, was sie geweckt hatte.

Noch gefangen im Halbschlaf und nicht willens, diese Fetzen zu zerreißen, rührte sie sich nicht, in der Hoffnung, sich so ein paar Momente, vielleicht sogar Minuten mehr Schlaf abzuringen.

Als sie erkannte, dass, jemand im Zelt war und nicht zu bemerken schien, dass sie dort schlief, oder so rücksichtslos war sich keine Mühe zu geben leise zu sein, wurde Topaz neugierig und hob ihr Augenlid gerade so weit, um zu erkennen, wer die Person war. Sie erkannte die rothaarige Vega, die nervös im Zelt auf und ablief, bis ein schmaler Junge, kaum älter als zehn Jahre, hereinkam.

„Hast du es?“, zischte die Hauptfrau Bassams und beugte sich vor.

Der Junge zog ängstlich die Achseln hoch. „Ja, Mutter.“ Er reichte ihr einen unscheinbaren Beutel.

Prüfend öffnete Vega das braune Säckchen und ließ ein paar rote Beeren auf ihre Handflächen rollen. Sie schloss die Hand darum und gab dem Kind den Beutel zurück, dann tätschelte sie seine Wange und ein Lächeln huschte über ihre Miene.

„Danke, Djamil, du bist ein guter Junge!“, lobte sie ihn und er stand daraufhin wieder aufrecht und offenbar erleichtert vor ihr. „Denk daran, dass niemand etwas davon erfahren darf.“ Vegas Lächeln schwand nicht aus ihrem Gesicht, doch es wirkte anders, starr, fast ein wenig drohend. Topaz blinzelte und so schnell wie das Gefühl in ihr aufgestiegen war, so rasch verflüchtigte es sich. Auch Djamil wirkte nicht beunruhigt, also ignorierte Topaz ihr Bauchgefühl.

Djamil nickte und Vega legte ihre Hand auf seine Schulter und schob ihn zum Ausgang. Bevor sie hinaustrat, warf sie noch einmal einen Blick ins Zeltinnere. Eilig schloss Topaz ihre Lider und hoffte, Vega hätte nicht bemerkt, dass sie im Zelt war. Die aufgetürmten Decken und Kissen rund um Topaz´ Körper, mussten sie offenbar zuverlässig vor Vega verbergen oder es war ihr gleichgültig, dass Topaz anwesend war. Was auch immer der Grund war: Vega beachtete sie nicht. Sie wagte nicht, sich zu rühren, und fühlte ihren Herzschlag bis in ihre Kehle wummern. Das Schlucken fiel ihr schwer. Sicherheitshalber presste sie sich tiefer in die Kissen.

„Vega?" Thiyyas unterkühlte Stimme erklang aus der Richtung des Zeltausgangs. „Kann ich euch helfen? Braucht ihr etwas?" Sie schien sich Djamil zu zuwenden: „Hast du Kummer? Du wirkst aufgeregt."

„Ich dachte, ihn habe etwas gebissen, aber es ist alles in Ordnung", erwiderte Vega mit rauchigem Timbre. Ganz sicher war dies eine Stimme, die die Männer verlocken konnte. Dies und die Schönheit der Frau.

Bis vor wenigen Augenblicken hatte Topaz noch gezweifelt, ob Vega tatsächlich die hinterhältige Person war, als die Thiyya sie geschildert hatte. Doch ihr rätselhaftes Verhalten, die seltsame Unterhaltung mit ihrem Sohn und nun die Lüge gegenüber Thiyya überzeugten Topaz davon, dass Thiyya wenigstens nicht gänzlich unrecht hatte. Kurz überlegte sie, ob sie Thiyya von der Begebenheit im Zelt erzählen sollte, entschied aber, dass es sie nichts anging und es nicht zwangsläufig auf etwas hindeutete, dass irgendjemand wissen musste.

Sie hielt die Augen geschlossen, bis sie Thiyya neben ihrem Lager stehen fühlte.

„Zeit aufzustehen“, sagte die Ältere. „Heute ist Waschtag. Du kannst uns dabei helfen, nachdem Du eine Kleinigkeit gegessen hast. Ich habe dir etwas vom Mittagessen zurückbehalten.“

Topaz stand auf und griff nach der Abaya, in die sie wieder schlüpfte. Sie fand Gefallen an den arabischen Gewändern. Die meisten waren genauso züchtig und anständig, wie sie es gewohnt war, nur eben anders geschnitten, was sich in diesen heißen Breitengraden nur als positiv herausstellte. Eine Schicht Kleider, lose den Körper umspielend, sodass die Luft zirkulieren konnte und der Träger nicht zu Beklemmungsgefühlen, Atemnot und Schweißausbrüchen bis hin zur Ohnmacht getrieben wurde.

Es war wahrlich nicht alles schlecht an Alqadima und seinen Einwohnern. Mit einem seltenen Gefühl der Zufriedenheit folgte sie der Alqadimanerin zum See hinüber.

Diesmal bot sich Topaz ein völlig anderes Bild. Keine der Frauen lag im Sand und ruhte sich aus oder ließ es sich anderweitig gut gehen. Stattdessen wuselten alle herum, sogar Vega packte mit an. Große Zuber standen bereit, in denen Wäschestücke schwammen, und zwischen den Palmen waren Seile gespannt, über denen etliche Tücher und Gewänder zum Trocknen aufgehängt worden waren.

Einige Frauen hockten am Rand des Wassers, bewaffnet mit Waschbrettern in der einen Hand und in der anderen die Wäsche, die eifrig gereinigt wurde, indem sie über die Bretter gerieben wurde. Wieder andere Frauen standen hüfthoch im Wasser und bewegten große Stoffbahnen darin.

„Was kann ich tun?", fragte Topaz.

Thiyya deutete auf eine weißhaarige Frau, die sich über einen Kessel beugte und mit einem gewaltigen Kochlöffel darin herumrührte. „Das ist Maryam, unsere Heilerin. Hilf ihr!"

Also ging Topaz hinüber zu der Frau, die sich beim Näherkommen eindeutig als Greisin entpuppte. Ihre Haut war ein dichtes Netz aus Runzeln und Falten, doch ihre Augen blickten wach und scharfsinnig und ihre Körperhaltung war aufrecht und stolz wie die einer jungen Person. Topaz mochte die Frau auf Anhieb.

Maryam beobachtete, wie Topaz näherkam, und nickte ihr ruppig, aber nicht uninteressiert zu.

„Thiyya meinte, ich könnte dir helfen?"

Maryam streckte ihr den Kochlöffelstiel entgegen. „Ich koche hier mein Verbandsmaterial aus, du könntest es rühren, damit ich mich um Zuleikas Medizin kümmern kann."

Topaz ergriff den Kochlöffel und begann, beherzt zu rühren, während Maryam zwischen den Zelten verschwand. Von ihrem Standort aus konnte Topaz eine kleinere Feuerstelle sehen, über der ein dreibeiniges Gestell errichtet war, an dem ein Eisenkessel hing. Maryam hockte sich davor und griff nach einem Mörser. Mit geübten Handbewegungen begann sie, etwas zu zerkleinern.

Topaz wandte sich ihrer Aufgabe zu und schenkte dieser ihre komplette Konzentration.

Ganz versunken in ihre Tätigkeit, die durch das Wasser schweren Stoffteile im Kessel zu bewegen, schreckte Topaz auf, als Maryam neben ihr erschien. Die Greisin trug einen Korb auf der Hüfte abgestützt und starrte nun prüfend in den Behälter.

Zwischen den Zelten, bei der Kochstelle, an der Maryam bis vor Kurzem gearbeitet hatte, nahm Topas eine flüchtige Bewegung wahr. Als sie dorthin sah, glaubte sie, dass Vega ein paar rote Beeren in den Kessel kullern ließ, ehe sie aus Topaz' Sichtfeld huschte.

Topaz stutzte kurz, doch dann entschied sie, es für sich zu behalten. Was wenn sie sich täuschte? Wenn alles seine Ordnung hatte? Das letzte, was sie wollte, war, aufzufallen und einen Aufruhr zu verursachen. Außerdem ging sie das Ganze nichts an.

Maryam setzte den Korb ab und Topaz beobachtete sie interessiert. Die Heilerin nahm Topaz den Kochlöffel ab, um damit einige der Stoffstücke herauszufischen und in den Tragekorb plumpsen zu lassen, nachdem sie die Wäsche ausgewrungen hatte, dennoch ließ der Aufprall das Wasser spritzen. Nur ein kleiner Teil der Stoffe landete im Tragekorb, Maryam hob ihn trotzdem mit sichtlicher Anstrengung hoch und trug die Wäsche zum Aufhängen, kehrte dann zurück und wiederholte das Ganze. Als sich nichts mehr weiter als das Schmutzwasser im Kessel befand, begleitete Topaz Maryam zur Wäscheleine und half ihr dort.

„Ist Zuleika krank?" Topaz erinnerte sich, dass sie sie vor ihrem Morgenschläfchen gesehen hatte. Zwar hatte sie nicht wie das blühende Leben gewirkt, doch krank schien sie nicht gewesen zu sein.

„Nur schwanger und mit den üblichen Unzulänglichkeiten geschlagen. Ein gutes Zeichen, das bedeutet, dass ihr Kind ein Sohn werden wird; nur männlicher Nachwuchs zehrt die Mutter derart aus. Und dass er sie bereits jetzt so plagt, liegt daran, dass er mehr Nahrung fordert, als Zuleika zu sich nimmt. Ich habe ihr einen meiner Heiltränke zubereitet, der die Schwangerschaftsübelkeit stillt und den Appetit anregt“, erklärte Maryam. Sie warf Topaz einen forschenden Blick zu. „Warum fragst du?“

Topaz zwang sich, das Zusammenzucken, das sich ihrer Glieder bemächtigen wollte, zu unterdrücken, und sah Maryam an, ohne die Miene zu verziehen. „Zuleika wirkt auf mich wie eine Frau, mit der ich gern befreundet wäre“, erwiderte sie.

„Für eine Sklavin, deren ganzes Denken seit ihrer Ankunft hier nur darum kreist, so schnell wie möglich zu entkommen, ein verwirrendes Geständnis“, meinte Maryam schonungslos.

Nun konnte Topaz ihren Schreck nicht verbergen. Woher wusste die Alte das? Konnte sie am Ende Gedanken lesen? Oder waren Topaz’ Pläne so offensichtlich?

„Nein, du täuschst dich“, behauptete Topaz.

Maryam legte ihr beschwichtigend die Hand auf den Unterarm. „Sei unbesorgt, ich werde es sicher niemandem weitererzählen. Als ich vor sechzig Sommerläufen hierherkam, befand ich mich in derselben Lage wie du. Nun ja, nicht ganz. Ich wurde als vierte Ehefrau an einen uralten Beduinen der al-Wahhab verkauft. Jarl war der Heiler des Stammes. Als er erkannte, dass ich Talent für das Heilen besaß, wurde ich zu seiner Schülerin. Es wurden die schönsten Jahre meines Lebens. Auch wenn ich bei meiner Ankunft hier dachte, ich würde den Tod allem anderen vorziehen.“ Maryam legte den Kopf schief und lächelte fast verschmitzt. „Etwas sagt mir, dass es dir ähnlich gehen wird. Wer die Wüste und seine Bewohner einmal in sein Herz gelassen hat, wird nie wieder ohne sie glücklich. Du musst es nur zulassen. Der Sand und die Hitze können Herzen und Seelen heilen.“ Maryam wandte sich der Wäsche zu.

Topaz half ihr widerstrebend. Was für ein Unsinn, wie konnte die Heilerin sie beide miteinander vergleichen? Und wieso sollte sie sich hier einleben und sogar ihr Glück finden? Sie wollte nach Hause, zurück nach Frankreich.

Je eher, umso besser.

Fort von diesem Scheich, der sie verachtete und in sein Bett zwang.

Unvermutet stiegen Bilder in ihrer Erinnerung hoch, begleitet von Gerüchen, Farben und den Schauern, die Karims Berührungen in ihr ausgelöst hatten. Er hatte sie überwältigt, ja, hatte sich ihrer bedient und war grob gewesen. Doch sie hatte zu keinem Moment das Gefühl gehabt, dass sie um Leib und Leben hätte fürchten müssen. Sie hatte die körperliche Begegnung mit ihm genossen und ihre vorherige Panik erschien ihr jetzt im Nachhinein als übertrieben. Was jedoch nicht hieß, dass sie sich ihm als willige Bettgespielin präsentieren würde. Schon aus Prinzip nicht, immerhin hasste und versklavte er sie.

Thiyya näherte sich. „Noura? Der Scheich verlangt nach deiner Anwesenheit.“

Topaz verkniff sich die Aussage, er könnte nach ihr verlangen, bis ihm die Stimme erstarb, und sah entschuldigend zu Maryam, der sie nun die Wäsche allein überlassen musste.

„Was will er von mir?“, fragte Topaz, als Thiyya sie bis zum Frauenzelt begleitete und ihr dann verkündete, sie könne selbst zum Zelt Scheich Karims gehen und werde dort von Ibrahim in Empfang genommen.

Topaz’ Herz pochte aufgeregt in ihrem Brustkorb. Wenn man begann, ihr Freiheiten einzuräumen, wie zum Beispiel sich innerhalb der Zeltsiedlung frei zu bewegen, häuften sich die Gelegenheiten, sich unbemerkt davonzuschleichen. Sie musste bedacht handeln und sich demütig zeigen, dann würden ihre Aufpasser nachlässig werden und ihre Kontrolle lockern.

Sie zwang sich, ihrer Miene nichts von ihrem Hochgefühl anmerken zu lassen, und schlurfte schicksalsergeben zum Zelt Karims.

Ibrahim stand am Eingang und ließ sie eintreten.

Als sie im Innern stand, blinzelte sie erst einmal, bis sich ihr Augenlicht an die Dämmerung gewöhnt hatte. Dann erkannte sie Karim, der lässig an seinen Stuhl gelehnt dasaß und sie erwartete.

„Da bist du ja endlich, Sklavin! Komm her zu mir und kümmere dich um meine Bedürfnisse“, verlangte er.

Topaz, die eben noch geglaubt hatte, sie gäbe sich willig und scheu, um sein Misstrauen zu zerstreuen, hielt in ihrer Bewegung inne. Wut wollte in ihr hochkochen, doch diese Emotion drängte sie zurück. Blinde Wut erwies sich nie als hilfreich. Aber sie war nicht willens, ihm nachzugeben.

„Ich mag Eure Sklavin sein und dazu verdammt, Euch zu dienen, doch ich werde den Teufel tun und mich von Euch wie einen Gegenstand behandeln lassen!“, fauchte sie. Es war die Wiederholung desselben Gesprächs, das sie bereits unzählige Male mit ihm geführt hatten. So kam es Topaz wenigstens vor. Mittlerweile wusste sie, wie sehr es Karim verärgerte, wenn sie so mit ihm redete. Er hatte ihr bereits ein paar Mal Schläge angedroht, begnügte sich aber bisher damit, sie hart und rücksichtslos zu ficken. Je gnadenloser er dabei vorging, umso erregter wurde Topaz, doch das hätte sie um nichts in der Welt zugegeben.

Auch jetzt war ihr Herzschlag so außer Rand und Band, dass sie fürchtete, das Hämmern brächte ihr Innerstes dazu, ihr die Galle und den Mageninhalt hochzutreiben.

Sie zwang sich, dem brennenden Blick Karims furchtlos zu begegnen, und schaffte es sogar minutenlang, bis sie doch unterlag. Seine Ungeduld war nicht zu übersehen, und als sie ihre Lider senkte, war das für ihn das Zeichen ihrer Kapitulation. Er sprang auf und näherte sich ihr, und obwohl sie sich nicht rührte, hatte sie das Gefühl, es würde ewig dauern, bis er bei ihr ankam. Sie erwartete, dass er sie sofort ergriff und aufs Bett werfen würde, doch sie täuschte sich. Er umkreiste sie. Wie ein Raubtier seine Beute einkreiste und belauerte, ehe es zuschlug. Topaz zögerte und wusste nicht, was sie nun tun sollte. Versuchen zu fliehen? Bleiben? Gegen ihn kämpfen?

Die Entscheidung wurde ihr abgenommen, als er sie packte und zwang, sich über die Lehne des

Stuhls zu beugen. Er hielt sie mit einer Hand am Nacken fest, die andere fummelte hinter ihrem Rücken herum. Es wäre ihr ein Leichtes gewesen, sich loszureißen, doch das wollte sie gar nicht. Nach dem ersten Schreck, als er sie an sich gerissen hatte, war ihre Angst mit einer Vielzahl an Emotionen in ihr verschmolzen: Lust, Vorfreude und Sehnsucht.

Was er mit ihr und ihrem Körper anzustellen vermochte, erwies sich als zu verlockend, zu erregend, als dass sie sich ernsthaft dagegen wehren wollte oder konnte.

Während er jetzt ihre Abaya über ihre Hüften hochschob, zitterte sie in einer Mischung aus ängstlicher Wollust. Sie wollte ihn wieder in sich spüren, wollte herausfinden, ob es immer noch so überwältigend auf sie wirkte, und so hielt sie still. Sie präsentierte ihm ihren Po und erwartete, dass er seinen Schwanz in sie stieß. Doch nichts dergleichen geschah, als sie ihm ihre Kehrseite entgegenstreckte.

Stattdessen hörte sie ihn knurren. „Deine Möse ist wirklich zu verlockend!“ Und dann ging er auf die Knie. Er schob ihre Beine auseinander, wohl um besseren Zugriff zu erhalten. Seine Finger betasteten ihre Schamlippen, streichelten und kneteten sie sacht. Sein Atem kitzelte ihre feine Haut dort, ehe er ihre Venuslippen auseinanderzog, sodass ihr Eingang frei lag. Sie spürte Karims Gesicht ganz nah, nahm wahr, wie er einatmete und der Luftstrom über ihre Spalte wehte. Und dann fühlte sie die feuchte Zungenspitze auf ihrer Perle.

Diese Zuwendung beinhaltete auf einmal eine völlig andere Emotion als die bisherigen erotischen Begegnungen mit Karim. Noch nie zuvor war er so gebend gewesen. Verwirrt ließ sie geschehen, was er schenkte. Sie wusste, dass orale Spiele dazu dienten, Lust zu schenken und anzuregen. Die Frau vorzubereiten auf den Schwanz des Mannes. Bei dem Gedanken, wie es sich anfühlen würde, wenn Karim in sie stoßen würde mit seinem harten, riesigen Schwanz, schlängelte sich die Begierde aus der tiefsten Bauchgrube hinab bis zwischen ihre Beine, und sie fühlte Nässe und ein Prickeln, das ihr den Atem verschlug. Topaz keuchte.

Just in diesem Atemzug legten sich Karims Lippen über ihre Lustperle und er sog hart daran. Schmerz und Ekstase verschmolzen zu einer Einheit, dehnten sich in ihrem Körper aus und weckten in ihr die rasende Gier nach mehr. Ihre Finger verkrampften sich im Holz der Stuhllehne. Sie versuchte, sich Karims Mund und Zunge und seinen Händen, deren Daumen im Moment gleichzeitig ihre Schamlippen streichelten, entgegen zu recken. Je länger er an ihr sog, sie berührte, umso größer schien der Druck in ihr zu werden. Ihre Haut glühte vor Hitze, und die Erregung ließ Topaz keuchen. In ihr baute sich eine gewaltige Anspannung auf. Sie ahnte bereits, dass sie in einer Kaskade ekstatischer Entladungen ihre Erlösung finden würde. Sie stöhnte, krallte ihre Nägel in die Lehne des Stuhls und spürte, wie sich ihr gesamter Körper vom Scheitel bis zu den Zehenspitzen zusammenzog.

Als sich ihre Lust endlich entlud, war sie nichts weiter als ein zuckendes, keuchendes Etwas, das nicht einmal mehr Gewalt über ihre Gliedmaßen besaß. Ihre Kräfte gaben nach und sie kippte zu Boden. Ihre Knie schlugen hart auf, doch es war ihr gleichgültig; die Blitze und Zuckungen, die über sie hinwegrollten, waren um so vieles intensiver als der Schmerz. Sie fühlte kaum, wie Karim sie zurechtschob, ihre Beine auseinanderzwang und dann in ihre Möse stieß, die sich immer noch in Spasmen verkrampfte. Die Lust ließ nur geringfügig nach. Karim entzog sich ihr und dann teilte sein Schwanz ihre Schamlippen erneut und rammte sich ungebremst in sie hinein, wieder und wieder, und brachte so ihre Begierde nicht zum Abflauen, sondern erneut zum Kochen. Topaz' Körper zuckte unkontrolliert. Sie bemerkte, wie Karim ihre Haare packte, seine Finger darin vergrub und sie wie Zügel in der Hand zu halten schien, während sich sein Unterkörper vor und zurückbewegte, mal schneller, mal langsamer. Er trieb sie einem neuen Gipfel der Lust entgegen und seine eigene Erregung ließ ihn keuchen und stöhnen.

Topaz und er kamen im selben Moment. Als er sich in ihr verströmte, fühlte Topaz nicht nur das erlösende Zucken in ihrem Unterleib, das sich in tiefe Befriedigung verwandelte, sondern auch ihre cremige Nässe, die ihre Schenkel benetzt hatte.

Karim brach über ihr zusammen, begrub ihren Körper unter seinem und sein rauer Atem dröhnte in ihrem Ohr. „Du gehörst mir, du bist meine Lustsklavin, mein Besitz, solange es mir gefällt", raunte er an ihrem Ohr.

Einen Atemzug später liebkosten seine Lippen ihren Hals und Nacken. Verwirrt und zugleich zu erschöpft, um darüber nachzudenken, ließ sie es geschehen. Sie genoss die zärtlichen Zuwendungen, die für sie nicht im Einklang mit seinen Worten standen, ohne dies für den Moment zu hinterfragen.

Seine Nähe und die Wärme seines Körpers glühten auf ihrer Haut. Gern hätte sie seinen nackten Oberkörper an ihrem bloßen Rücken gespürt und nicht durch den Stoff ihrer Kleider getrennt, doch sie wäre eher gestorben, als ihm ein derartiges Verlangen einzugestehen.

Abrupt stand Karim auf, gerade so, als ahnte er, was in ihr vorging. Er bedeckte mit der Abaya wieder ihren Hintern, zog sich seine Hose hoch und zerrte Topaz in eine stehende Haltung.

„Du kannst gehen", meinte er gelangweilt.

Topaz verharrte einen Atemzug lang, dann schnappte sie beleidigt nach Luft, ohne zu wissen, warum sie so empfand, und warf sich herum. „Wie Ihr wünscht, mein Herr und Gebieter", zischte sie.

Sie stolzierte aus dem Zelt und fühlte sich wütend, albern und gepeinigt zugleich, ohne dass sie wusste, weshalb.

Immer noch aufgewühlt erreichte sie den Frauenbereich hinter dem Zelt am Ufer des kleinen Sees. Sie überblickte die Frauen, die dort herumwuselten und sich mit der Wäsche des Zeltdorfes abmühten, und suchte nach Maryam, der Heilerin.

Sie mochte die Greisin und dachte darüber nach, ob es nicht von Vorteil wäre, sich in das Wissen und das Können der alten Frau einweihen zu lassen. Als sie Maryam bei den Bäumen entdeckte, wo diese damit beschäftigt war, neue Wäsche von den Leinen zu nehmen und zusammenzulegen, steuerte sie auf die Heilerin zu.

„Lass mich dir helfen, Maryam.“ Topaz brachte es nicht über sich, die vertrauliche Anrede Mutter oder Großmutter zu verwenden, die bei den Beduinen hier üblich war. Maryam schien sich nicht daran zu stören und nickte.

„Jede Hand ist willkommen“, entgegnete sie und schob den Wäschekorb mit dem Fuß in Topaz’ Richtung.

„Großmutter!“ Ein Junge rannte über den Platz auf Maryam zu. Er wirkte panisch. Topaz erkannte ihn als Djamil, den Sohn von Vega und Bassam. „Du musst schnell kommen! Bitte! Zuleika …“ Er stoppte wenige Schritte vor den Frauen und keuchte außer Atem.

Maryam ließ das Tuch fallen, das sie eben noch in der Hand gehalten hatte. „Was ist mit ihr?“ Sie näherte sich dem Jungen.

„Ihr geht es schlecht! Nach deinem Trank hat sie geschlafen, jetzt ist sie aufgewacht und schreit vor Qualen!“

Die Greisin lief los und Topaz folgte ihr, ohne nachzudenken.

Sie eilten zu Bassams Zelt und traten ein. Im Innern ähnelte es dem von Karim. Es gab eine Feuerstelle, einen Abzug, einen Bereich, in dem man sitzen und essen konnte, und eine Schlafstatt. Auf dieser lag Zuleika, und krümmte sich vor Schmerzen. Sie keuchte und weinte schrill, beugte sich dann über den Bettrand und erbrach sich in eine Schale, die auf dem Boden stand. Im Zelt roch es nach Krankheit. Nach Schweiß, Erbrochenem und Urin.

Behände ging Maryam zu der Leidenden, sah sie an und packte ihr Gesicht. Sie blickte in Zuleikas Augen, zwang sie, den Mund zu öffnen, und sah dort hinein, während sie schnupperte. Sie wandte sich an Djamil, der kreidebleich und erstarrt auf Zuleika starrte. „Ich brauche heißes Wasser, Tücher und meine Kräuter."

Der Junge rannte sofort los.

Maryam sah zu Topaz. „Hilf mir, sie zu entkleiden und dann zu waschen", wies die Heilerin sie an.

Topaz machte sich augenblicklich an die Arbeit. Zuleika trug nur eine Abaya, doch ihre Gliedmaßen waren starr und gekrümmt und erschwerten es so, sie auszuziehen.

Topaz' erster Gedanke war, dass Zuleika vergiftet worden sein musste; noch nie hatte sie von einer Schwangeren mit ähnlichem Leiden gehört.

Thiyya trat ein. Topaz bemerkte sie erst, als die andere sich bückte und die Schale mit Erbrochenem aufnahm. Sie brachte sie fort und kehrte kurze Zeit später wieder zurück, gefolgt von Djamil, der die von Maryam verlangten Sachen brachte. Thiyya nahm sie ihm ab und verscheuchte ihn, damit er keinen Blick auf die entkleidete Zuleika werfen konnte. Die Erkrankte schlug um sich, krampfte und spie eine schaumige Flüssigkeit aus.

„Was ist mit ihr?", wollte Topaz wissen.

„Ich bin ratlos. Wenn ich es nicht besser wüsste, würde ich behaupten, sie sei vergiftet worden", meinte Maryam.

Thiyya trat näher. „Vergiftet?", fragte sie scharf. Sie warf Maryam einen vorwurfsvollen Blick zu.

„Das ist nicht möglich!", beeilte die sich zu sagen. „Meine Medizin war gekocht, derartige Symptome treten nur bei rohen Beeren auf, die hat sie aber nicht von mir erhalten!“

Topaz, die mit der Waschwasserschüssel näherkam, vernahm die Erklärung der Heilerin. Maryam schien ehrlich verletzt wegen des Verdachts, nicht sorgfältig gearbeitet zu haben.

„Beeren? Was für Beeren verwendest du, Maryam?“

Die Heilerin antwortete erst nach einer Weile. „Caife-Beeren. Sie sind im rohen Zustand rot und gegart braun, fast schwarz. Es wäre mir aufgefallen, wären ungekochte in der Medizin gewesen.“

Rote Beeren.

Topaz erinnerte sich an die roten Beeren auf Vegas Handfläche und an Vegas Stimme, mit der sie von Djamil verlangte, Stillschweigen zu bewahren. Vega musste vor Eifersucht auf Zuleika außer sich sein. Verständlich, doch das war keine Rechtfertigung für Intrigen und schon gar nicht dafür, die Rivalin zu vergiften.

In diesem Moment gab Zuleika ein würgendes Geräusch von sich, und Topaz schaffte es gerade noch rechtzeitig, ihr die Schale hinzuhalten, sodass sich die Frau dort hinein erbrechen konnte. Rote, unverdaute Schalenstücken schwammen obenauf.

An Thiyyas Miene erkannte Topaz, dass diese dasselbe sah und dachte, dass die Medizin Grund für Zuleikas Verfassung sein musste. Topaz´ Magen zog sich zusammen. Ob das daran lag, dass Vega solch rote Beeren in Maryams Gebräu kullern ließ? War das der Grund? Oder nur ein Zufall? Topaz war nicht sicher, was sie tun sollte, reden? Schweigen? Zuleika wimmerte und Topaz entschied, später darüber nachzudenken. Wenn es Zuleika wieder gut ging. Sollte es das nicht …. Topaz wurde übel. Sie mochte gar nicht darüber nachdenken, wie es wäre jemanden in ihrer Nähe zu wissen, der einen anderen Menschen vergiftet hatte. Sie sah zu Maryam, willens nun doch zu reden, doch die Heilerin war hochkonzentriert dabei, sich um Zuleika zu sorgen.

Maryam beschäftigte sich in der Zwischenzeit mit einem Mittel gegen Zuleikas Beschwerden. Topaz nahm den Lappen, der in einer Waschschüssel lag, die ihr von Thiyya gereicht wurde. Vorsichtig tupfte sie Zuleikas Stirn, wischte ihr die Tränenspuren ab und kühlte mit dem feuchten Tuch das Gesicht. Zuleika schien nicht bei Sinnen, sie wimmerte, krümmte sich, aber übergab sich kein weiteres Mal. Sie schwitzte, und ihre Haut wies bald unregelmäßige Rötungen auf, als ein Schweißfilm ihren Körper überzog.

„Helft mir“, bat Maryam schroff und trat an das Bett. „Wir müssen ihr diese Brühe einflößen.“

„Was ist das?“, fragte Thiyya misstrauisch, während sie gemeinsam mit Topaz Zuleika dazu brachte, sich aufzusetzen, und sie stützte.

Kommentarlos zwang Maryam Zuleika, das Getränk zu schlucken, das sie in einer tiefen Schale zubereitet hatte. Trotz der vielen Gerüche, die im Raum schwebten und die zumeist deutlich intensiver waren, konnte Topaz dennoch den erdigen, fast modrigen Geruch wahrnehmen, den die Medizin verströmte. Obwohl sich die Kranke erst sträubte und dagegen wehrte, schaffte es die Heilerin, sie zum Austrinken zu bewegen.

Sie ließen die Frau zurück in ihre Kissen sinken, betrachteten sie eine Weile wortlos und sahen dann hoch, um sich zu mustern. Nun beantwortete Maryam auch Thiyyas Frage: „Wurzeln, heilkräftige Rinden, Kräuter und Kohle, das Intensivste, was mein Medizinvorrat hergibt, um Vergiftungen auszugleichen."

„Das wäre nicht nötig gewesen, wenn du zuvor sorgsamer bei der Zubereitung der Tränke gewesen wärst!", schleuderte Thiyya ihr entgegen.

„Ich arbeite immer sorgfältig!", widersprach Maryam mit erstaunlicher Ruhe.

Thiyya stemmte ihre Fäuste in die Hüften. „Dennoch werde ich Scheich Karim davon berichten. Du wirst dich dafür verantworten müssen!" Sie deutete mit dem Kopf auf Zuleika, die sich stöhnend auf dem Lager herumwarf. „Möge Allah dir gnädig sein und verhindern, dass sie stirbt!" Damit drehte sie sich um und verließ das Zelt.

Maryams Miene verdüsterte sich, und als sie Topaz anblickte, erkannte diese die Furcht in den Augen der Heilerin. „Du kannst auch gehen", meinte die Alte und wandte sich ihrer Patientin zu.

Topaz zögerte kurz, hin- und hergerissen zwischen dem, was richtig war und dem was sie tun wollte. Ihr Sinn für Gerechtigkeit und Sympathie für Maryam gewann und so folgte sie Thiyya.

Entgegen der Eile aus dem Zelt zu kommen, um zu Karim zu gehen, bewegte Thiyya sich nun erstaunlich langsam.

„Thiyya, warte bitte!"

Die Beduinin drehte sich langsam um und wartete bis Topaz sie erreicht hatte. Auch dann schwieg sie, geduldete sich, bis Topaz anfing zu reden.

Kurz erläuterte Topaz der Frau, was sie gesehen und belauscht hatte, als Djamil seiner Mutter die Beeren im Frauenzelt überreicht hatte.

Thiyyas Miene zeigte nicht die geringste Emotion, sie nickte lediglich, als Topaz geendet hatte.

„Ich gehe zum Scheich und erzähle ihm alles. Du kehrst zu Maryam zurück. Aber sage ihr nichts von dem, was du mir anvertraut hast! Wenn sie mit Vega zusammenarbeitet, darf sie nicht ahnen, dass es eine Mitwisserin gibt."

Topaz nickte und biss sich nervös auf der Unterlippe herum.

Mit einer dezenten Handbewegung deutete Thiyya ihr zu Zuleika und Maryam zurückzukehren. „Von dieser Angelegenheit dürfen vorerst nur wir beide, Scheich Karim und der Schandtäter wissen!", sagte Thiyya eindringlich, ehe sie und Topaz in entgegengesetzte Richtungen davongingen.

Herzklopfend ging Topaz zur Heilerin und fand sie über Zuleika gebeugt. Kurz zweifelte sie, doch dann vertraute sie auf ihr Bauchgefühl, das ihr sagte, Maryam war an der Vergiftung Zuleikas völlig unbeteiligt.

Sie hoffte auf ein ehernes Stammesgesetz, das verbot, eine Frau und jeden Sklaven, der dem Wohl eines Stammesmitglieds diente, dabei zu unterbrechen. Oder dass Karim zu viel Anstand besaß, sie von ihrer Pflege bei Zuleika abzuziehen. Topaz würde es vorziehen, Maryam bei der Pflege von Zuleika zu unterstützen, statt tatenlos herumzusitzen und darauf zu warten, dass Karim wieder Lust verspürte, sie für seine Befriedigung zu missbrauchen.

Sie musterte die schwangere Alqadimanerin, ihre fahle Haut, von einem Schweißfilm überzogen, die fast schon weißen Lippen, und empfand Mitleid. Dieses Schicksal hatte niemand verdient, und Topaz hoffte inständig, dass die Frau die Vergiftung heil überstehen würde. Sie und ihr Baby.

Als Maryam sie anblickte, nickte Topaz bestätigend. „Ich helfe dir dabei, Zuleika zu pflegen."

Die alte Frau zuckte mit den Schultern, ein feines Lächeln umspielte ihre Lippen. „Du kannst hier Luft hereinlassen. Frische, saubere Luft wird Zuleika guttun", erklärte sie und fügte hinzu: „Und uns wird sie ebenfalls nicht schaden. Hier riecht es wie in der Höhle eines Wüstenfuchses."

Topaz tat, wie ihr geheißen, und schlug die Plane vor dem Eingang zurück, was den heißen Wüstenwind hereinwehen ließ. Kurz raubte ihr die Hitze den Atem.

Offenbar hatte Maryam sie beobachtet, denn sie zuckte mit den Schultern, ehe sie sich daranmachte, die Stirn Zuleikas mit dem Lappen zu kühlen. „Ein Kompromiss. Lieber frische als kühle Luft", meinte sie.

Topaz' Kopf lag auf ihre Unterarme gestützt auf der Matratze, als sie von einer sachten Berührung am Ellenbogen geweckt wurde. Irgendwann in den frühen Morgenstunden hatte der Schlaf sie übermannt. Zuleika schien zu dieser Zeit ruhiger zu werden, die Krämpfe hatten um Mitternacht herum nachgelassen, und das Fieber, das sie abends überkommen hatte, war gesunken. Erleichtert hatte Topaz die andere überwacht, froh, dass Vegas böser Plan nicht aufging. Es war nicht sicher gewesen, ob Zuleika tatsächlich überlebte und ob sie das Baby behalten würde. Topaz wusste, dass derartige Dinge nicht selten in Gotteshand lagen, viel zu oft starben Mütter und Kinder, auch ohne giftigen Speisen und Getränken ausgesetzt gewesen zu sein.

Topaz' Augen wollten sich schier nicht öffnen, und das Heben des Kopfes war ein zusätzlicher Kraftakt, aber sie schaffte es. Zuleikas Blick begegnete ihrem. Die Frau hatte noch immer eine ungesunde Gesichtsfarbe, und ihre Lippen waren bleich wie die eines Geistes, doch sie war bei Bewusstsein und schien ansprechbar.

Topaz blickte sich hastig nach Maryam um, die es sich auf dem Teppich am anderen Ende des Zelts bequem gemacht hatte und dort auf dem Boden schlief.

„Nicht“, wisperte Zuleika und zog so Topaz' Aufmerksamkeit auf sich. „Lass sie sich ausruhen. Verzeih mir, ich wollte dich auch nicht wecken.“

Topaz fuhr sich verschlafen über das Gesicht. „Ich hätte gar nicht einschlafen dürfen“, meinte sie und erhob sich. Sie fühlte die zarte Hand Zuleikas auf ihrer.

„Nein, bitte, ruh dich aus. Bestimmt hast du kaum Schlaf gefunden, während du auf mich achtgegeben hast. Sei unbesorgt, ich befinde mich auf dem Weg der Gesundung, ich fühle mich nur noch ein wenig schwach und mein Körper scheint verprügelt worden zu sein.“ Sie lächelte entschuldigend und Topaz erwiderte die Geste.

„Kann ich denn nicht etwas für dich tun? Deine Stirn kühlen? Etwas zu trinken anbieten?“

Zuleika neigte den Kopf. „Nun, wenn du so freundlich wärst und mir einen Schluck Wasser brächtest, ich habe entsetzlichen Durst!“

Topaz eilte zum Essbereich, indem sie über Maryam stieg, die dort ausgestreckt lag, und füllte einen Becher Wasser aus einem Tonkrug ab. Sie kehrte zu Zuleika zurück und half ihr, sich aufzusetzen, weil sie eindeutig noch sehr erschöpft und zittrig war. Dann hielt sie Zuleika das Trinkgefäß an die Lippen. Auch wenn sie es selbst mit ihren Händen umschloss, schien sie Topaz’ Hilfe dabei nur zu gern in Anspruch zu nehmen. Sie hatte wirklich großen Durst, denn sie trank fast drei Viertel des Bechers leer.

„Willst du noch mehr?“, erkundigte sich Topaz, nachdem Zuleika das Trinkgefäßsinken ließ. Diese schüttelte verneinend den Kopf, worauf Topaz das Gefäß beiseitestellte und ihr dabei half, sich wieder hinzulegen.

„Danke, du bist sehr gütig“, sagte Zuleika mit sanfter Stimme.

„Kein Grund, sich zu bedanken, Zuleika, das ist doch selbstverständlich!“, entgegnete Topaz.

„Ist es nicht oder siehst du außer dir und Maryam noch eine der anderen Frauen?“, widersprach Zuleika schläfrig.

Topaz antwortete darauf nichts und deckte die Frau mit der leichten Wolldecke vom Fußende des Bettes zu. Tagsüber mochte es hier in der Wüste heiß und stickig sein, doch die Nächte und frühen Morgenstunden waren kalt und klar.

Die Wüste vereinte drastische Gegensätze, und falls Topaz tatsächlich etwas vermissen würde, wenn sie wieder zurück in Frankreich war, dann wäre es die Klarheit der Wüste. Keine Überraschungen, keine Geheimnisse lagen im Sand der Wüste verborgen. Alles erwies sich als deutlich erkennbar. Tags der grelle, glitzernde Sand, beige und gleißend wie das Fell eines mächtigen Löwen, und mit zunehmend höherem Sonnenstand begann die Umgebung in einem Auf und Ab aus Sanddünen zu verschwimmen. Die Hitze brannte auf den Körpern, und die gelegentliche Brise vom Landesäußeren her brachte keine Erleichterung, sondern nur kaum sichtbare scharfkantige Sandkörner, die auf der Haut stachen wie Glassplitter. Die Sonne bewies ihre Stärke und Macht wie sonst nirgendwo; hier im Herzen der Wüste war sie nicht länger lebensspendend, jedoch von tödlicher Erbarmungslosigkeit, die jede Nachlässigkeit strafte.

Aber da waren auch die Nächte, Dunkelheit von samtiger Schwärze, die den Wüstensand in eine graublaue Schönheit verwandelte und die Umrisse ebenso unscharf werden ließ wie Tags die flirrende Hitze, nur anders, indirekter, geheimnisvoller. Wo am Tag der Himmel von einem fürs Auge fast schmerzhaft grellen Hellblau schien, war das nächtliche Firmament wie ein endloser Schlund, gespickt von weiß leuchtenden Punkten und einem Mond, der nirgendwo größer, strahlender und schöner sein konnte als hier. Und die Nächte bargen eine Kälte in sich, die die Glieder durchdrang und nicht minder tödlich sein konnte wie die Hitze des Tages.

Angesichts der gewaltigen Naturkraft, die die Wüste mit all ihren Gegensätzlichkeiten verkörperte, fühlte sich Topaz, als blickte sie hier mitten in das Herz Gottes, und war sich seiner Allmacht an keinem anderen Ort, den sie je besucht hatte, so bewusst gewesen wie hier. Sie hatte die Großartigkeit der Schöpfung und ihre Urgewalt noch nie so deutlich wahrgenommen wie in der Wüste Alqadimas und wusste bereits jetzt, dass diese Schönheit für immer in ihrer Seele eingebrannt sein würde.

Topaz sah zu Zuleika. Sie verfolgte, wie diese in einen leichten Schlaf fiel, und als sie sicher war, dass diese tatsächlich Ruhe fand, streckte Topaz sich auf dem Boden neben ihrem Bett aus.

Kapitel 7

Die Mitglieder des Stammes saßen um das Feuer herum. Alle Blicke waren auf ihren Anführer, den Scheich, gerichtet, der es sich im Gegensatz zu den anderen auf seinem Stuhl bequem gemacht hatte und dort regelrecht über seinen Untergebenen thronte. Topaz hockte auf der anderen Seite des Feuers und beobachtete die Szenerie mit einer gewissen Neutralität.

Karim wurde von seinen engsten Vertrauten und Familienmitgliedern eingerahmt. Auf einem Hocker hatten Bassam und Zuleika Platz genommen, links neben Karim befanden sich ein Mann mit rotem Vollbart, Thiyya und ein paar andere Anverwandte.

Topaz hatte niemand aufgefordert, an einer bestimmten Stelle zu sitzen, so hatte sie sich dort niedergelassen, wo sie den besten Blick auf alle Hauptakteure der heutigen Versammlung hatte. Am ehesten konnte man den Anlass als Gerichtsverhandlung gegen Maryam bezeichnen. Die Heilerin stand aufrecht, stolz erhobenen Kopfes vor Karim und wartete darauf, dass er das Ganze begann.

Eben beugte sich Karim zu seinem Freund und seiner rechten Hand Bassam. Wohl, um mit ihm zu sprechen, doch dann lenkte etwas oder jemand seine Aufmerksamkeit auf sich und er richtete sich auf.

Topaz folgte seiner Blickrichtung und erkannte Vega, die über den Platz schritt und zu Bassam lief. Sie sah heute besonders hübsch aus, trug eines ihrer besten Gewänder und ihren schönsten Schmuck. Als sie sich neben Bassam setzte, tat sie das nicht ohne ihn zu berühren und seine Hand zu ergreifen. Er ließ es zu, doch als Topaz nach einiger Zeit wieder zu ihm sah, hatte er mit seinen beiden Händen jene von Zuleika umfasst.

Die Zweitfrau war selbst nach zwei Wochen immer noch blass und erschöpft, dies konnte jedoch durch die freudigen Umstände bedingt sein, in denen sie sich befand. Es würde bestimmt ein kräftiger Sohn werden, weil er sich offensichtlich auch durch das Gift nicht aus dem Leib seiner Mutter hatte vertreiben lassen.

Zuleikas Miene war keine Gefühlsregung anzusehen, sie hielt ihren Blick auf Maryam geheftet, die Topaz wiederum nur von hinten sehen konnte. Zu gern hätte sie gewusst, ob Zuleika Maryam die Schuld an ihrer Vergiftung gab, und ob es wirklich Vega gewesen war, die es irgendwie geschafft hatte, Maryams Medizin für Zuleika zu manipulieren. Topaz war von niemandem mehr eingeweiht oder informiert worden, so wusste sich nicht, ob Karim tatsächlich über Vegas Rolle Bescheid wusste, ob Thiyya ihm alles erzählt hatte, oder doch ein falsches Spiel mit Topaz, Zuleika und Maryam trieb.

Topaz sah wieder zu Vega hinüber. Trotz ihrer Beobachtung an jenem Nachmittag und Zuleikas darauffolgender Erkrankung wollte Topaz nicht glauben, dass Vega so grausam gewesen war. Doch als Topaz nun in Vegas Gesicht blickte, war sie sich nicht mehr so sicher und erinnerte sich, dass sie selbst für sich erkannt hatte, dass sie Vegas Gefühle verstehen konnte. Nicht nachempfinden konnte und wollte Topaz jedoch, dass man seine Nebenbuhlerin tatsächlich umbrachte.

Sie schluckte und wandte ihre Aufmerksamkeit auf Karim, der eben sein Wort an Maryam richtete. „Maryam, man legt dir zu Last, Zuleika durch eine Medizin fast getötet zu haben. Was sagst du dazu?"
Unruhe erfasste Topaz und die Sorge übermannte sie und legte sich wie ein eisenschweres Gewicht auf ihre Brust. Sie wusste nicht, ob sie es schaffen würde, sich zurückzunehmen, wo es sie bereits jetzt kaum auf ihrem Platz hielt.

Sie reckte ihr Kinn vor und verlagerte das Gewicht von einem Bein aufs andere. „Das habe ich nicht! Ich habe noch nie einen Fehler begangen, nicht, wenn es um das Leben meiner Patienten ging! Meine Medizin heilt und stärkt!"

„Alles kann ins Gegenteil verkehrt werden!", behauptete Karim und machte eine wegwerfende Handbewegung. Er beugte sich vor und fixierte Maryam mit strengem Blick. „Du weißt, was es bedeutet, wenn ich zu dem Schluss komme, dass es deine Medizin war, die Zuleika fast getötet hat?"

Maryam wandte den Kopf ab. „Todesstrafe", sagte sie erstaunlich gefasst.

Topaz schockierte diese Erkenntnis so sehr, als hätte man einen Eimer eiskaltes Wasser über ihr entleert. Noch bevor sie nachdenken konnte, war sie aufgesprungen und zu Maryam gelaufen.

„Ich will eine Aussage machen!", rief sie energisch, und als Karim sie nicht weiter beachtete, trat sie auf ihn zu und wiederholte ihre Forderung ein weiteres Mal lautstark: „Ich will eine Aussage machen!"

Leicht genervt wandte sich Karim ihr zu, musterte sie scharf und beugte sich daraufhin zu Bassam: „Wer hat der Sklavin erlaubt, zu sprechen?"

Wut wollte in Topaz aufsteigen. Sie sah, wie Zuleikas Blicke zwischen ihr und Maryam und Karim und Bassam hin und her wanderten. Dann flüsterte sie Bassam etwas ins Ohr, worauf dieser blinzelnd auf Topaz blickte und sich zu Karim neigte und seinerseits auf diesen einflüsterte.

Karim setzte sich gerade und machte eine auffordernde Handbewegung. „Sprich, Sklavin."

Kurz wagte Topaz einen Blick auf Vega und sah einen Schatten über deren Miene huschen. Ahnte sie, was Topaz zu sagen hatte?

Topaz straffte sich. „Ich bin überzeugt, dass Maryam keinerlei Schuld trifft", begann sie.

Karim hob fragend die Augenbrauen. „Ach ja? Was macht dich so sicher, Weib?" Er vollführte eine abwehrende Geste. „Bevor du weitersprichst, lass dir gesagt sein: Wenn wir herausfinden, dass du lügst, teilst du Maryams Schicksal! Also wage es nicht, meine Zeit zu vergeuden!"

Ein Schauer überlief Topaz. Beweisen konnte sie ihre Aussage nicht. Alles hing davon ab, wie überzeugend sie war und ob Karim ihr glauben würde. Für den Bruchteil einer Sekunde flog ihr Blick zu Thiyya. Als sie aus dem Augenwinkel erkannte, dass diese ermutigend nickte, schöpfte sie Mut.

„Ich habe es nicht nötig zu lügen. Denn alles, was ich sage, entspricht der Wahrheit!", erklärte sie hocherhobenen Hauptes.

Sie warf Maryam einen kurzen Blick zu, ehe sie sich erneut Karim zuwandte. „Ich habe gesehen, wie jemand rohe Beeren in die Medizin für Zuleika gab, und das war nicht Maryam."

Karim lehnte sich zurück und strich sich nachdenklich über sein Kinn. Weit weniger gelassen wirkten Bassam und Zuleika. Doch während der Vertraute des Scheichs so aussah, als wollte er jeden Moment aufspringen und Topaz schütteln, schien Zuleika fassungslos. Sie hatte noch am Tag vorher vermutet, etwas Falsches gegessen zu haben. Topaz' Geständnis musste sie verständlicherweise schockieren. Vega wagte nicht, Topaz anzublicken. Topaz ahnte, dass die Hauptfrau Bassams außer sich sein würde, wenn ihre Tat ans Tageslicht kam.

Topaz schluckte ihre Bedenken hinunter. Nicht sie hatte einen Fehler begangen, sondern Vega, und nun musste diese dafür geradestehen.

Karim nickte Bassam und Zuleika zu, dann traf sein Blick Vega. Plötzlich hatte Topaz das Gefühl, dass sie bei Karim vielleicht gar nicht auf so taube Ohren stoßen würde. Der scharfe Blick, mit dem er die Frau streifte, ließ sie vermuten, dass auch Karim Vega keine besonderen Sympathien schenkte.

„Sprich, Sklavin, du erschöpfst meine Geduld!"

Topaz hatte ihre Aufmerksamkeit auf Karim gerichtet, doch sie sah eine hektische Bewegung aus dem Augenwinkel.

Sie beeilte sich, ihre Beobachtungen zu schildern, angefangen bei der sonderbaren Begebenheit im Frauenzelt, als Vega von ihrem Sohn Djamil die Beeren überbracht bekommen hatte. Als sie erzählte, wie sie gesehen hatte, dass Vega die Beeren in die Medizin kullern ließ, keuchte Zuleika entsetzt auf. Bassam ballte die Fäuste, Topaz sah, wie seine Fingerknöchel weiß hervortraten.

„Sie lügt!“, rief Vega aufgebracht und wollte aufspringen.

Bassam packte sie am Handgelenk, um sie wieder hinunter auf ihren Platz zu zwingen. Karims drohender Blick tat sein Übriges, um die Beduinin an Ort und Stelle, aber vor allem schweigsam zu halten.

„Wenn die Caifé-Beeren gekocht werden, zerfallen sie, deswegen sind sie mir nicht aufgefallen! Aber um das Giftige herauszubekommen, muss man sie viele Stunden köcheln lassen“, rief Maryam aus.

Topaz wagte es, sich der älteren Frau zuzuwenden. Hoffnung leuchtete in deren Augen und ihre Wangen hatten wieder ein wenig Farbe gewonnen. Topaz nickte ihr aufmunternd zu.

Thiyya erhob sich. „Ich kann bezeugen, dass Vega und Djamil an jenem Tag im Frauenzelt gewesen waren.“ Sie bestätigte Topaz’ Geschichte mit einer knappen Schilderung und ergänzte, dass Topaz ihr am Tag von Zuleikas Zusammenbruch ihre Beobachtungen geschildert hatte.

Karim nickte wissend, was Topaz erleichtert bemerkte, also hatte Thiyya ihm tatsächlich kurz danach Topaz´ Geschichte weitererzählt. „Danke, Thiyya“, entgegnete Karim. „Djamil kann es also bezeugen?“

„Ja, das kann er“, sagte Topaz selbstsicher.

Karim machte eine auffordernde Geste. „Holt den Jungen, ich will mit ihm reden!“ Zwei Männer aus der Gruppe am Feuer erhoben sich und verschwanden, um Karims Auftrag nachzukommen.

Vega, die nicht mehr wagte, zu sprechen, geschweige denn aufzuspringen, rutschte unruhig auf ihrem Platz herum.

Quälend erscheinende Minuten verstrichen, in denen Topaz bewusst wurde, dass sie und Maryam dem Tod entgegensahen, sollte man ihnen nicht glauben. Das Blut rauschte in ihren Ohren und ihr Herzschlag pulsierte bis zu ihrem Kehlkopf hinauf, während ihr die Knie bei der Vorstellung, hingerichtet zu werden, puddingweich werden wollten. Sie würde hier in der Wüste sterben und niemand würde sich darum scheren. Keinen würde es kümmern, dass ihre letzte Ruhestätte irgendwo zwischen den Dünen Alqadimas war.

Genauso wenig wie die Tatsache, dass die Geier ihr das Fleisch vom Leib picken und die Sandkörner dann die übriggebliebenen Fetzen von den Knochen schmirgeln würden. Am Ende würde ihr der Sand das Gerippe selbst zu Staub zerreiben und ihre sterblichen Überreste mit dem Wüstenwind verwehen. Verloren im Meer der Unendlichkeit aus Hitze und Sand. Bedeutungslos und vergessen. Sollte das zu ihrem Schicksal werden?

Der Junge wurde von Männern vor Karim geführt. Sie hatten ihn in die Mitte genommen und er wirkte ängstlich. Sein Kopf bewegte sich hin und her, und obwohl Topaz nicht erkennen konnte, wen er ansah, so vermutete sie, dass er seinen Vater, seine Mutter und Karim im Wechsel anblickte. Er sank vor seinem Scheich auf die Knie, senkte das Haupt und wartete offenbar, dass Karim das Wort ergriff.

„Du weißt, warum ich dich kommen ließ?" Karims Stimme klang streng, aber nicht unfreundlich. Als Topaz ihm ins Gesicht blickte, erkannte sie sogar, dass ein feines Lächeln seine Lippen umspielte. „Nun, Junge, sprich!"

„Ihr wollt wissen, ob ich etwas über Zuleikas Krankheit weiß", erwiderte Djamil gehorsam. Die Sonne zauberte bläuliche Lichter in seine schwarze Mähne, als er den Kopf hob, nur um ihn gleich wieder zu senken.

„Und?", ermutigte Karim ihn.

Djamils Kopf flog hoch und er schien in Vegas Richtung zu blicken.

Topaz konnte vielleicht nicht sehen, wie Djamil wirkte, doch die stumme Warnung in Vegas Augen verstand sie nur zu gut.

„Ich … ich weiß nicht", stotterte der Junge.

„Rede, Sohn! Ich geb dir die Peitsche zu spüren, wenn du es wagst, dich unserem Scheich zu widersetzen!", knurrte Bassam ungeduldig.

Karim hob die Hand. „Bassam, lass gut sein. Ich rede mit Djamil." Er neigte den Kopf und nickte dem Kind zu. „Dir wird nichts geschehen, doch es ist von größter Wichtigkeit, dass du uns die Wahrheit erzählst. Du bist ein Mann vom Stamme der al-Wahhab, Sohn des Bassam. Zu lügen beschmutzt nicht nur deine Ehre, sondern auch die deines Stammes und bringt Schande über deinen Vater. Ehrlos zu sein ist das Schlimmste für einen Mann. Wir sind nichts ohne unsere Ehre. Wenn du uns belügst, dann bist nicht nur du ein Lügner, sondern alle al-Wahhabs. Das ist eines ben Bassam al-Wahhabs nicht würdig." Karim stand auf, ging zu dem Kind und hockte sich vor ihn. „Komm!" Er reichte Djamil die Hand. „Ehe du antwortest, erhebst du dich. Du wirst wie ein Mann von Ehre vor mir stehen, und als solcher wirst du mir alles darüber berichten, was es über die rohen Caife-Beeren und deine Mutter zu sagen gibt."

„Das könnt ihr von dem Kind nicht verlangen!", kreischte Vega panisch.

Bassam holte aus und schlug ihr mit dem Handrücken ins Gesicht, um sie zum Schweigen zu bringen. Sie stöhnte erschrocken auf.

Djamil straffte sich, reckte die Brust heraus und begann zu erzählen: „Meine Mutter beauftragte mich, Caife-Beeren zu sammeln. Sie wusste, dass Maryam diese Beeren gern für ihre Medizin verwendet. Mutter behauptete, Maryam nur einen kleinen Streich spielen zu wollen. Aber dann ist Zuleika so krank geworden und alle sagten, Maryam hätte sie umbringen wollen." Er schniefte. „Dabei wollte Mutter doch nur einen Scherz mit Maryam treiben." Er schüttelte den Kopf und sah Karim an. „Mutter wird deswegen keinen Ärger bekommen?" Seine Stimme bebte und Topaz verspürte Mitleid mit dem kleinen Burschen.

Topaz hatte Vega, während Djamil sprach, beobachtet und sah, wie diese sich nun zu entspannen schien. Offenbar wähnte sie sich in Sicherheit. Bestimmt gab es keine Todesstrafe für fehlgeleiteten Humor, vor allem wenn die Empfängerin heil davonkam, vermutete Topaz.

„Für alles, was wir tun oder nicht tun, werden wir eines Tages Rechenschaft ablegen müssen. Deine Mutter hat einen Fehler begangen und muss dafür geradestehen." Karim legte indes seine Hand auf Djamils Schulter. „Danke, Djamil! Du hast mir eben bewiesen, dass du genauso ehrenwert und aufrichtig bist wie dein Vater! Du kannst sehr stolz auf dich sein. Zum Dank ernenne ich dich hiermit zum Hüter meines Lieblingskamels!“

Djamil nickte mehrmals und ergriff Karims Hände, um sie zu küssen. „Danke, Hoheit!“

Karim machte eine auffordernde Kopfbewegung. „Nun geh, erfüll deine Pflichten für heute. Die Kamele sollten jetzt gefüttert werden!“

Erneut verbeugte sich der Junge und hob den Kopf Richtung Bassam, dieser lächelte seinem Sohn zu. Die Männer warteten geduldig, bis das Kind außer Sicht- und Hörweite war. Dann wirbelte Bassam förmlich herum, packte Vega an den Oberarmen, zerrte sie hoch und in die Mitte des Kreises. Dort stieß er sie in den Sand.

Karim befahl Maryam und Topaz, sich in seinem Kreisdrittel einen Platz zu suchen. Sein Blick loderte, und nie war Topaz bewusster als in diesem Moment, warum man ihn Karim den Grausamen nannte. Da war nichts Weiches oder Freundliches in seinem Auftreten. Er näherte sich Vega, die sich eben aufrappelte, und stieß sie wieder zu Boden.

„Du hast die Beeren benutzen wollen, um Zuleika und ihr ungeborenes Kind zu töten. Obendrein hast du deinen eigenen Sohn zum unwissentlichen Mittäter deines schmählichen Tuns gemacht. Dass du zugelassen hast, dass Maryam, die ihr ganzes Leben dem Wohl des Stammes gewidmet hat, einer scheußlichen Tat verdächtigt wurde und fast dafür hingerichtet worden wäre, zeigt nur deinen eisernen Vorsatz, Zuleika zu ermorden.“ Karims Blick drückte eine Verachtung aus, die Topaz bis ins Mark frösteln ließ, trotz der Hitze des Tages „Ich bereue es kein bisschen!“, fauchte Vega und starrte

Zuleika mit einem solchen Hass an, dass Topaz fröstelte. Wie vereinnahmend und fehlgeleitet musste die Liebe dieser Frau zu ihrem Mann sein, dass sie ihre Nebenbuhlerin ermorden wollte?

Vega rappelte sich auf, die roten Haare wild im Gesicht und über die Schultern hängend, und wollte sich auf Zuleika stürzen, die sie mit großen Augen anblickte. Zuleika wich zurück, als sie Vega näherkommen sah, doch Bassam packte Vega, ehe sie seine Zweitfrau erreichte, und hielt sie auf.

Vega spie vor ihrer Rivalin aus. „Ich hasse dich, Zuleika!", zischte sie.

Sie wirkte wie eine gequälte, kranke Seele. Plötzlich überkam Topaz Mitgefühl für Vega, die sich als so verraten und zurückgestoßen empfand, dass sie in ihrer Verwirrung meinte, nur Mord könnte dies vergelten oder ihr die Liebe des Mannes zurückbringen.

„Es wurde alles gesagt, es ist alles aufgedeckt. Ich verurteile dich hiermit zum Tode. Du erhältst eine Handvoll Caife-Beeren, die du bis zum Morgengrauen essen musst. Man wird dich dazu in dein Zelt bringen. Solltest du bis zum Sonnenaufgang noch leben, wird man dir die Kehle durchschneiden und deinen toten Körper den Hyänen zum Fraß vorwerfen!"

Vega lachte schrill, und nun war Topaz überzeugt, es tatsächlich mit einer Geisteskranken zu tun zu haben. Wider besseren Wissens erhob sie sich und näherte sich Karim. Als er ihre Gegenwart bemerkte, ging sie vor ihm auf die Knie und verneigte sich tief, so wie es ihm als Herrscher zukam. Das erste

Mal beugte sie sich ihm freiwillig. An seinem Blick erkannte sie, dass ihm dies ebenfalls bewusst war.

„Bitte zeigt Erbarmen, Scheich Karim! Vega ist nicht bei Sinnen. Ohne Zweifel waren ihr Plan und ihre Taten verwerflich und grauenvoll, doch den Tod hat sie nicht verdient. In meinen Augen ist sie krank. Ihre Seele hat gelitten, und ihr wäret über die Maße weise und barmherzig, sie nicht auf diese Art zu bestrafen."

Atemloses Schweigen dehnte sich über den Anwesenden aus, und Topaz fürchtete, zu weit gegangen zu sein. Immerhin hatten die Alqadimaner den Ruf, grausam zu sein. Gnade und Barmherzigkeit waren in ihren Augen sicher ein Makel.

„Du bittest tatsächlich um Gnade für eine Frau, die ohne mit der Wimper zu zucken zugelassen hätte, dass ich dich und Maryam dem Tode überantworte? Eine Frau, die eine Schwangere und deren ungeborenes Kind töten wollte?", fragte Karim.

„Ja", erwiderte Topaz und hob nun den Kopf, um Karim direkt ins Gesicht zu blicken. In seine Augen trat ein Ausdruck, den Topaz in dieser Intensität so noch nie gesehen hatte. Wenigstens nicht, wenn er sie angeblickt hatte.

„Ist Mord in Frankreich denn kein Verbrechen? Gibt es dort keine Todesstrafe?"

„Doch", sagte Topaz. „Aber wahre Stärke zeigt sich meiner Meinung nach auch darin, zur rechten Zeit mitfühlend und vergebend zu sein."

Karim schwieg eine Weile und Topaz wagte kaum zu atmen vor Aufregung.

„Nun gut", sagte er schließlich. „Vega, du verdankst dieser Sklavin eine zweite Chance. Du erhältst dieselbe Aussicht auf Überleben wie Bassams ungeborener Sohn. Vielleicht überlebst du, vielleicht auch nicht. Du wirst ins Herz der Wüste gebracht und dort zurückgelassen. Ohne Proviant, kein Wasser, kein Reittier. So Allah und die Geister der Wüste Gefallen daran finden, wirst du am Leben bleiben. Doch eines sollte dir klar sein: Bekommt dich jemals wieder einer vom Stamme al-Wahhabs zu Gesicht, so hat er oder sie den Befehl, dich unverzüglich zu töten, Vega!"

Topaz' Magen schnürte sich zusammen. Das war nicht das, was sie hatte erreichen wollen. Die Überlebenschance für Vega war so schwindend gering, dass man sie genauso gut zum Tode hätte verurteilen können.

Sie suchte Vegas Blick, erbat ihre Vergebung oder wenigstens einen Hauch von Dankbarkeit und Verständnis für Topaz' Eingreifen und den Versuch, sie zu retten. Doch alles, was in Vegas Augen loderte, waren pure Mordgier und Hass.

Schlagartig wurde ihr klar, dass sie sich mit Vega eine unversöhnliche Feindin geschaffen hatte, der sie um ihr eigener Wohlergehen Willen besser nie wieder über den Weg lief.

Sie spürte Karims Hand auf ihrem Rücken und wandte sich ihm zu. Im Gegensatz zu Vega schien er ihren Einsatz und ihren Mut würdigen zu können. Anerkennend nickte er ihr zu. Er war derjenige, auf den es ankam, sein Wohlwollen musste sie erringen und bewahren. Egal, was Vega dachte oder mit ihr anstellen wollte, solange Karim mit Topaz zufrieden war, stand sie unter seinem Schutz.

Als sie in seine bernsteinfarbenen Augen blickte, erfasste sie eine angenehme Ruhe. Sie musste sich nicht sorgen. Karim kümmerte für die seinen, und etwas sagte ihr, dass sie soeben von ihm als Teil des Stammes angenommen worden war.

„Es ist dir erlaubt, dich zurückzuziehen, Noura." Zum ersten Mal wieder redete er sie mit diesem Namen an und nicht nur mit „Sklavin", wie sie es von ihm gewohnt war. Es war ein gutes Gefühl, mit einem Namen angesprochen zu werden.

Nach kurzem Zögern nickte sie, hielt dann aber doch noch inne und sah Vega hinterher, die von mehreren Stammeskriegern in Gewahrsam genommen und davongebracht wurde.

„Das tut ihr ihr doch nicht wirklich an?", fragte sie bang, in der Hoffnung, dass der Stamm nur einen grausamen Streich mit Vega spielte.

Karim blickte nicht einmal in Vegas Richtung. „Man wird sie in die Wüste geleiten und dort zurücklassen, genauso wie ich es entschieden habe."

Sein Gesichtsausdruck warnte Topaz, sich über seine Entscheidung zu echauffieren. Ganz eindeutig überschritt sie ihre Befugnisse mehr, als er zu tolerieren bereit war, wenn sie ihn nun infrage stellte. Vermutlich hatte sie schon mit ihrer Fürsprache zu Vega und dem Todesurteil das ihr zustehende Gehör bei Karim ausgereizt. Der Verstand riet Topaz, sich in keinster Weise dazu zu äußern. Stattdessen nickte sie und ließ zu, dass Maryam, die fast unbemerkt an sie herangetreten war, sich bei ihr unterhakte. Nach einer stummen Aufforderung und einem Zunicken durch Karim wurde Topaz von der Heilerin weggeführt.

„Komm, es war alles anstrengend“, meinte Maryam milde.
„Vega wird in der Wüste umkommen“, sagte Topaz verstört. Sie fühlte den Herzschlag bis in ihre Wangenknochen pulsieren und erkannte, dass es das erste Mal war, dass sie hautnah mit Derartigem konfrontiert wurde. Sie hatte nicht unerheblichen Anteil daran gehabt, dass eine Frau dem Tode überantwortet wurde. Eine Mörderin, rief sie sich streng zur Ordnung. Dennoch war die Vorstellung beunruhigend, Anteil daran gehabt zu haben.
Ein alberner Gedanke, wenn sie daran dachte, dass Vega derlei Hemmungen nicht besessen hatte.
„Thiyya, kümmerst du dich um Noura? Das Ganze scheint sie arg mitgenommen zu haben.“ Maryam musterte Topaz aufmerksam.
„Ich bin wohlauf, nur ermüdet vom langen Tag und der Hitze“, behauptete sie abwehrend.
„Soll ich dir einen Schlaftrank bereiten?“, fragte Maryam fürsorglich.
Topaz schüttelte den Kopf. „Nein, aber ich danke dir vielmals“, entgegnete sie.
Thiyya legte ihren Arm um Topaz, die diese innige Geste erstaunt über sich ergehen ließ. Nie zuvor hatte Thiyya gezeigt, dass sie Zuneigung für Topaz empfand, umso überraschter war sie nun über die Umarmung. „Du brauchst nach den Anstrengungen der letzten Tage und der Aufregung des heutigen Abends lediglich einen beruhigenden Kräutertrunk und ausgiebig Schlaf. Danach wirst du dich wie neugeboren fühlen!“

Thiyya zog Topaz mit sich ins Zelt. Eine junge Frau wurde von ihr davongescheucht, um den Trank für Topaz zuzubereiten.

„Setz dich." Thiyya zwang Topaz auf einen Hocker und begann, ihr die Kopfbedeckung abzunehmen, den Zopf zu lösen und ihr das Haar zu bürsten, bis es wie Seide knisterte.

Das Mädchen kam zurück und reichte ihr den Tee. Der würzige Geruch nach Kräutern und Gewürzen stieg Topaz in die Nase, sie schnupperte genießerisch und ließ sich auf den Duft und die Wärme ein. Entspannung breitete sich in ihr aus und erfüllte sie. Das Wohlgefühl wurde obendrein von den kräftigen Händen Thiyyas verstärkt, die Nacken und Schultern massierten.

Von draußen drangen Stimmen, Musik und Gelächter herein, die meisten Stammesmitglieder feierten offenbar die Rechtsprechung über Vega. Kurz fragte sich Topaz, ob dies immer so war, beschloss aber, diese Frage ein anderes Mal zu stellen. Wenn ihr vorher die Flucht gelang, erhielt sie darauf zwar nie eine Antwort, aber in dem Fall sollte es ihr auch kein Kopfzerbrechen mehr verursachen.

Der Gedanke intensivierte die Wärme des Getränks in ihrem Innern.

„Ah, du siehst schon wieder besser aus, deine Augen leuchten und deine Wangen überzieht ein rosiger Hauch", stellte Thiyya froh fest. „Es freut mich zu erleben, dass du dich in das Stammesleben einbringst und Teil von uns geworden bist."

Beinahe hätte Topaz sich an ihrem Tee verschluckt. Das war es, was man wahrnahm? Dass sie sich eingewöhnte? Sie hatte bereits viele Wochen beim Stamm verbracht und nie den Versuch unternommen zu fliehen, aber sie hatte diesen Wunsch nie aufgegeben. Nie.

Sie unterdrückte das Seufzen, das ihr auf der Zunge lag. Es gab einfach keinen anderen Weg. Auch wenn die anderen Frauen ihr gegenüber nicht mehr so abweisend waren, vor allem seit sie sich ganz selbstlos an Zuleikas Krankenbett gesetzt und sie umsorgt hatte. Diese – in Topaz' Augen – Selbstverständlichkeit, rechnete man ihr unter den Beduinen hoch an. Doch das spielte keine Rolle für sie. Sie wollte nach Frankreich zurückkehren. Je eher, umso besser. Wenn ihr die Ereignisse der letzten Tage dazu verhalfen, sollte es ihr nur recht sein, wie jeder andere Zwischenfall, der die Argusaugen ihrer Bewacher trübte und ihre Fesseln lockerte. Topaz holte tief Luft und glaubte mit einem Mal den süßen Duft der Heimat zu atmen. Pariser Flair aufzusaugen mit allen Sinnen.

Doch warum wurde ihr das Herz bei diesem Gedanken schwer?

Topaz und einige der anderen Frauen hatten sich aus alten Lumpen einen Ball geknotet, den sie sich zuwarfen. Ein paar der jüngeren Beduinenfrauen trugen weite Hosen, um sich besser bewegen zu können, die anderen blieben bei ihren Abayas, in denen sie sich erstaunlich wendig zeigten. Aber unter Garantie genoss es keine so sehr wie Topaz, in den Gewändern einer Beduinin zu stecken. Keine Unaussprechlichen, keine Unterröcke, kein Rock, der ihre Bewegungsfreiheit einschränkte. Da nahm sie das traditionelle Tuch, das ihr Thiyya an diesem

Tag um den Kopf geschlungen hatte, nur zu gern in Kauf. Trotz der vielen Wochen bei den Beduinen in der alqadimanischen Wüste hatte sie sich immer noch nicht daran gewöhnt, dass man in dieser Gegend, ausgerechnet hier, Beinkleider für unschicklich hielt.

Sie atmete unbeschwert und trotz der brüllenden Hitze fühlte sie sich lange nicht so unwohl wie vor Monaten an Bord der Liberté. Sie begann, sich kritisch zu hinterfragen, ob es nicht eine andere Unfreiheit der Frau war, die man in Europa praktizierte, perfider, indirekter. Eingezwängt in Korsetts und Röcken fiel es den Frauen schwer genug, sich frei zu bewegen. Sie waren gefangen vom Modediktat, von der eigenen Putzsucht und dem Wunsch, den Männern zu gefallen oder wenigstens nicht unangenehm aufzufallen.

Unterdrückung besaß viele Gesichter. Vielleicht war der erste Schritt in die Gleichberechtigung der Frau der, Hosen zu tragen.

Ein Zuruf riss Topaz aus ihren Überlegungen und gerade noch rechtzeitig holte sie mit der Handfläche aus und katapultierte den Lumpenball zur Werferin zurück. Topaz' Mannschaftskameradinnen lachten und jubelten.

Der scharfe Befehl Thiyyas unterbrach das Spiel der sechs Frauen. „Noura, Scheich Karim verlangt nach dir! Du sollst unverzüglich zu ihm kommen."

Topaz verzog das Gesicht, während die anderen Spielerinnen murrten und sich abwandten.

Topaz schlüpfte in ihre Pantoffeln und strich das Gewand zurecht. „Kann ich mich frisch machen?", erkundigte sie sich.

Entschieden schüttelte die Ältere den Kopf. „Unverzüglich“, wiederholte sie nur.

Wenn Karim ihr nicht die Chance gab, sich der Körperpflege zu widmen, ehe sie zu ihm kam, dann musste er sie verschwitzt und alles andere als sauber duftend nehmen.

Obwohl Topaz sich frei im Lager bewegen durfte, wurde sie doch immer wieder von Thiyya oder Karims persönlichem Diener Ibrahim zu diesem geführt oder zu den anderen Frauen zurückgeleitet. Als Adliger und gar König, egal wie klein sein Volk sein mochte, war es das Recht eines Herrschers, sich seiner Diener und Untergebenen zu bedienen. Topaz dachte nicht weiter darüber nach. Einzig, dass jeder sofort wusste, weshalb sie zu Karim befohlen wurde, erregte Topaz’ Widerwillen. Dass sie die einzige Lustsklavin Karims war, machte es nicht besser. Wenn die Frauen beieinandersaßen, wurde oft geschwatzt und so erfuhr Topaz, dass vor ihr keine andere Frau diese erniedrigende Position innegehabt hatte. Obwohl es auch keine der anderen wusste, wurde getratscht, Karim sei in regelmäßigen Abständen Gast in einem Lusthaus gewesen. Immer dann, wenn er aus unterschiedlichsten Gründen in die Städte gereist war.

Zu ihrer Überraschung erwartete Karim sie jedoch diesmal nicht im Innern seines Zeltes, sondern außerhalb, unter dem Schatten des Zeltvordachs sitzend. Bei ihm befand sich ein Mann, der Topaz nur selten im Zeltdorf aufgefallen war.

„Salaam aleikum.“ Topaz begrüßte die Männer und wehrte sich gegen das heftige Pochen ihres Herzens, das ihre Lunge in Mitleidenschaft zog, sodass Topaz das Atmen schwerfiel. Es bereitete ihr Probleme, ihre Stimme unter Kontrolle zu halten.

Der andere Mann verzog seine Miene nicht, doch er erwiderte ihren Gruß mit einem höflichen „*Wa-aleikum as-Salam*".

Karim nickte Topaz zu. „Setz dich, Noura." Es war selten, dass er sie nicht mit Sklavin oder Weib anredete. Aber so gut wie nie war es vorgekommen, dass er sie nicht wenigstens mit hochgeschlagenen Röcken in seinem Zelt sehen wollte.

Was hatte das zu bedeuten?

Die Sorge, dass dies alles keine gute Wendung für sie nehmen würde, erdrückte sie schier. Hatte Karim genug von ihr, war sie ihm zu anschmiegsam, zu langweilig geworden?

Wenn er sie diesem Mann schenken würde, dann lief sie augenblicklich davon! Keinen Gedanken würde sie daran verschwenden, ob sie ohne Wasser durch die Wüste zur nächsten Oase oder Siedlung gelangen könnte oder ob sie sich in der Einöde verirren und sterben würde.

Sie blickte Karim an und verstand das amüsierte Funkeln nicht, das er ihr zuwarf. Es schien ihm Vergnügen zu bereiten, dass sie so verwirrt und aufgewühlt war.

Obwohl heiß und sonnig, kroch ein heißkalter Schauder über ihren Rücken.

„Du bist schon eine Weile bei uns und warst noch nie in der Wüste, deshalb habe ich beschlossen, dass du mich, Nuredin und Bassam begleiten wirst."

„Begleiten wohin?", wollte Topaz wissen und begriff überhaupt nicht, was er von ihr wollte.

„Auf einen Ausflug in die Wüste. Wir wollen die Weite der Wüste atmen, die Endlosigkeit des Himmels bewundern. Es wird Zeit, dass du deine neue Heimat erkundest“, erwiderte Karim, und es klang nicht danach, als behandelte er sie in dieser Situation wie seine Sklavin, sondern eher wie einen Gast.

„Danke“, sagte Topaz und fühlte sich ein wenig betäubt. Und dann wurde ihr schlagartig klar, dass dies vielleicht jene Chance war, auf die sie seit Monaten wartete. Endlich könnte sie versuchen zu fliehen! Doch als sie in Karims Augen blickte, verursachte ihr das unerklärlicherweise ein Stechen in der Brustgegend. Sie überging das Gefühl und senkte ihren Blick, das half ein wenig.

„Du hast es dir verdient. Man berichtet mir, du erweist dich mehr und mehr als eine von uns. Dein mutiger Einsatz für die Wahrheit bei Vegas Verurteilung zeigt mir, dass mehr in dir steckt, als du bisher gezeigt hast.“

Nun hob Topaz doch wieder den Kopf und fixierte ihn einen Moment, ehe sie ihm ein zögerliches Lächeln schenkte. „Ich danke Euch!“

Karim machte eine Kopfbewegung hinüber zum Frauenbereich. „Wir brechen auf, sobald es kühler wird, ruhe dich bis dahin aus!“

„Danke“, entgegnete Topaz erneut und erhob sich nun. Sie verabschiedete sich mit der üblichen Geste dafür und ging auf die andere Seite des Zeltdorfes.

Ihre Gedanken rasten. Sollte es wirklich so weit sein? Bekam sie die Gelegenheit zu fliehen? Sicher, sie wäre mit drei Männern unterwegs, vermutlich lief oder ritt einer vor ihr und die anderen hielten sie in ihrer Mitte. Eskortiert wie eine Königin. Sie verbesserte sich rasch: eine Königin der Sklaven. Aber mit ein bisschen Glück gab es dennoch die Möglichkeit zur Flucht, und wenn es nicht gelang, dann konnte sie immerhin die Umgebung auskundschaften, in welche Richtung sie reiten musste, um wieder unter Menschen zu gelangen.

Süße Freiheit lockte, und sie wunderte sich, dass sie der Gedanke eher melancholisch werden ließ.

Sie erreichte das Ufer des Sees, wo Zuleika mit den anderen Frauen auf einer Decke saß, süße Leckereien vor sich in der Mitte ausgebreitet, bei denen alle mit sichtlichem Genuss zugriffen. Teegläser standen verteilt vor ihnen auf dem Boden oder befanden sich in ihren Händen.

Zuleika nahm eben einen Schluck Tee und entdeckte Topaz. Sie hob die Hand und winkte ihr erfreut zu. „Komm her zu uns!", rief sie ihr zu und Topaz folgte der Aufforderung zu gern.

Sie mochte die sanftmütige Frau sehr und freute sich, dass sie sich von Tag zu Tag wohler fühlte und dass ihr Bäuchlein langsam sichtbar wurde. Zuleika kannte keine Standesdünkel, ebenso wenig wie die meisten weiblichen Stammesmitglieder, etwas, das Topaz verwunderte, je länger sie bei den Beduinen lebte. Man machte keinen Unterschied zwischen Dienern und Herren. Auch schienen sie alle miteinander verwandt zu sein. Alle Mitglieder des Verbundes besaßen ein- und denselben Urahn. Jeder, vom kleinen Kind bis zum Greis, konnte sämtliche seiner Vorfahren benennen. In dieser Beziehung schlugen sie selbst die standesbewussten Briten um Längen.

Zuleika griff nach ihrer Hand und küsste sie schwesterlich. „Ich habe dir noch immer nicht für deine Fürsorge gedankt, als ich krank war", meinte sie.

Topaz nickte lächelnd. „Dazu gibt es keinen Grund", widersprach sie. „Du hast es ungefähr ein dutzend Mal erwähnt!"

„Und ich werde es noch mal so oft tun!", erklärte Zuleika dankbar. Sie sah die anderen in der Runde an. „Ihr seid doch meiner Meinung, dass Noura als Fremde zu uns kam, aber inzwischen ein vollwertiges Mitglied unserer Familie ist?"

Topaz fühlte Hitze in ihre Wangen steigen und wusste vor Verlegenheit nicht, was sie erwidern konnte, ohne einen falschen Eindruck zu erwecken. Was würden sie wohl sagen, wenn sie wüssten, dass Topaz im Geiste schon tausendmal geflohen war? Dass sie es nicht erwarten konnte, dieses sandige, trostlose Fleckchen Erde hinter sich zu lassen?

Es dauerte eine Weile, bis Topaz erkannte, dass ihr die Gedanken an ein Entkommen nicht wie sonst Frieden und Freude spendeten. Sie senkte den Blick und kaschierte ihre Verwirrung, indem sie so tat, als suchte sie eifrig nach den appetitlichsten Leckereien vor sich auf der Decke.

„Ich habe gesehen, dass du vorhin beim Scheich und seinem Cousin Nuredin ben Yussef al-Wahhab gesessen hast. Was wollten sie von dir?", fragte eine der Frauen, die bislang kaum einmal mit Topaz gesprochen hatte, von der Topaz aber wusste, dass sie nur wenig redete und lieber zuhörte.

„Man lädt mich zu einem Ausflug hinaus in die Wüste ein.“ Topaz zuckte mit den Schultern und gab sich betont gleichgültig.

Die Frau nickte beeindruckt. „Vom Scheich höchstpersönlich eingeladen, das ist eine besondere Ehre, Noura.“

„Wir nehmen die Pferde, es ist nur ein Ausritt. Für längere Touren würden wir die Kamele benutzen“, erklärte Bassam.

Karim ritt voraus, und Topaz beobachtete ihn, wie er in den weiten Hosen und dem ebenso großzügig geschnittenen Hemd auf dem schwarzen Hengst saß. Die Kehle wurde ihr eng, als sie an Karims starke Schenkel dachte, die sich nun um den Pferdeleib schmiegten, der weiße Stoff ein Kontrast zur Fellfarbe. Topaz’ Blick wanderte höher, über die schmalen Hüften, das breite Kreuz und die kräftigen Schultern und muskulösen Oberarme. Jetzt, so ungehindert Karim bewundernd, erinnerte sie sich an die entsetzlichen Narben, die seinen Rücken verunstalteten. Es war ein Tabu für sie, ihn danach zu fragen. Aber wie so oft, wann immer er ihr den nackten Rücken zuwandte, konnte sie doch nicht verhindern, dass ihre Blicke wieder darauf fielen.

Zum wiederholten Mal fragte sie sich, was ihm widerfahren sein mochte, dass er mit solch grauenvollen Spuren gebrandmarkt worden war.

Er wandte seinen Kopf zu ihnen um und machte eine auffordernde Kopfbewegung. „Wo bleibt ihr denn? Sputet euch!“

Bassam trieb seinen Hengst mit einem Schnalzen an und Topaz und Nuredin folgten ihm.

An diesem Tag war es absolut windstill. Die Luft schmeckte nach Sonne und Sand und war so trocken, dass Topaz vermied, durch den Mund zu atmen. Der Abend war nicht fern, aber die Hitze des Tages lag noch immer wie eine Glocke über der Landschaft und ließ die Luft flirren. Fast glaubte Topaz, in der Ferne eine Oase und Zelte zu sehen, die sie an Karims Zeltdorf in der Oase erinnerte.

Nachdem sie eine Weile darauf zugeritten waren, wagte sie es, Bassam danach zu fragen.

Er lachte. „Das ist eine Fata Morgana. Eine Luftspiegelung. Dort ist nichts. Egal wie lange du darauf zureitest, du wirst dieser Oase nicht näherkommen."

„Geschieht das häufiger?", erkundigte sich Topaz.

Nuredin zügelte sein Pferd und wandte ihr seinen Kopf zu. „Oft genug. Du wirst lernen, den Unterschied zu erkennen", erklärte er ihr.

Zweifelnd sah sie ihn an und wieder zur Fata Morgana. Die Sache klang zu fantastisch, nach Magie und Scharlatanerie. Doch sie schwieg und teilte diese Gedanken nicht mit den Männern.

Sie schienen ihren Ausritt zu genießen, und auch Topaz fand Gefallen an dem Geschmack von Freiheit und Weite, den ihr dieser Ausflug vermittelte. Ihre Überlegungen zu fliehen hatte sie vorerst aufgegeben. In der augenblicklichen Situation käme sie kaum zehn Meilen weit und handelte sich mehr Ärger ein, als sie zu riskieren bereit war. Sie würde abwarten und kein Wagnis eingehen, wenn es nicht lohnend genug zu sein versprach.

Nach einer schier endlos scheinenden Anzahl von Sanddünen suchte sie den Blick Karims, der zu diesem Zeitpunkt neben ihr ritt, während Bassam und Nuredin ein Wettreiten veranstalteten. Es hatte etwas Faszinierendes diese erwachsenen Männer auf ihren Pferden übermütig durch die Wüste galoppieren zu sehen.

„Wie schafft ihr es, euch nicht zu verirren? Ich fände nicht einmal mehr zum Lager zurück“, behauptete Topaz. Selbstverständlich hatte sie auf den Stand der Sonne geachtet und wusste, dass sie stets nur geradeaus geritten waren. Ein Kinderspiel zurückzufinden, selbst für Topaz.

Karim schmunzelte. Eine Geste, die er selten zeigte und Topaz gegenüber erst seit der Sache mit Zuleika. So, als hätte sie damit ein Stück weit sein Vertrauen gewonnen.

„Ein Leichtes! Jeder Hügel, jede Düne ist von anderer Farbe, Höhe und Form“, erklärte Karim hochmütig.

Wäre ihre Intention tatsächlich das bloße Interesse gewesen, hätte sie nun eingewandt, dass der Wind und Regen auf jeden Fall Form und Höhe veränderten, und wie er sich nach Unwettern zurechtfand. Da ihre Frage jedoch auf etwas ganz Anderes abzielte, verkniff sie sich diese Einwände. Die Augenbrauen hochziehend musterte sie Karim stattdessen und schenkte dann den Sanddünen um sich herum ihre Aufmerksamkeit. „Ich kann nichts dergleichen erkennen! Wie würdest du von hier aus nach Faqadea finden?“

„Das macht überhaupt keinen Sinn, dir das zu erklären, wo du doch die Farbunterschiede des Sands nicht wahrnimmst“, meinte Karim.

Frustriert unterdrückte sie ein Augenrollen. „Nun gut, wenn ich als ungebildete Europäerin versuchte, von hier aus zur nächsten Stadt oder Behausung zu gelangen, wohin müsste ich mich dann wenden?“, fragte sie weiter.

Karim deutete über seine Schulter. „Dorthin. Immer geradeaus, bis man das Meer sieht. Das ist der einzige Weg, den ich dir empfehlen würde. In jeder anderen Richtung ist es zu weit, um als wüstenunerfahrener Reisender entlangzuziehen.“

„Bist du dir da sicher?“ Topaz war stolz auf ihre Listigkeit.

Gäbe es während des Ausritts doch noch eine Gelegenheit zur Flucht, wollte sie diese auch nutzen. Topaz´ Entschluss stand fest. Selbstzufrieden blieb sie an Karims Seite, bis er an den Zügeln seines Pferdes zog und dieses zum Stehen brachte.

Er rief Nuredin und Bassam zu, sie mögen ihn und Topaz eine Weile allein lassen, griff dann zu Topaz hinüber und fasste nach den Zügeln ihres Reittiers. Er brachte ihr Pferd zum Stehen und führte es hinüber zu den Dünen.

„Steig ab“, verlangte er und schwang sich aus dem Sattel.

Karim streckte ihr die Arme entgegen und sie ließ sich hineinfallen. Sicher umfassten seine Hände ihre Taille und hielten sie einen Moment länger als nötig. Sein Blick saugte sich an ihrem Gesicht fest, ehe seine Handflächen es umschlossen. Warm und zugleich kräftig schmiegten sie sich darum, er beugte sich über sie und seine Lippen legten sich über die ihren, zwangen sie auseinander und küssten sie. Seine Zunge schob sich in ihren Mund, berührte die ihre und focht einen erotischen Kampf gegen sie aus.

Dem Kuss wohnte eine Vertraulichkeit inne, die Topaz neu und verführerisch schien. Sie sank in seine Arme, ihre Oberkörper aneinander ruhend, seine Härte und Stärke bot ihrer Anschmiegsamkeit die nötige Stütze, die sie sich ersehnte. Die Luft stockte in ihrer Kehle, weil sie in diesem Moment Empfindungen überrollten, die sie in all der Zeit nie in diesem Maß wahrgenommen hatte, wenn sie in Karims Gegenwart gewesen war.

Seine Hände wanderten über ihre Schultern auf ihren Rücken, zwangen sie noch enger an seine Brust und sie ließ es sich gefallen. Endlos schien dieser Kuss zu dauern, dann drückte er sie von sich, brachte Abstand zwischen sie beide und nestelte an ihrem Oberteil herum, einem Hemdchen mit gebauschten Ärmeln, vorn durchgehend geknöpft. In Windeseile klaffte die Vorderseite auf und ihre Brüste wurden vom Sonnenschein erwärmt. Topaz schloss die Augen, reckte ihr Gesicht der Sonne entgegen und genoss das Gefühl von Luft und Hitze auf ihrer Haut. Karim schob ihr die Hose über die Hüften, und sie schüttelte den Stoffwulst um ihre Knöchel ab, während Karims Hände ihre Brüste umschlossen. Er rieb die Nippel, die sich unter seinen fordernden Berührungen aufrichteten und hart wurden. Karim stieß ein zufriedenes Knurren aus und ließ von ihr ab.

„Bleib so!“, befahl er und ging zu seinem Pferd. Er griff in eine Satteltasche und zog eine Decke hervor. Er breitete sie zwischen sich und Topaz aus. „Leg dich in die Mitte.“

Gehorsam tat sie, was er verlangte. Sie sah ihn über sich stehen, groß, dunkel und der anziehendste Mann, der ihr je begegnet war. Düster und verschlossen wirkte er und doch war er ihr intimer vertraut als jeder zuvor. Für einen Moment wünschte sie sich voller Verzweiflung, er möge ihr sein Vertrauen und nur ein wenig Zuneigung schenken, dann könnte sie ihm alles andere verzeihen: Dass er sie als seine Sklavin hielt, dass sie aus ihrer Kultur entrissen und seinem Stamm einverleibt worden war, aber zugleich doch eine Fremde blieb. Sie war gefangen zwischen den Welten, dem Abend- und dem Morgenland, Frau und Sklavin, und hätte so gern gewusst, wohin sie gehörte. Aber alles, was sie wusste, war, dass sie nicht länger eine Sklavin sein wollte. Nicht, wenn sie ihm nach wie vor als Ding diente und nur wenig mehr als sein Besitz war. Ersetzbar, austauschbar.

Aber das war sie nicht, sie war ein Mensch, eine Frau mit Gefühlen und Sehnsüchten, die sich nicht damit zufriedengeben konnte, so weiterzuleben. Sie hatte oft genug gegen ihn und seine Behandlung rebelliert, ohne Erfolg.

Sie wollte sich nicht selbst verlieren, und dieses Schweben zwischen den Welten, entwunden der einen und nicht vollständig zur anderen gehörend, zerstörte ihren Seelenfrieden. Deshalb musste sie gehen. Das wurde ihr nun bewusst.

Karim ging auf Höhe ihrer Hüfte in die Knie, streckte die Hand aus und streichelte ihre Brüste. „Deine Brüste sind wundervoll. Wie reife Melonen, und an deinen Nippeln zu saugen, ist süß wie Nektar!“

Topaz stockte der Atem. Nie zuvor hatte Karim Ähnliches gesagt und es gefiel ihr. Etwas schien heute anders zu sein. Waren ihm seine üblichen Spiele, sie zu benutzen, ihr die Kleider vom Leib reißen, sie zu erregen und dann hart und rücksichtslos zu ficken, langweilig geworden? Ihr Herz schlug so heftig gegen ihre Brust, dass das Klopfen bis in ihren Kehlkopf vibrierte. Sie blinzelte und sah ihm ins Gesicht, doch seine Miene zeigte keine weitere Regung als diesen speziellen Hunger, die Gier nach ihrem Körper und den süßen Verlockungen der sexuellen Vereinigung.

Er beugte sich vor, schloss seinen Mund, seinen heißen, feuchten Mund um ihre Brustspitzen und sog hart daran. Seine Finger legten sich um ihre Hüften, bohrten sich in ihre Seiten, während seine Zungenspitze an ihren Nippeln spielte, daran saugte, dagegenstupste und knabberte, sie mal mit den Lippen, dann mit den Zähnen fasste und langzog.

Topaz fühlte ihre Säfte fließen, spürte, wie cremige Tropfen hervorquollen und ihre Haut benetzen. Ihr Körper machte sich bereit, Karims mächtigen harten Pfahl in ihrer Mitte zu empfangen und sich von ihm zum Höhepunkt bringen zu lassen. Obwohl sie oft das Gefühl hatte, dass es ihm gleichgültig war, ob sie ihre Erfüllung fand, weil es in erster Linie um seine Lust, seine Erregung und deren Befriedigung ging, hatte sie die Vereinigungen mit ihm stets als lustvoll empfunden. Doch sie wollte jetzt nicht das Warum ergründen; nicht solange ihre eigene Begierde befriedigt wurde. Sie war unersättlich, konnte von den Freuden der körperlichen Liebe mit Karim kaum genug bekommen und genoss sie mehr, als sie zu sagen wagte.

Seine Zunge umkreiste ihren Nippel, zog eine Spur in die Mitte ihres Busens, ins Tal zwischen den beiden Halbkugeln, und Topaz konnte sich ein begehrliches Keuchen nicht verkneifen. Sie reckte sich ihm entgegen, das hieß, sie probierte es, doch seine Hände hielten sie auf dem Sandboden fest. Die Wärme des Sands wurde inzwischen von der Decke absorbiert und wärmte Topaz' Kehrseite.

Als sie ihre Bemühungen, sich Karim entgegenzuwölben aufgab, wanderten die Finger seiner rechten Hand über ihre Bauchdecke auf ihren Schamhügel. Sein Mittelfinger legte sich auf ihre Klitoris und ruhte einige Momente dort, so als wollte er ihr die Zeit geben, sich daran zu gewöhnen, dann streichelte er über die Perle. Erst sanft, dann immer fester liebkoste er sie dort, während er ihren zweiten Nippel mit dem Mund verwöhnte. Die Liebkosungen weckten die Begierde in Topaz, und sie genoss die Gefühle, die Karim in ihr auslöste. Sie wollte mehr und biss sich auf die Lippen, ihre Empfindungen unterdrückend, oder wenigstens versuchte sie, sie ihm nicht deutlich zu zeigen. Karim hatte es zum Teil des Spiels gemacht, sie zu quälen, wenn sie allzu offensichtlich ihre Erregung zeigte.

Karim löste seine Lippen von ihren Brüsten und sah sie forschend an. „Soll ich dich ficken?" Sein Blick war lauernd.

„Ja", bat Topaz atemlos.

Karim nahm seinen Finger von ihrer Klitoris, stattdessen glitten seine Fingerkuppen über ihre Schamlippen, fast schmetterlingszarte Betastungen.

„Und wie soll ich dich ficken?“, fragte er mit samtweicher Stimme.

„Ganz wie es dir beliebt“, brachte Topaz mühsam und Lust aufgepeitscht über die Lippen. „Solang du es nur tust!“

Seine linke Hand schoss förmlich an ihre Kehle und Topaz stöhnte erschrocken auf.

„Du weißt doch, dass ich allein bestimme!“ Er nahm seine Finger von ihrer Möse. Sie spürte, wie er an seiner Hose herumfingerte, kurz darauf zwang er ihre Beine auseinander, lag dazwischen und stieß ohne Vorankündigung n sie.

Der Stoß war so heftig, dass ihre Zähne aufeinanderschlugen. Sie keuchte lustvoll und überrascht zugleich. Er entzog sich ihr, um im nächsten Moment wieder in sie einzudringen. Seine Hand hielt ihre Kehle weiter umschlossen, während er voller Gier und Härte in sie hämmerte. In der Stille der Wüste war nichts Anderes zu hören als das Keuchen von Karim und Topaz und das schmatzende Geräusch ihrer Möse, begleitet vom Klatschen aufeinandertreffender Körper.

Topaz fühlte, wie ihre Erregung wuchs und wuchs, sich über ihre Glieder ausdehnte, wie die Finger, die sich auf Karims Seiten gelegt hatten, sich verkrampften, ebenso wie ihr gesamter Körper. Lust pulsierte in ihrem Unterleib, ließ die Muskeln in ihrer Möse sich rhythmisch zusammenziehen, während sich Topaz Karims Stößen gierig entgegenbog, ihn noch tiefer aufnehmen wollte, obwohl er bereits so weit in sie eindrang, dass sie ihn am tiefstmöglichen Punkt in ihrem Leib spüren konnte.

Sie keuchte und stellte ihre Füße auf, stemmte die Fußsohlen in den Boden, ohne wahrzunehmen, dass Sand in ihre Pantoffeln rieselte, und ließ sich von der gewaltigen Welle eines himmlisch erlösenden Orgasmus überrollen.

Sie öffnete den Mund und Karims Hand legte sich darüber, erstickte den Laut, mit dem sie ihre Lust hinausschreien wollte. Gedämpft durch Karims Handfläche war der Laut immer noch hörbar und mischte sich mit Karims eigenem Stöhnen.

Er hielt inne, verharrte mit ihr verschmolzen. Seiner Miene war anzusehen, dass er diesen Moment ebenso genoss wie Topaz.

Topaz' Möse zog sich im Nachhall der rhythmischen Kontraktionen zusammen, sie konnte intensiv wie selten fühlen, wie Karims Schwanz von ihrem festen Fleisch umschlossen war und massiert wurde.

Irgendwann ließ das erotische Beben nach, das Topaz' Körper übermannt hatte, und Karim nahm die Hand fort. Er entzog sich ihr und setzte sich auf. Seine Stirn glänzte feucht, und die Art, wie seine Augen funkelten, erweckte eine Kaskade unterschiedlichster Emotionen in Topaz, die sie aufwühlten und zum Zittern brachten.

Abrupt rückte Karim von ihr ab. „Dreh dich um, auf den Bauch mit dir!“, befahl er rau.

Topaz tat, was er verlangte. Genauso, wie er es ihr beigebracht hatte. Wie sie es immer tat, um ihn in Sicherheit zu wiegen, ihn glauben zu lassen, sie wäre willig, ihrem Schicksal ergeben und nicht bereit, eine Flucht zu riskieren.

Sie lag auf dem Bauch, die weiche Decke deutlich fühlend und einen Hauch von Pferdegeruch in der

Nase. Sie schloss die Augen, nahm das Nachbeben der herrlichen, eben genossenen Lust als Prickeln im gesamten Körper wahr und hätte diese Empfindungen, diesen Moment bis in alle Ewigkeit ausdehnen wollen. Sie konnte kaum glauben, wie unsagbar fantastisch sich Sex anfühlen konnte.

Karims Hände schoben sich zwischen ihre Beine, legten sich auf die Innenseiten ihrer Schenkel und drückten sie auseinander. Bereitwillig gehorchte sie, tat, was er wollte, bereit, ihm zurückzugeben, was er in ihr ausgelöst hatte. Sie glaubte nicht, dass je ein anderer auch nur Ähnliches in ihr auszulösen verstand.

Karim legte sich zwischen ihre Beine, die Außenseiten der seinen berührten ihre Innenschenkel, dann bedeckte er sie mit seinem Körper. Sein feuchter, immer noch elfenbeinharter Schwanz ruhte an ihrem Po, dann führte er ihn zwischen ihre Venuslippen. Topaz seufzte genießerisch, als sie die samtige Kuppe seiner Eichel fühlte, die sich langsam in ihre Mitte zwängte, sie teilte, dehnte und auf das erregendste in Besitz nahm.

„Du gehörst mir. Vergiss das niemals!“, keuchte Karim in ihrem Nacken. Er begann sich zu bewegen, kleine, aber feste Stöße. „Du bist in der Tat meine gierige kleine Lustsklavin, nicht wahr?“

Seine Lippen legten sich auf den Übergang zwischen Nacken und Schulter. Topaz fühlte seine Zähne, spürte, wie er an ihr knabberte, und bog den Kopf zurück, eine stumme Forderung an ihn, nicht aufzuhören. Seine Hände suchten die ihren, zogen sie über den Kopf und hielten sie dort fest.

Sein Mund sog an ihrer Haut, und mit jedem Stoß drang er härter in sie, biss nachdrücklicher in ihren Hals, packte an ihren Händen kräftiger zu. Topaz' Körper wurde von Schmerz und Wollust und wachsender Leidenschaft übermannt, die Sinneseindrücke brachen über sie herein, mischten sich mit den aufschäumenden Empfindungen, die ihr jegliche Fähigkeit zu denken raubten.

Wieder fühlte sie den Orgasmus herannahen. Sie keuchte, flehte und reckte Karim ihren Po entgegen. Dann explodierte die Lust in ihr und ließ sie nur noch Blitze sehen, verwandelte sie in ein schreiendes, sich windendes Etwas, das sich in köstlichster Entspannung aalte.

Karim kam nur Augenblicke später, spritzte seinen heißen Samen in sie und brach über ihr zusammen. Er leckte über die schmerzende Stelle an ihrem Hals, dort, wo er hineingebissen und daran gesogen hatte, als wollte er ihr wie ein Vampir das Blut rauben. Der Druck seines Körpers auf dem ihren war tröstlich und beschützend zugleich.

Dann war der Moment vorbei, und Topaz wand sich, in der Hoffnung, er würde sich erheben, ihr wenigstens ein Mindestmaß an Freiraum zugestehen. Doch er blieb liegen, begriff offenbar nicht, was sie wollte, und so konnte Topaz nichts Anderes tun als auszuharren, bis Karim sich erhob. Für ihr Empfinden dauerte es viel zu lange, ehe er sich endlich von ihr löste. Er stand noch nicht auf, sondern richtete seinen Oberkörper lediglich ein Stück auf, dann glitt seine Hand über ihr Rückgrat. Topaz staunte über diese ungewohnte Geste der Zärtlichkeit, ließ es jedoch zu und genoss es. Genoss es mehr, als sie eigentlich sollte.

Sie wusste nicht, welche Leichtsinnigkeit von ihr Besitz ergriff, doch die Situation fühlte sich so gut, so vertraut an, dass die Frage ihrem Mund entschlüpft war, noch bevor sie darüber nachdenken konnte.

„Erlaubt Ihr mir die Frage, wer Euch die Narben auf dem Rücken zugefügt hat, Hoheit?“

Er schwieg, und Topaz biss sich auf die Lippen, fürchtete, zu weit gegangen zu sein und die Vertrautheit verspielt zu haben, doch unerwarteterweise antwortete er unverblümt offen. „Französische Soldaten haben mir das angetan.“

Fassungslos verarbeitete Topaz diese Nachricht, Schock und Bedauern erfüllten sie. Noch immer schien zwischen ihr und Karim eine freundschaftliche Stimmung zu herrschen, doch schon im nächsten Moment war es vorbei, seine Hand zog sich zurück und Karim erhob sich.

Topaz zögerte. Karim schien keine weiteren Sexspiele im Sinn zu haben, sondern half ihr auf und zog seine Hose hoch. Da er ihr nichts Anderes auftrug, kleidete sie sich ebenfalls an, richtete ihre Gewänder und machte sich vorzeigbar.

Als sie sich umdrehte, bemerkte sie, dass Karim sie offenbar während dieser ganzen Zeit beobachtet hatte. Sie senkte den Blick, er legte Zeige- und Mittelfinger unter ihr Kinn und hob es an, sodass sie ihn erneut ansah. „Hoheit?“

„Steig aufs Pferd und such Nuredin und Bassam. Wir reiten ins Lager zurück. Ich benötige ein paar Augenblicke für mich“, trug er ihr auf und deutete hinter Topaz' Rücken. „Die beiden werden irgendwo hinter der nächsten oder übernächsten Düne warten, in Richtung Faqaea."

Topaz musste sich gewaltsam zwingen, keine Gefühlsregung zu zeigen, weil Karim es ihr so leichtmachte, zu fliehen. Sie nickte und schwang sich auf den Pferderücken, so wie er es ihr aufgetragen hatte. Ihr und Karims Blick trafen sich einige Atemzüge lang. Sie sah ihn ein letztes Mal an, dann wendete sie den Hengst, um davonzureiten.

Sie fragte sich, ob er ahnte, dass sie fliehen wollte und nun die erstbeste Chance dazu ergriff. Kurz flatterte der Gedanke durch ihren Kopf, ob er es ihr absichtlich ermöglichte. Wollte er, dass sie floh? Ihm musste klar sein, dass, wenn er ihr die Möglichkeit bot, sie diese auch ergriff. Dies war der Moment, auf den sie so viele Monate gewartet hatte. Doch statt keine großen Gedanken daran zu verschwenden, überlegte sie nun weiter, ob es auch richtig war.

Was gab es für sie denn in Frankreich? Nichts. Keine Familie, keine Freunde. Die Sonne besaß nicht annähernd diese durchdringende, so leicht tödliche Kraft. Die Speisen waren lau und lasch, weder von der Würze noch der Vielfältigkeit, wie sie es inzwischen gewohnt war. Die Abendluft war nicht erfüllt vom Plappern weicher arabischer Worte. Es gab in Frankreich keine sanften braunen Augen in sonnengegerbten Gesichtern, die sich ihr zuwandten, und niemand betitelte sich mit den familiären Anreden wie Tochter, Schwester oder Tante. Das Herz wollte Topaz schwer werden, doch sie rief sich streng zur Ordnung.

In Frankreich erwartete sie viel mehr, als sie hier beim Stamm der Beduinen erhoffen durfte: Dort wäre sie eine freie Frau, konnte hingehen, wohin sie wollte und wann sie es wollte. Vielleicht würde sie sich nun ernsthaft der Sache für die Rechte der Frauen anschließen. Die Zeiten änderten sich. Sie mussten sich ändern und Topaz wäre ein Teil dieser Veränderung. So wie sie es sich immer gewünscht hatte. Ob als Lehrerin oder Frauenrechtlerin, sie wollte etwas in der Welt bewegen. Sie hoffte, den Menschen unterstützend zur Seite stehen zu können. Entschlossen ritt sie drauflos, sie unterdrückte das Schuldgefühl und die Traurigkeit, die sie überkamen. Ihr wurde klar, dass sie nun Karims Meinung über ihre Landsleute bestätigte: Franzosen war nicht zu trauen. Doch darauf konnte sie keine Rücksicht nehmen und sie würde Karim ohnehin niemals wiedersehen. Sie schluckte und blinzelte gegen die Tränen in ihren Augen an, die ihr den Blick verschwimmen ließen.

Aufmerksam sah sie sich nach ihren Begleitern um. Bassam war nicht auszumachen, doch sie fand Nuredin zwischen den Dünen; sein Pferd stand abseits und sie schien ihm noch nicht aufgefallen zu sein. Unwillkürlich hielt Topaz die Luft an und ließ den Hengst traben, ohne Nuredin aus den Augen zu lassen. Sie sah aus dem Augenwinkel eine Bewegung, die sich schlängelnd Nuredin näherte. Just in diesem Moment machte er einen Schritt nach hinten, auf die Schlange zu, wie Topaz nun entsetzt sah. Das Reptil schoss vor, offensichtlich eine Gefahr witternd, und biss zu.

Nuredin schrie auf. Topaz zögerte kurz und gab ihrem Pferd dann die Sporen. Die Gelegenheit war einfach zu günstig. Nuredin könnte sie nicht verfolgen, selbst wenn er sie nun noch entdeckte. Und falls Bassam und Karim dazukamen, wäre Topaz schon viel zu weit weg, außerdem mussten sie sich um den verletzten Nuredin kümmern.

Sie wusste nicht, wie lange sie bereits geritten war, es konnten nur wenige, für Nuredin jedoch kostbare, Minuten gewesen sein, als sie vor sich sah, wie er zusammengesunken war.

Sie hörte ihn in ihrer Erinnerung erneut gurgelnde Laute ausstoßen und in diesem Moment überfielen sie Scham und schlechtes Gewissen in aller Heftigkeit. Was für ein Mensch handelte in einer solchen Situation so, wie sie es gerade im Begriff war zu tun?

Sie brachte das Pferd zum Stehen. Eine Frau, die sich fortan nicht mehr im Spiegel betrachten könnte. Sie würde sich selbst verachten. Jeden einzelnen Tag ihres Lebens. Und Karims Animositäten gegenüber den Franzosen hätte sie obendrein bestätigt. Ihr wurde fast übel vor Reue. Sie wendete ihr Pferd und kehrte zurück zu Nuredin. Sie vergewisserte sich, dass die Giftschlange nicht länger in der Nähe war, ehe sie vom Rücken ihres Reittieres rutschte. Da sie nicht mehr zu entdecken war, nahm Topaz an, die Schlange hätte sich davongemacht. Sie schrie nach Karim und Bassam und ließ sich neben Nuredin auf die Knie fallen.

Nuredin lag am Boden und krümmte sich vor Schmerzen. Topaz zerrte ihm die Kopfbedeckung herunter und breitete dieses Tuch aus, um es dann um den Unterschenkel zu schlingen. Das Bein abzubinden hinderte das Schlangengift hoffentlich daran, sich allzu schnell über die Adern im restlichen Körper zu verteilen.

Die Finger Nuredins hatten sich in seine Hose gekrallt und er stöhnte. „Es brennt“, stieß er hervor. Ein gurgelnder Laut entrang sich seiner Kehle.

Topaz musterte ihn entsetzt und schrie erneut nach Bassam und Karim. Die Versorgung von Schlangenbissen überstieg eindeutig ihre Fähigkeiten.

Eine Hand legte sich auf ihre Schulter und sie sah in Karims besorgte Miene. Er ging neben ihr in die Hocke. „Was ist passiert?“, fragte er unaufgeregt wirkend.

„Eine Schlange hat ihn ins Bein gebissen“, erzählte sie. Topaz deutete auf jene Stelle oberhalb des Knöchels, wo zwei Löcher zu sehen waren, aus denen Blut quoll und wie kleine rote Perlen über die Haut in den Sand kullerten.

„Was soll ich tun?“, erkundigte sich Topaz und wusste, dass sie verzweifelt und panisch klang.

„Du reitest mit Bassam zu den anderen zurück.“ Er sah über Topaz’ Schulter auf Bassam, der völlig lautlos erschienen war und den Topaz erst jetzt bemerkte. „Hol Maryam, ich lege Nuredin auf das Pferd und komme nach.“

Bassam nickte und streckte Topaz die Hand entgegen. „Komm.“

Hastig sprang sie auf, kümmerte sich nicht um den Sand in ihren Schuhen und folgte Bassam zu den Pferden. Das schlechte Gewissen drückte sie. Was, wenn Nuredin das nicht überlebte und starb, weil sie nach dem Schlangenbiss wertvolle Zeit hatte verstreichen lassen, um zu fliehen? Sie fühlte sich hundeelend, und zum ersten Mal, seit sie denken konnte, betete sie, während ihr Hengst Bassams Pferd hinterhergaloppierte, sodass die Hufe den Sand aufwirbelten. Topaz lehnte sich vor, bis ihre Wange fast den Hals des Reittiers berührte.

Sie wusste, dass sie schnell unterwegs waren, dennoch fürchtete sie, nicht rasch genug im Zeltdorf zu sein.

Ein Kloß saß in ihrer Kehle, der sich nicht lösen wollte, egal wie heftig sie schluckte, selbst dann nicht, als sie die ersten Zelte in der Ferne vor sich sahen. Topaz schlug ihrem Pferd die Hacken in die Seiten, trieb es zu noch größerer Eile an und schaffte es, den Abstand zu Bassam und seinem feurigen Rappen zu verringern. Das Atmen fiel ihr schwer, so als wäre nicht ihr Pferd, sondern sie selbst diejenige, die durch die Wüste rannte.

„Um Himmels willen, was ist los? Wo ist der Scheich?“ Die Frau, die auf sie zukam, kannte Topaz nur flüchtig, wusste nicht einmal ihren Namen. Die Beduinin zog sich das Tuch, das ihr Haar bedeckt hatte, herunter, sodass es wie eine Stola über ihren Rücken und Schultern hing.

„Der Scheich ist wohlauf“, beruhigte Topaz die Fremde, während Bassam vom Pferderücken rutschte und leichtfüßig auf den weichen Boden hüpfte.

„Wo ist Maryam?“, herrschte er die Frau an, drückte ihr die Zügel in die Hand und wartete ihre

Antwort nicht ab, sondern lief ins Zentrum der Ansiedlung. „Maryam!"

Irgendjemand musste den Ernst der Lage erkannt und in Geistesgegenwart losgerannt sein, um Maryam zu holen, denn die hastete mit ihrem Korb unterm Arm Bassam entgegen. „Was ist geschehen?"

Bassam griff sie am Oberarm und zog sie mit sich. „Nuredin wurde von einer Schlange gebissen. Schnell! Karim reitet mit ihm hierher zurück."

Die greise Heilerin ließ sich auf ein frisches Pferd helfen, einen Schimmel mit dunklen Nüstern, den man ihr in Windeseile gebracht hatte und nahm den Korb an sich, in dem Maryam ihre heilenden Essenzen und Verbandsmaterial sowie medizinische Instrumente aufbewahrte, eben alles, was sie im Ernstfall benötigte, den ihr einer der Männer reichte.

Bassam kletterte auf seinen Rappen und hielt sich nicht länger auf, sondern ritt voraus.

Topaz blieb zurück, atemlos, immer noch unter Schock stehend und weiterhin von Schuldgefühlen geplagt. Die Frau war zurückgeblieben, musterte sie mitfühlend und legte ihr den Arm um die Schulter.

„Komm mit." Sie führte sie zu einem Zelt, zwang sie dort unter das Vordach, das Schatten spendete und wo eine Decke und Sitzkissen bereitlagen, um sich auszuruhen. Über einer kleinen Feuerstelle hing ein Dreifuß, aus dem die Frau nun Tee in zwei feine Metallbecher goss. Sie reichte einen davon Topaz und setzte sich ebenfalls.

„Trink, du siehst aus, als könntest du es brauchen." Die Frau nickte ihr freundlich zu und Topaz hob den Becher mechanisch an ihre Lippen. Der Tee war heiß, aromatisch und süß. Sie trank vorsichtig und mit kleinen Schlucken, froh, dass ihr das half, nicht sprechen zu müssen. Langsam beruhigte sie sich wieder.

„Es wird alles gut werden, Schlangenbisse sind in der Wüste nicht selten. Gibt es dort, woher du stammst, keine Schlangen?“

Die Güte der Frau weckte erneut Topaz’ Schuldgefühle. Wenn sie nicht versucht hätte zu fliehen, wäre das nicht geschehen. Sie hätte Nuredin gerufen, er hätte sich umgedreht und die Schlange gesehen. Oder sie hätte eher um Hilfe geschrien und das Gift wäre schneller aufgehalten worden, sofern das mit dem Abbinden überhaupt sinnvoll gewesen war.

„Sind die Schlangen in der Wüste giftig?“

„Manche mehr, manche weniger“, meinte die Frau achselzuckend. „Oft kommt es auch darauf an, in welcher Verfassung der Gebissene ist. Ein gesunder Mann übersteht so manche Bisse eher unbeschadet als andere.“

Die Beduinin goss ihr Tee nach und sie tranken schweigend.

Als sich ein kleinerer Tumult am Rand des Lagers abzeichnete, stand Topaz auf und reichte ihrer Gastgeberin den Becher. Sie verneigte sich. „Vielen Dank, ich fühle mich besser. Aber jetzt will ich sehen, ob ich etwas tun kann. Der Scheich und Nuredin scheinen angekommen zu sein.“

Tatsächlich hatten sich Karim und die anderen wieder im Dorf eingefunden. Die Männer schleppten Nuredin, und Topaz schloss zu Maryam auf, die ihnen hinterherhastete.

„Wie geht es ihm?“, wollte Topaz wissen. Sie griff nach Maryams Korb um ihn ihr abzunehmen.

Mit einem leichten Kopfschütteln wies Maryam die Hilfe ab und beantwortete ihre Frage: „Ich konnte ihm ein Gegengift geben. Karim hat versucht, das Gift auszusaugen. Jetzt müssen wir abwarten, ob es wirkt. Aber ich bin frohen Mutes, weder ist sein Bein angeschwollen, noch fällt es ihm schwer zu atmen."

Topaz atmete auf. „Das erleichtert mich", sagte sie aus tiefstem Herzen heraus.

Kapitel 8

„Ihr habt mich rufen lassen, Hoheit?" Topaz trat in die Mitte des Zeltes. Da Karim sie im Innern empfing, glaubte sie zu wissen, was er von ihr erwartete.

„Ich wollte mit dir reden", erklärte Karim hinter ihr.

Sie drehte sich überrascht um. Das Herz raste in ihrer Brust, schlug so heftig, dass sie das Pochen bis an den Rippen wahrnahm.

„Mit mir?" Sie musste ihn so verdutzt anblicken, dass er sich bemüßigt fühlte zu fragen: „Was ist denn daran so ungewöhnlich?"

Topaz starrte ihn nur an. Sonst nie verlegen um Worte, wusste sie nun nicht, was sie ihm sagen sollte.

Ihr Unbehagen schien ihn zu amüsieren, dennoch kam er sofort zur Sache und vertat seine Zeit nicht mit Geplänkel. „Du hast in der Wüste bewiesen, dass man dir vertrauen kann", begann er und musterte sie doch nachdenklich.

„Das hört sich ja an, als wäre es ein Test gewesen", meinte Topaz leichthin und senkte den Blick, aber durch ihre Wimpern hindurch fixierte sie Karim aufmerksam. Das feine Lächeln, das seine Lippen umspielte, sagte mehr aus als tausend Worte.

Topaz' Herz, das eben noch so ungebändigt in ihrer Brust getobt hatte, stockte. Ihr wurde kalt, bitterkalt. Es *war* ein Test gewesen. Karim hatte nur sehen wollen, ob sie fliehen würde, sobald sich die Möglichkeit bot. Hätten sie nicht Mitgefühl und schlechtes Gewissen überkommen, als Nuredin von der Viper gebissen worden war, wäre sie davongeritten. Hatte Bassam etwa hinter einer der Dünen auf sie gelauert und wäre sie ihm in die Arme gelaufen? Oder hatten gar einige der Stammeskrieger im Hinterhalt gelegen, um sie aufzuhalten?

Wie lautete die Strafe für einen Fluchtversuch? Tod?

Ihre Kehle zog sich zusammen. Sie hätte eindeutig bewiesen, nicht vertrauenswürdig zu sein, und mehr noch: Karims Meinung über die ruchlosen Franzosen hätte sich damit bestätigt.

Karim machte eine einladende Handbewegung hinüber an den Tisch. Allerlei Naschwerk und Gebäck war aufgetragen worden, außerdem standen dort eine silberne Kanne, aus der es dampfte, und edle Tassen aus demselben Edelmetall.

„Bitte erweise mir das Vergnügen und trink Kaffee mit mir“, bat er sie, und Topaz staunte, weil er sie plötzlich wie einen geschätzten Gast behandelte.

„Ich danke dir.“ Sie ließ sich graziös auf den Sitzkissen nieder und war stolz, es zu schaffen, ohne sich allzu unbeholfen zu fühlen. Mittlerweile war sie daran gewöhnt, auf der Erde zu sitzen und sich entsprechend elegant zu setzen oder zu erheben.

Schweigend tranken sie. Topaz genoss das bittere Kaffeegetränk, das sie zuvor kaum getrunken hatte, und es schmeckte ihr umso besser, weil es eine Aufmerksamkeit von Karim war.

Nach einer Weile wurde ihr die Stille zu bedrückend, auch wenn sie beide einvernehmlich beieinandersaßen, das edle Heißgetränk genossen und die angerichteten Naschereien knabberten.

Topaz sah Karim an. Seine Haare waren tiefschwarz, und zum ersten Mal hatte sie das Bedürfnis, durch den Schopf zu fahren und in Erfahrung zu bringen, wie es sich anfühlen würde. In den Wochen als seine Lustsklavin hatte sie es immer vermieden, mehr von ihm als nötig anzufassen, es war ihre Art der Rache gewesen. Er mochte ihren Körper besitzen, aber nicht ihre Seele, nicht ihren Willen oder gar ihre Zuneigung. Also enthielt sie ihm jede Berührung vor, die er nicht von ihr forderte.

„Sprich. Du darfst mich alles fragen, was dir auf dem Herzen liegt, und ich werde mir Mühe geben, es dir zu beantworten“, erlaubte er ihr.

Im Moment gab es eine Sache, die ihr tatsächlich keine Ruhe ließ und die ihm nicht mehr von ihr preisgab, als sie bereit war zu verraten.

„Du hast diese entsetzlichen Narben auf dem Rücken und …“ Sie stockte, unsicher, ob sie damit nicht doch eine Grenze überschritt.

„Und es interessiert dich zu erfahren, was ich angestellt habe, dass ich zu dieser Strafe verurteilt wurde?“ Er schien sich nichts daraus zu machen, darüber zu reden, das erleichterte Topaz. Sie hörte ihm aufmerksam zu, als er nun anfing zu erzählen.

„Man hat mich in der Nähe einer Garnison aufgehalten. Ich war zu diesem Zeitpunkt zu Besuch bei tunesischen Verwandten, und wie es üblich ist, trug ich meine Waffen bei mir. Die Franzosen, die mich aufgriffen, behaupteten, ich hätte auf einen ihrer Soldaten geschossen, und so warfen sie mich in den Kerker. Zwei Tage haben meine Verwandten versucht herauszufinden, wo ich steckte, und dann wollten sie mich freikaufen. Die Franzosen gaben vor, jemand habe mich gesehen. Meine Familie zahlte ein hohes Lösegeld, damit ich freikam, doch zuvor peitschten die Soldaten mich aus", erzählte Karim, seine Augen umwölkten sich, und plötzlich begriff Topaz, dass er noch immer nicht ganz über die Sache hinweggekommen war.

„Dir ist eine große Ungerechtigkeit widerfahren, und ich bedaure dies nicht nur, ich schäme mich zutiefst für meine Landsleute", sagte Topaz sanft. „Aber du musst begreifen, dass du für das Fehlverhalten weniger nicht alle büßen lassen darfst."

„Ich bin kein Tor!", erwiderte Karim scharf und Topaz zuckte bei der Lautstärke seiner Stimme zusammen. Er schüttelte den Kopf. „Verzeih, ich wollte dich nicht verschrecken." Er beruhigte sich wieder. „Ich habe eingesehen, dass ich mit meinem Urteil vorschnell war. Du bist anders als diese Soldaten. Deine Aufrichtigkeit und dein Mitgefühl haben mir bewiesen, dass ich ein wenig ungerecht war."

„Ein wenig?"

Karim lehnte sich zurück. „Ein wenig", bestätigte er. „Immerhin kannst du dich glücklich schätzen, dass du trotz deiner Herkunft meine Sklavin sein darfst, ich hätte dich auch Malek überlassen können."

Topaz kniff ihre Augen zusammen. Sie überging das erschrockene Pochen ihres Herzens und das Zusammenziehen ihres Magens, um sich stattdessen vorzubeugen: „Es wäre eine grobe Unhöflichkeit gewesen, ein Geschenk abzulehnen." Die Vorstellung, Sklavin in Maleks Haus sein zu müssen, war blanker Horror für Topaz. Malek war ein schrecklicher Mensch, der seine Frauen schlecht behandelte und seine Sklavin sicher keinen Deut besser. Im Gegenteil. Sie wollte nicht einmal daran denken, was ihr bevorgestanden hätte, wäre die ganze Angelegenheit so ausgegangen.

Das Glitzern in Karims Augen kündigte an, dass er nun genug vom Reden hatte. Unwillkürlich schlug Topaz' Herz noch wilder und sorgte dafür, dass ihr das Blut durch die Adern rauschte und Hitze in die Wangen trieb.

„Zieh dich aus, Noura, zeig mir deine Brüste, deine Möse und wie du dich streichelst. Zeig mir, wie du dir selbst Lust bereitest."

Der Gedanke, sich vor Karim zu stellen, sich zu entkleiden und ihre Brüste und Nippel zu liebkosen, ihre Möse zu berühren und sich selbst zu erregen, erschreckte und faszinierte sie zugleich.

Aufreizend erhob sich Topaz, sie sah in Karims Augen, überlegte, was ihm gefallen könnte und ob es für ihn je mehr als bloße Triebbefriedigung werden könnte. Sie blinzelte und verweigerte sich weiteren Gedanken in diese Richtung. Ihre Hände hoben sich und ihre Finger griffen an den Kragen und begannen, das Gewand aufzuknöpfen, das aus zartgrünem Gewebe bestand und ihre üppige Figur umschmeichelte. Obwohl der Stoff so dünn und weich war, verbarg er alles, was sie einem Mann zu bieten hatte, die schwellenden Brüste, den weichen Bauch, die runden Hüften, den üppigen Po und die straffen Schenkel.

Sie hatte die Knöpfe bis zum Bauchnabel geöffnet und ließ nun ihre Finger über die Haut gleiten, über den Bauch, zwischen die Spalte ihrer Brüste und weiter auf ihr Dekolleté. Sie legte ihre Handfläche dort ab, senkte ihre Lider und richtete dann ihren Blick auf Karim, prüfte, ob ihm gefiel, was er sah. Seine Augen waren dunkler als sonst und leuchteten voller Wollust und Begierde. Sie kannte diesen Ausdruck. Der Tisch verdeckte Karims Leibesmitte, doch sie ahnte, dass sein Schwanz steif sein musste.

Ihm gefiel nicht nur, was er sah, es erregte ihn. Sie genoss es, einmal diejenige zu sein, die seine Lust dirigieren konnte, die mit ihm spielte. Sie akzeptierte es, dass er sie nie anders als ruppig und hart nahm, es erregte sie auch, doch sie ersehnte sich, statt dem groben, schroffen Sex einmal zu fühlen, wie es sein würde, wenn Karim sie ohne Strenge nahm. Mit Sanftheit und Zärtlichkeit.

Sie steckte den Zeigefinger in den Mund, leckte ihn ab und sah Karim dabei tief in die Augen. Sie fixierte ihn und versuchte herauszufinden, was er denken mochte und was er empfand. Ob ihr sinnliches Entkleiden ihn ebenso reizte, erregte und faszinierte wie sie selbst.

Sie legte den Finger auf ihren Nippel und begann, die Spitze zu umkreisen. Feucht, wie der Finger war, glitt er wie nichts über die Haut, über die Erhebung. Sie fühlte die Linien und Unebenheiten des Nippels und der dunkel gefärbten Haut. Die sanften Streicheleinheiten und Berührungen sorgten dafür, dass die Brustspitzen erigierten. Wie kleine Kiesel standen sie vor und ebenso hart waren sie. Ein sachtes Prickeln glitt warm und schmeichelnd in die tieferen Schichten ihrer Brüste, wuchs, dehnte sich aus, um den gesamten Busen zu erfüllen. Topaz atmete schneller. Das liebevolle Streicheln genügte ihr nicht mehr, sie fasste die Nippel zwischen Daumen und Zeigefinger, verwöhnte sich mit beiden Händen. Wollüstig schloss sie die Augen und genoss die Zuwendungen und die Empfindungen, die in ihr hochkochten und sie überwältigten. Sie konnte kaum glauben, dass sie es so reizvoll fand, sich selbst zu verwöhnen, doch dass Karim dastand und sie dabei beobachtete, verstärkte das verruchte Gefühl, das es in ihr auslöste.

Sie sah, wie Karims Wangenmuskel unwillkürlich zuckte, ein Zeichen dafür, dass seine Selbstbeherrschung kurz davor war, sich im Nichts aufzulösen. Triumph verspürte sie jedoch nicht, sondern Bedauern. Es war falsch, er hätte sie aus Liebe nehmen sollen und nicht aus einem Gefühl der Vergeltung oder um sich abzulenken und die öde Langeweile zu vertreiben.

Topaz schluckte und setzte ihr Tun fort, fühlte, wie das erregende Kribbeln ihre Möse erreichte und ausfüllte. Sie stieß ein schluchzendes Geräusch aus.

Erschrocken stöhnte sie auf, als Karim mit einem Satz auf sie zustürmte und ihr den Mund zuhielt. Sie benötigte einige Schrecksekunden lang, ehe sie seine steinerne Miene und den alarmierten Blick seiner Augen wahrnahm.

„Sei ruhig!“, zischte er.

Jetzt vernahm Topaz von draußen Schritte, Leute rannten herum und riefen sich Befehle zu. Die Tiere schrien unruhig und ängstlich.

„Zieh dich an. Sofort!“ Karim stürzte zu seinen Säbeln, steckte einen kurzen in seinen Gürtel und behielt den langen Krummsäbel in den Händen. Er stieß ein wütendes Schnaufen aus und wandte sich

Topaz zu. „Versteck dich bei den anderen Frauen! Und wenn es nötig sein sollte: Lauf!"

Panik sprudelte regelrecht in ihr hoch, schien aus jeder ihrer Poren drängen zu wollen.

„Was ist los? Was bedeutet das?"

Ibrahim stolperte ins Zelt. „Hoheit, wir werden angegriffen. Eine Gruppe Berber ist auf dem Weg zu unserem Lager, die Vorhut nimmt uns unter Beschuss."

Karim fluchte. „Schlau von ihnen, jetzt in der Dämmerung anzugreifen. Geh und sorg dafür, dass Frauen und Kinder in Sicherheit sind." Karim drehte sich zu Topaz um. „Geh mit Ibrahim. Tu, was ich dir befohlen habe! Versteck dich mit den anderen Frauen."

Er packte sie grob und schob sie Ibrahim entgegen, der sie seinerseits am Unterarm fasste und mit sich zerrte.

Draußen herrschte jenes graue Licht, das abends den Wechsel von hell zu dunkel oder morgens von dunkel zu hell markierte. Jenes Zwielicht, das Gelegenheit gab, zu verschnaufen und innezuhalten, sich auf Tag oder Nacht einzustimmen. Es war aber auch der Zeitpunkt, an dem Farben und Formen unwirklich schienen, an dem die Sicht getrübt war.

Ibrahim keuchte, als er sie an den See führte, wo bereits Frauen und Kinder dicht aneinandergedrängt standen.

„Was geschieht nun?", fragte Topaz, und ihre Stimme klang schriller, als sie wollte. Der Gedanke, erneut Opfer von Sklavenhändlern zu werden, weckte eine solch entsetzliche Furcht in ihr, dass sie die Galle in sich hochsteigen fühlte und glaubte, jeden Moment kraftlos in die Knie zu gehen. Tapfer schluckte sie und zwang sich zu Haltung. Ein Blick auf die Kinder, die sich am Ufer des Sees drängten und – bis auf die Kleineren von ihnen – völlig ruhig verhielten, gab Topaz genug Kraft, sich zusammenzureißen. Wenn die Beduinenkinder ruhig und gefasst sein konnten, dann galt das für sie erst recht.

„Ein paar der Männer überprüfen, ob es ungefährlich ist, euch auf dieser Seite des Zeltdorfes in die Wüste zu bringen und dort zu verstecken", erklärte er.

Ibrahim wandte sich ab und wollte davongehen.

Thiyya und Maryam kamen auf Topaz zu. Die Heilerin legte ihren Arm um Topaz' Schultern.

„Und was sollen wir in der Wüste?" Ratlos starrte sie Maryam an.

Diese nickte ihr aufmunternd zu. „Wir bleiben dort, bis es sicher ist. Einer der Männer holt uns wieder zurück, wenn alles vorbei ist. Solange aber tauchen wir in der Wüste unter."

Viel zu verwirrt, um noch weitere Fragen zu stellen, ließ Topaz sich zu den anderen Frauen führen.

Einen Moment lang glaubte Topaz etwas zu spüren, das am ehesten damit verglichen werden konnte, dass die Wüste den Atem anhielt. Dann brach der Sturm los. Ein paar Männer schrien, als sie von Pfeilen getroffen zu Boden stürzten.

Galoppierende, schnaubende Pferde waren zu hören, Männer, die heiser Befehle brüllten. Als Nächstes sprengten die Angreifer die Barriere der al-Wahhabs. Die Räuber grölten vor Begeisterung. Sie ergossen sich über den Platz, eine Flut aus Pferde- und Männerleibern und stießen schrille Kampfschreie aus und strömten auseinander. Die al-Wahhabs feuerten, kämpften, aber man kann nur erfolgreich auf Attacken reagieren, wenn die Angreifer auch die Konfrontation suchen. Die Eindringlinge hetzten jedoch auf den Rücken ihrer Pferde durch das Lager der al-Wahhabs, wichen aber eher aus als anzugreifen. Sie schienen etwas oder jemanden zu suchen.

Die Frauen und Kinder drängten sich zusammen, ein paar schluchzten.

„Seid ruhig!“, zischte Thiyya. „Lieber tot als gefangen!“

„Lieber tot als gefangen!“, echoten die Frauen und ein paar der Kinder. Als einige, vor allem der jüngeren Beduininnen, an ihre Hüften griffen, erkannte Topaz, dass sie Dolche bei sich trugen. Offenbar waren die weiblichen Angehörigen des Stammes nicht darauf aus, sich kampflos zu ergeben, wenn es nötig werden würde.

Einer der Stammeskrieger näherte sich und winkte ihnen zu.

Thiyya nickte den anderen auffordernd zu. „Los jetzt!“

Sie huschten im Schatten der Palmen und Büsche am Rand des Seeufers auf den Krieger zu. Weitere Wächter lösten sich aus der Dämmerung, bereit, die Gruppe zu eskortieren. Sie hasteten fast komplett lautlos in die Wüste hinaus, verborgen von Zwielicht und Dünen.

Topaz kam kurz der Gedanke, dass man diese Dünen hier vielleicht sogar künstlich angelegt hatte, um im Fall eines Angriffs die Schutzbedürftigsten des Stamms unbemerkt in Sicherheit zu bringen.

Das Herzklopfen in Topaz' Brust vibrierte regelrecht in ihrer Kehlgrube, und sie presste die Hand an diese Stelle, als eine Stimme hinter ihr bellte: „Das ist sie! Lasst sie nicht entkommen!"

Der Sand dämpfte den Hufschlag, doch nicht das Wiehern der Pferde. Ein Reiter preschte heran. Die Frauen stoben in wilder Panik auseinander. Ein kleines Kind heulte, und plötzlich stand für Topaz einen Moment lang die Zeit still, als das Reittier neben ihr auftauchte. Sie hob den Kopf und blickte direkt in blaue Augen. Sie wunderte sich noch, dass sie die Farbe trotz der aufsteigenden Dunkelheit so klar erkennen konnte, dann wurde sie gepackt und in die Höhe gehoben. Das Letzte, was sie im Anschluss wahrnahm, waren ein schriller Pfiff und wie man sie bäuchlings auf das Pferd legte, um dann vor lauter Schreck das Bewusstsein zu verlieren und in dankbares Vergessen abzutauchen.

Jemand betupfte ihre Stirn mit einem feuchten Lappen, als sie wieder zu sich kam. Geistesgegenwärtig tat sie so, als wäre sie noch immer bewusstlos. Sie lag im Sand, wohl auf einem Tuch zum Schutz vor den Sandkörnern, aber über ihr war der Himmel und ganz nah standen die Pferde. Mindestens zwei konnte Topaz hören und den typischen Geruch nach Pferd wahrnehmen. Angestrengt lauschte sie, vernahm, wie ihr Entführer herumhantierte, offenbar wühlte er in einer Tasche oder Ähnlichem.

Topaz wagte es, die Lider einen Schlitz breit zu öffnen und einen raschen Blick zu riskieren. Sie erkannte eine Männergestalt, die mit dem Rücken zu ihr gewandt am Boden hockte und in der Tat zwei Satteltaschen durchsuchte. Vom Sichelmond am Firmament war nicht viel Leuchtkraft zu erwarten. Anstatt ein bisschen Helligkeit zu verbreiten, sorgte der Himmelskörper dafür, die Dunkelheit eher noch zu betonen, statt sie zu überwinden. Einzig ein niedrig brennendes Lagerfeuer spendete ein wenig Licht.

Topaz konnte keine zweite Person ausmachen, was aber nicht hieß, dass nicht jemand irgendwo zwischen den Dünen herumstrich und Wache schob. Doch das würde sie nicht abhalten. Weg, nur weg hier!

Lieber tot als gefangen, schwor sie sich, während sie sich vorsichtig aufrichtete, den Blick auf den Entführer fixiert und die Ohren gespitzt, um einen eventuell zweiten Kidnapper rechtzeitig zu hören.

Sie kam hoch, ignorierte die Steife ihrer Glieder und das leichte Schwindelgefühl und rannte los. Blindlings in die Dünen hinein, ohne zu wissen, wo sie war, wohin sie sich wenden könnte oder wo sich das Dorf der al-Wahhabs befand.

Sie rannte einfach drauflos, den Spruch der al-Wahhab-Frauen wie ein Gebet wiederholend: Lieber tot als gefangen. Sie würde nicht zulassen, erneut die Sklavin eines Mannes zu werden. Sie zöge es eher vor Karim nie wiederzusehen, als einem anderen zu gehören. Trauer durchschnitt ihre Seele wie ein scharfes Messer, Verzweiflung schnürte ihr die Kehle zu.

Als sie Schritte hinter sich hörte, rannte sie schneller, beeilte sich, um ihrem Verfolger zu entkommen. Ein harter Schlag über ihre gesamte Kehrseite raubte ihr den Atem, schwer stürzte sie zu Boden, einen kräftigen Körper an ihren gepresst. Obwohl derjenige es schaffte, sich im Fallen mit ihr herumzudrehen, schlug sie schmerzhaft auf dem Sandboden auf, der erstaunlich hart sein konnte, wie sie feststellen musste. Der Unbekannte fluchte und zerrte sie herum, sodass sie auf dem Rücken lag. Er beugte sich über sie und sie sah erneut in blaue Augen. Sie erinnerte sich vage daran, diese Augen bereits lange vor ihrer Entführung gesehen zu haben. Noch bevor sie zu Karim gekommen war.

Der Fremde lag auf ihr und hielt ihre Oberarme fest.

„Was willst du von mir, warum hast du mich entführt?“, fauchte sie und kämpfte gegen ihn an. Er hatte anscheinend keine Waffen bei sich. Nicht, dass Topaz dies beruhigt hätte, aber sie bemerkte es und wusste, womit sie demzufolge nicht rechnen musste, nämlich damit, eine Klinge in den Leib gerammt zu bekommen. Verbissen wand sie sich gegen den Griff des jungen Mannes.

„Wir kennen uns, wir sind uns damals im Haus deines Herrn Malek begegnet. Ich habe in deinem Blick die Aufforderung gelesen, dich zu befreien. Hier bin ich, Liebste.“ Er himmelte Topaz an und die war fassungslos.

Wer war er? Sie konnte sich erinnern, einen Mann getroffen zu haben, doch sie erinnerte sich nur an unwahrscheinlich blaue Augen. Sie kramte weiter in ihrem Gedächtnis und erinnerte sich, dass es ein Mann mit derartig auffallender Iridenfarbe gewesen war, der sie aufgehalten hatte, als sie versucht hatte bei Malek zu fliehen. Aber mehr war ihr nicht in Erinnerung geblieben, die hellblausten Augen, die sie je gesehen hatte, aber sie hätte nicht sagen können, wie der Unbekannte ansonsten ausgesehen hatte. Dafür hatte sie einen deutlich bleibenderen Eindruck bei ihm hinterlassen.

Aber er schien es zu glauben, und so, wie er sie musterte, war er wohl verliebt in sie. Ein Umstand, denn sie ausnutzen konnte, wie sie blitzschnell entschied. Sie stellte ihre Versuche ein, sich befreien und unter ihm hervorwinden zu wollen. Stattdessen lächelte sie ihn zuckersüß an und säuselte: „Du bist es! Um der Liebe Allahs Willen, ich dachte schon, ich wäre verloren!“

Tatsächlich schien ihr Plan aufzugehen, kaum hörte sie auf, gegen ihn anzukämpfen, lockerte er seinen Griff. Topaz bereitete sich vor, ihm ihr Knie ins Gemächt zu rammen, um dann zu fliehen, und trieb ihr Schauspiel auf die Spitze, indem sie ihre Hände hob und über seine Seiten streichelte.

Plötzlich wurde ihr Entführer von ihr gerissen und landete neben ihr im Sand, sodass die Körner wie winzige Fontänen davonstieben. Der junge Mann ächzte und jemand zerrte Topaz hoch und ein Stück fort.

Eine dunkel gekleidete Gestalt mit schwarzem Tuch, das den Kopf bedeckte und das Gesicht nach Beduinenart vermummte, stürzte sich auf den Kidnapper, der sich blitzschnell herumwarf.

Topaz wand sich in dem Griff und schaffte es, den neu hinzugekommenen Mann anzusehen. „Bassam!“ Erleichtert umarmte sie ihren Retter und wandte sich dann den anderen zweien zu.

Die beiden Männer rangen miteinander und nun erkannte Topaz Karim. Er schlug auf den anderen ein, der sich schon nach kurzer Zeit als unterlegen herausstellte. Blut lief aus seinem Mundwinkel und ein neuer Faustschlag ließ ihn zu Boden kippen, obwohl er sich doch eben erst hatte aufrappeln können und mit Karim stehend gekämpft hatte.

Wie von Sinnen schlug Karim auf den jungen Berber ein. Der stieß einen erstickten Schrei aus, als ein weiterer Hieb seine Nase brach, woraufhin Blut herausschoss und über sein Gesicht lief.

„Karim, halte ein, mein Freund. Du bringst den Berberjungen um", sagte Bassam, als Karim weiterhin auf den Jungen einschlug, ohne innezuhalten, obwohl der kaum noch in der Lage war, Gegenwehr zu leisten.

Aber erst als Bassam ihn am Arm packte und aufhielt, schien Karim überhaupt zu bemerken, dass Bassam und Topaz da waren. Fast benommen starrte er seinen Vertrauten und dann Topaz an. Seine Miene verdüsterte sich, als er sie musterte. Sie machte einen Schritt auf ihn zu, erleichtert, ihn zu sehen und den Tränen nahe, doch ein Blick in sein Gesicht warnte sie und sorgte dafür, dass sie stehen blieb.

Er drehte sich um und ergriff den Berber am Kragen. „Sprich, warum habt ihr uns überfallen? Warum beraubt ihr mich?" Wütend schüttelte Karim ihn.

Die Augenlider des jungen Mannes flatterten. Mit sichtlicher Mühe drehte er seinen Kopf und sah zu Topaz hinüber, die einen Schritt zurücktrat und dabei gegen Bassam prallte, der ihre Schultern umfasste. Sie hielt still und beobachtete den Berber und Karim.

Der Berber wandte sich an Karim. „Sie gehört mir, Ihr habt kein Recht, die Frau für Euch zu beanspruchen. Sie hat mir ihr Herz geschenkt."

„Das ist nicht …", begann Topaz und verstummte, als Bassams Griff schmerzhaft fest wurde.

„Schweig", befahl er in ihr Ohr flüsternd und Topaz gehorchte verwirrt.

„Sie mag dir ihr Herz geschenkt haben, doch mir gehört ihr Körper", sagte Karim kalt. „Wage es nicht, dich noch einmal in unsere oder in die Nähe meiner Leute zu wagen! Wiederholst du deinen Angriffsversuch oder kommst du mir oder einem der meinen ein weiteres Mal unter die Augen, dann erwartet dich ein langsamer und grauenvoller Tod!"

Die Drohung war ernst gemeint, das spürte auch der Berber. Topaz erkannte trotz der Dunkelheit, dass sein blutverschmiertes Gesicht angstverzerrt war.

Karim richtete sich auf und nickte Bassam auffordernd zu. „Lass uns gehen." Ein letztes Mal wandte er sich dem Berber zu. „Du weißt, dass die Gesetze der Wüste deinen Tod fordern. Doch deine Leute haben keins meiner Stammesmitglieder ernsthaft verletzt oder getötet und meine Sklavin habe ich auch unbeschädigt zurück. Deshalb bin ich gewillt, Gnade vor Recht ergehen zu lassen. Hältst du dich nicht an meine Befehle, töte ich dich schneller, als du das Wort Erbarmen winseln kannst! Hast du das verstanden?"

Erneut beugte Karim sich vor und fixierte den jungen Mann aus zusammengekniffenen Augen. Dieser starrte Karim aus weit aufgerissenen Augen an und nickte dann langsam und mit flatternden

Lidern. Noch einmal griff Karim nach dem Entführer, packte ihn am Kragen und starrte ihn an, ehe er ihn von sich stieß.

Karim richtete sich auf und nickte Bassam zu. „Kehren wir nach Hause zurück."

An dem Platz, an dem das Lagerfeuer glühte, standen die Pferde der beiden. Während Bassam Topaz einen Burnus umhängte, schwang sich Karim auf sein Pferd. Er schenkte Topaz nicht einen einzigen Blick, auch nicht, als er sein Reittier wendete.

„Reite du mit der Sklavin", verlangte er lediglich von Bassam und ritt los.

Topaz' Magen zog sich zusammen wegen dieses Ignorierens ihrer Person. Er kam, um sie zu retten, und nun beachtete er sie gar nicht. Das schmerzte weitaus mehr, als es sollte, und mehr, als ihr gut tat.

Während sie vor Bassam auf seinem Pferd saß, starrte sie auf Karims Rücken und kämpfte mit ihren Empfindungen und der Erkenntnis darüber, was ihr vor so kurzer Zeit bewusstgeworden war: Sie hatte Gefühle entwickelt für ihren Sklavenhalter, ihren Herrscher, den Mann, für den sie nie mehr sein würde als ein ‚Ding'. Allein der Gedanke hätte ihr das Herz brechen können, doch im Moment dachte sie nur daran, dass er gekommen war, um sie zu retten. Sie würde keinem anderen Herrn gehören, niemals. Wenn sie ehrlich zu sich selbst war, wollte sie nicht einmal Karim gehören, nicht als seine Sklavin. Als seine Gefährtin und Geliebte, ja, das wäre für sie ein akzeptabler Status, jetzt, nachdem ihr klargeworden war, dass sie keinesfalls zuließe, dass ein anderer Mann ihr nahekommen dürfte, schon gar nicht als ihr Herr. Doch sofern sie Karims Verhalten richtig deutete, empfand er nicht einmal ansatzweise dasselbe wie sie. Das bedeutete für sie, dass sie an ihrem Vorhaben, davonzulaufen und nach Frankreich zurückzukehren, festhalten würde.

Auch wenn sie dort einsam wäre und sich bestimmt schwertun würde, wieder allein zu leben, weil sie sich daran gewöhnt hatte, Teil einer orientalischen Dorfgemeinschaft zu sein, und sich über die Monate einen Platz in deren Mitte erarbeitet hatte.

Sie seufzte, und Bassam beugte sich vor, sodass sie seinen Atem an ihrem Ohr hörte. „Alles in Ordnung?"

„Selbstverständlich", erwiderte sie.

„Hatte der Berber recht? Standet ihr euch nahe?"

„Niemals!", sagte Topaz empört. „Ich erinnere mich nicht einmal mehr daran, ihm überhaupt begegnet zu sein. Ich vermute, er war der Berber, dem ich bei einem Fluchtversuch in die Arme gelaufen bin."

„Du hast versucht, Malek zu entfliehen?" Bassam klang amüsiert.

„Natürlich!"

„Du gefällst mir, du hast Schneid und Feuer und ein Ehrgefühl, wie es einer Beduinin vom Stamm der al-Wahhabs würdig ist."

Topaz wurde warm bei diesem Lob, ihre Freude wurde aber davon gedämpft, dass Karim befahl, still zu sein.

Bassam zwang sein Pferd mit einem Schenkeldruck dazu, schneller zu laufen, was Topaz nur wahrnahm, weil Bassams Knie gegen ihre Beine stießen. Er lenkte sein Reittier neben das Karims. „Gibt es ein Problem? Sind die Angreifer noch in der Nähe?“

Karim verneinte. „Alles ruhig, unsere Leute sind sicher.“

Topaz hob ihren Blick und sah vor sich zwischen zwei Sanddünen den Platz, auf dem die Zelte der al-Wahhabs standen. Durch die verschiedenen im Lager verteilten Feuerstellen herrschte genug Licht, um die Umrisse zu erkennen.

Als sie die Dünen passierten, entdeckte Topaz eine Wache, die am Rand der Siedlung die Augen offenhielt. Als er Karim, Bassam und Topaz erkannte, entspannte sich der Aufpasser sichtlich. Er stieß einen Laut aus, der wie das Heulen eines Wüstenfuchses klang, wohl um die anderen Wachleute über die Rückkehr ihres Herrschers zu informieren.

„Seid ihr beide allein aufgebrochen, um mich zu befreien?“, erkundigte sich Topaz nun.

„Wir waren zu fünft. Als klar wurde, dass dein Entführer keine Begleiter hatte, schickte Karim die anderen wieder ins Zeltdorf zurück. Er fürchtete, es könnte eine List sein, um die Krieger aus dem Dorf fortzulocken“, erklärte Bassam.

Topaz nickte. Ein nachvollziehbarer Gedanke, nur eines war ihr rätselhaft: Hatte ihr Entführer seine Leute nur mobilisiert, um das Lager anzugreifen und sie zu verschleppen? Warum das und woher wusste er, wo er sie finden konnte?

Wenn er Malek damals verfolgt hatte, als dieser Topaz zu Scheich Karim gebracht hatte, hätte er doch nicht so lang gewartet, sie zu verschleppen. Vor allem hätte es mittlerweile etliche Gelegenheiten gegeben, sie einfacher und schneller fortzuschaffen.

Was also war vorgefallen, dass dieser Berber seine Leute zu einem Überfall überredete? Nach einigem Grübeln kam sie zu dem Schluss, dass es vermutlich diese ganzen Monate gedauert hatte herauszufinden, wo sie abgeblieben war. Vielleicht hatte er bis vor Kurzem geglaubt, sie lebte noch immer als eine von Maleks Haremsdamen bei ihm. Sicher gab es jemanden im Hause Maleks, der für ein bisschen Schmiergeld mit kluger Fragetaktik die Belange des Haushaltes ausplauderte.

Topaz wollte sich nicht länger den Kopf über den fehlgeleiteten Verehrer zerbrechen. Sie hatte die Panik in seinem Blick erkannt, als Karim ihn bedrohte. Der Berber würde gewiss niemals wieder auch nur einen Schritt in ihre oder die Richtung der al-Wahhabs wagen. Sie wollte ihn schnell vergessen, er war ihr zu unbedeutend und für sie gab es viel gewichtigere Fragen und Sorgen.

Im Lager angekommen, half Bassam ihr beim Absteigen. Noch immer beachtete Karim sie nicht, sondern wandte sich an seinen Vertrauten.

„Sie soll in meinem Zelt auf mich warten“, verlangte er, während er einem jungen Stammesmitglied die Zügel seines Pferdes in die Hand drückte und dann mit festen Schritten davonstolzierte.

Topaz schluckte und sah Bassam an. Dieser nickte ihr ernst zu. „Du hast ihn gehört. Geh!“

Einen Moment überlegte sie noch, ob sie von Bassam in Erfahrung bringen könnte, weshalb Karim ihr grollte, denn genau das war es, was ihn umtrieb. Aus irgendeinem ihr völlig unbekannten

Grund war Karim wütend. Sie sah in Bassams Gesicht und entschied, Karim selbst danach zu fragen. Bassam würde seinem Herrscher und Freund nicht in den Rücken fallen, indem er einer Sklavin wie Topaz irgendetwas anvertraute.

Mit der üblichen Geste verabschiedete Topaz sich von Bassam, schlug die Kapuze ihres Burnus zurück und schob den Stoff über die Schultern, ohne den Knebelverschluss am Hals zu öffnen, ehe sie in Karims Zelt ging.

Ibrahim erwartete sie im Innern. „Noura, du bist wohlauf! Der Herr konnte dich den feigen Entführern entreißen, Allah sei gepriesen!"

Seine Augen glänzten verdächtig, und Topaz war gerührt, denn sie hätte nicht geglaubt, dass er so viel für sie empfand, dass er sich derart Sorgen machen würde. Immerhin war sie nur eine Sklavin.

„Kommt. Als man mir sagte, ihr alle wärt heil zurückgekehrt, habe ich heißen Tee gebracht. Trink eine Tasse, das wird dir guttun."

Den Burnus ausziehend, nickte sie. „Etwas Heißes wäre in der Tat wohltuend, nach den Aufregungen der letzten Stunden", gestand sie.

Während der alte Diener ihr Tee einschenkte, Zucker in die Tasse gab und umrührte, fragte Topaz ihrerseits nach seinem Wohlbefinden und dem der anderen im Dorf.

„Ein paar Verletzte, nichts weiter. Als ob die Angreifer uns nur ablenken wollten. Sehr seltsam. Wenn du mich nach meiner bescheidenen Meinung fragst, hatten sie genau das im Sinn."

„Lass gut sein, alter Mann, davon verstehst du nichts", meinte Karim streng.

Topaz und Ibrahim drehten sich um. Unbemerkt war Karim ins Zelt gekommen und hatte auf jeden Fall die letzten Worte Ibrahims vernommen.

Der alte Diener verneigte sich.

„Geh, ich brauche dich heute Abend nicht mehr“, sagte Karim.

Er verharrte reglos, bis Ibrahim das Zelt verlassen hatte. Dann erst wandte er sich zu dem hohen Tischchen, auf dem die Waschschüssel stand, und wusch sich seine Hände, sein Gesicht und den Nacken. Er zog sein Hemd aus und ließ es achtlos zu Boden fallen, ehe er seinen Oberkörper reinigte. Topaz fragte sich, ob ihm klar war, dass er ihr damit einen völlig freien Blick auf seinen vernarbten Rücken gewährte. In der ganzen Zeit, die sie in seiner Gegenwart verbracht hatte, war er immer zurückhaltend gewesen, wenn es darum gegangen war, ihr die Betrachtung seiner Rückseite zu gewähren.

Karim drehte sich so abrupt um, dass Topaz zusammenzuckte. Er funkelte sie wütend an, und nun wäre es Topaz doch lieber gewesen, er würde sie gar nicht weiter beachten.

„Du bist wütend auf mich, aber ich weiß nicht, weswegen“, sagte sie, als er nach schier endlosen schweigenden Momenten, in denen er Topaz nur gemustert hatte, immer noch nicht sprach.

„Das solltest du ganz genau wissen!“ Endlich brach er sein Schweigen.

Zwar wusste Topaz nicht, was sie verbrochen hatte, aber Karims Ärger wurde ihr nun klar. „Du bist wegen dieses Berbers zornig“, erkannte sie.

Karim kam mit großen Schritten auf sie zu und packte sie grob an den Schultern.

„Wie konntest du mir das antun? Wie konntest du einem anderen dein Herz schenken, wo du doch …“ Er verstummte und schüttelte sie stattdessen.

Topaz ließ es über sich ergehen, verstand aber nicht, warum er so aufgewühlt war und ihr die Schuld für die Gefühle eines anderen gab. Sie hatte nichts getan, was seinen Ärger rechtfertigte.

„Hör auf“, stieß sie nun hervor. „Ich habe ihm überhaupt nichts geschenkt, nicht einmal einen Blick. Ich kannte ihn vor meiner Entführung gar nicht. Mir ist völlig schleierhaft, wie dieser Berber auf diesen irrsinnigen Gedanken kommt! Er hat mich nur einmal kurz gesehen und ich habe mich erst draußen in der Wüste wieder an ihn erinnert.“

„Er wird doch nicht von sich aus auf den Gedanken verfallen! Du wirst ihn ermutigt haben“, warf Karim ihr vor.

Topaz versuchte, sich aus Karims Griff zu befreien. „Lass mich los!“

Seine Finger bohrten sich jedoch nur umso fester in ihre Schultern. So fest, dass sie sicher blaue Male an diesen Stellen davontragen würde.

„Ich habe dir gesagt, dass ich nichts dergleichen getan habe, und jetzt gib mich frei!“, sagte sie wütend. „Weshalb glaubst du ihm mehr als mir?“

„Weil er keinen Grund hatte zu lügen. Du bist es, die den Angriff auf meine Leute verursacht hat mit dieser Tändelei. Du bist die Verantwortliche für alles, was vorgefallen ist. Du hast mich gedemütigt und meine Ehre durch den Schmutz gezogen!“

Als sie sich anstarrten, flogen plötzlich regelrecht die Funken zwischen ihnen. Die Spannung hing bleischwer in der Luft, und Topaz konnte kaum atmen, ihr ganzer Körper schien zu pulsieren und zu kribbeln und zugleich fühlte sie sich leer und kalt. Dieses Gefühl des Verlusts und der Einsamkeit konnte nur durch Karim getilgt werden, glaubte sie. Sie wusste nicht, warum und vor allem warum jetzt, aber schlagartig wollte sie ihn. Seine Nähe, seinen Körper.

Karim schien das Gleiche zu empfinden. Er legte seinen einen Arm um ihre Hüften, die Hand des anderen auf ihren Hinterkopf und zog sie eng an sich, zwang sie an seinen Körper, und auch wenn ihre Arme frei waren, konnte sie sich nicht wirklich wehren, wollte es auch gar nicht, obwohl sie ihre Fäuste auf seinen Rücken hämmerte. Er senkte seine Lippen auf die ihren, drängte seine Zunge in ihren Mund und eroberte ihre Mundhöhle. Sein Kuss besaß eine Aggressivität wie schon lange nicht mehr. Als wollte er auf diese Weise deutlich machen, dass sie *sein* Spielzeug und Besitz war. Und im Gegenzug hielt Topaz dagegen, wollte sich nicht beherrschen lassen und ihm zeigen, dass sie es war, die erlaubte, dass er sie so benutzte. In diesem Moment hatte sie Lust, ihm zu beweisen, dass sie nicht ein einziges Mal Sex gehabt hatten, bei dem sie tatsächlich die Unterlegene gewesen war. Sie hatte sich ihm schließlich freiwillig hingegeben. Hatte ihn glauben lassen, er hätte die Macht über sie. Er hatte nie erfahren, was es hieß, sich mit ihr auseinanderzusetzen, wenn sie kämpfte!

Sie spreizte ihre Finger und bohrte ihm ihre Fingernägel in die Schulterblätter. Er stöhnte und schob sie grob von sich. Seine Wut hatte sich kein bisschen gemildert, im Gegenteil. Ihre Reaktion hatte ihn erst richtig wütend gemacht.

Topaz schluckte und erwiderte seinen Blick ohne Furcht. Ihr Zorn hingegen fiel in sich zusammen. Schlagartig begriff sie, dass jeder Aggression, die mit ebensolcher Feindseligkeit beantwortet wurde, nur zu einer weiteren Eskalation beitrug. Dass jede Aktion eine Erwiderung hervorrief, und dass hier, in dieser Situation, Zorn der falsche Weg war.

Sie hielt still, wurde ruhig und sah in Karims ebenmäßiges Gesicht, in dem sich im Moment so viele Emotionen spiegelten, dass sie darin hätte ertrinken können. Sein innerer Zwiespalt und seine Aufgewühltheit waren so offensichtlich für Topaz, als würde sie seine Gedanken lesen. Sie regte sich nicht und leistete keinen Widerstand, als Karim ihr Gewand zerriss.

Das Geräusch des zerreißenden Stoffes besaß etwas Befreiendes. Karim zerrte ihr die Reste vom Körper, zwang sie dann, sich herumzudrehen und packte sie grob am Haarschopf. Er schubste und schob sie zum Bett und schien nicht zu merken, dass sie ihm freiwillig gehorchte. Vielleicht dachte er auch, sie hätte Angst vor ihm, doch nichts dergleichen stimmte. Sie tat es aus Liebe, weil sie spürte, dass er es brauchte, jetzt, nach den Ereignissen der letzten Stunden. Genau, wie sie selbst es brauchte. Seine Nähe und das Gefühl, ganz ihm zu gehören, ihn zu riechen, zu schmecken, zu spüren, ihn tief in sich aufzunehmen und dabei seine unverfälschte pure Gier zu erleben. Sie wollte es, sie wollte, dass er grob zu ihr war, dass er sich nahm, was er wollte, wonach es ihn verlangte. Sie würde es ihm diesmal aus eigenem Antrieb geben, ohne Gerangel, ohne Bedauern, dass er sie nur als Objekt zu seiner Lustbefriedigung betrachtete. Es war das, was auch sie wollte, dass er sie benutzte, nach seinem Wunsch, nach seiner Lust, und sie würde es ihm mit Freuden schenken.

Danach hatte er sie meist in seinem Bett behalten und gezwungen, die Nacht an seiner Seite zu verbringen. Anfangs hatte sie es als erniedrigend und eine andere, neue Art der Tyrannei empfunden, doch im Lauf der Zeit hatte sie es als verqueres Zeichen eines Muselmanns, seine Zuneigung zu zeigen, gedeutet. Vielleicht war das Wunschdenken, vielleicht war es der Versuch, vor sich selbst zu rechtfertigen, dass sie sich nicht länger wehrte und ihre Fluchtversuche mehr und mehr in Vergessenheit gerieten. Vermutlich hätte sie vor allem in den letzten Wochen genug Chancen gehabt, Karim zu entkommen.

Jetzt stand sie am Bett eines Karims, der seine Empörung über ein vermeintliches Vergehen ihm gegenüber abreagieren wollte, und alles, was Topaz durch den Kopf ging, war, dass sie ihn liebte. Nach Monaten in seiner Gegenwart waren in ihr Gefühle für ihn gekeimt, doch sie vermutete, dass alles, was sie von ihm bekommen könnte, rauer Sex und ein wenig seines Wohlwollens wären.

Das genügte ihr nicht. Und vor allem jetzt nicht mehr, nachdem sie erkannt hatte, was in ihr vorging.

Karim stieß sie auf die Matratze und sie verlor das Gleichgewicht und fiel der Länge nach hin. In Windeseile hatte sich Karim seiner Hose entledigt und stürzte sich auf sie.

Er küsste sie wild und wie rasend. Seine linke Hand umfasste ihre Brust und knetete sie fest. Immer wieder unterbrach er die Bewegung und streichelte ihren Nippel, mal sanft, mal härter.

Das Kribbeln, das ihren Körper überwältigte, ließ sie seufzen. Sie wand sich unter Karim, fühlte das Kratzen seiner Beinhaare an ihren Schenkeln und die Hitze, die seine Haut verströmte. Sein Schwanz drückte sich voll erigiert an ihren Schamhügel, und Lust pochte in ihrer Möse, so heftig und nachhaltig, dass sie bereits mehr als feucht war.

Karim hätte augenblicklich in sie stoßen können, und sie hätte es nicht nur zugelassen, sondern sogar genossen. Sie stöhnte, als Karims Lippen sich von ihrem Mund lösten und knabbernd, beißend über ihr Dekolleté nach unten auf ihre Brüste wanderten. Gleichzeitig fuhren seine Hände an ihren Seiten hinab. Die Finger bohrten sich in ihre Haut, während sein Mund ihre Nippel umschloss und so hart daran sog, dass der Schmerz ihr einen kurzen Schrei entlockte. Abwechselnd kümmerten sich Karims Lippen um ihre linke und rechte Brustspitze, saugten oder bissen hinein, um sie dann lang zu ziehen. Er widmete ihren Brüsten außergewöhnlich viel Zeit, vor allem aber ihren Nippeln.

Seine Hand griff an ihren Bauch, und er richtete sich ein wenig auf, um mit der rechten zwischen ihre Spalte zu gelangen. Währenddessen begann sein Daumen ihre Klitoris zu reiben, die anderen Finger ruhten an ihrer Mitte. Das unaufhörliche Streicheln und Tasten ließ in Topaz heiße Lust hochbrodeln, und binnen weniger Atemzüge kochte ihre Begierde schier über. Sie fühlte das Zusammenziehen ihres

Unterleibs, wie sie nass und nasser wurde und Karims Bewegungen immer schneller und härter. Sie bog sich ihm entgegen, grätschte ihre Beine noch mehr, um ihm besseren Zugang zu gewähren.

Alles in ihr begann, zu pulsieren, als rhythmisches Zucken ihre Möse eroberte. Genau in dem Moment, als sie glaubte, endlich erotische Erlösung zu empfangen, hielt Karim mit allem inne. Stattdessen erhob er sich und nahm seine Hände von ihrem Körper. Er vergrößerte den Abstand zwischen ihnen, sodass sich nur noch ihre Schenkel berührten.

Topaz' gesamter Leib verzehrte sich nach dem befriedigenden Höhepunkt, der sich bereits angekündigt hatte. Ihre Haut prickelte, und die Leere in ihrer Möse verführte sie dazu, sich Karims Unterkörper entgegen zu recken, in der Hoffnung, ihn in sich aufnehmen zu dürfen. Sie wollte seinen harten Schwanz zu spüren bekommen und die sinnlichen Höhen gemeinsam mit ihm erklimmen, während sich gleichzeitig mit der ekstatischen Entladung auch Karims Ärger im Nichts auflöste.

Sie schluckte und suchte seinen lustvoll verschleierten Blick. Seine Hand schoss vor und legte sich um ihre Kehle, fest genug, um ihr die Luftzufuhr abzuschneiden, wenn er auch nur noch ein wenig energischer würde. Sein bezwingendes Starren hypnotisierte sie.

„Du musst endlich begreifen, dass du Mein bist. Du gehörst mir mit Haut und Haaren und ich allein bestimme über dein Wohl und Wehe!" Sein Daumen strich beinahe zärtlich über ihren Hals, jedoch ohne dass sich der Griff an ihrer Kehle lockerte. Er beugte sich vor, und die Lust in seinem Blick wurde begleitet von Wut, und ganz kurz glaubte Topaz zu erkennen, wie auch Unsicherheit darin aufflackerte.

„Ja, Hoheit!“, flüsterte Topaz krächzend.

Karim löste seinen Griff, zog sich ein Stück von ihr zurück, rutschte von der Matratze und stand vor dem Bett. „Dreh dich um, Sklavin, du sollst mir nicht ins Gesicht blicken, während ich dich nehme!“

Verstört, aber doch gehorsam, tat Topaz, was er wünschte. Sie würde sich ihm hingeben, würde ihm schenken, was er an sich zu reißen gedachte, um ihm so ihre Gefühle offenzulegen. Sicher begriff er gar nicht, dass sie dies aus Liebe tat. Vermutlich interessierte es ihn auch überhaupt nicht. Dass sie eine sexuelle Begegnung, die leicht eine Vergewaltigung hätte werden können, in eine lustvolle Erfahrung verwandelte. Sie wollte, dass er sich nahm, was er brauchte, um wieder Frieden in seine Seele einziehen zu lassen. Dass er wenigstens spürte, dass es für Topaz keinen anderen gab, dass er allein ihren Körper benutzen durfte, aber vor allem ihr Herz besaß. Als sie auf dem Bauch dalag, packte er sie unterhalb der Knie und zog sie an den Rand des Schlaflagers

„Dort auf dem Tischchen steht eine Flasche Öl, reich sie mir“, befahl er harsch, und Topaz reckte sich nach dem Ölfläschchen, das auf dem Beistelltisch neben dem Bett stand. Sie hob es über ihren Kopf und Karim ergriff die Phiole.

„Knie dich hin!“

Topaz befolgte auch diese Anweisung. Noch immer kreiste die Lust in ihrem Leib, prickelte die Erregung auf ihrer Haut.

Karim packte ihre Haare und wickelte sich die Längen ein paarmal um die Hand, wenigstens fühlte es sich so an. Als Nächstes knallte seine andere Hand auf ihre Pobacke, sodass ihr der Schmerz die Tränen in die Augen trieb. Es folgten weitere Hiebe, so hart, dass die Pein sie von Kopf bis Fuß durchzuckte. Sie entschied, dass alles ein Ende hatte, weiter ließe sie sich nicht quälen, und als Karim seine Hand fortnahm, machte sie sich bereit, ihm ihre Kehrseite zu entziehen, sogar vom Bett zu fliehen, doch dann nahm sie kühle Tropfen auf ihrem Po wahr. Ein paar davon kullerten zum oberen Ende ihrer Pospalte, offenbar hatte Karim vor, sie ein wenig zu massieren oder Ähnliches.

Tatsächlich begannen seine Hände ihre Rückseite zu kneten und mit festem Drücken und Kreisen zu streicheln. Kurz, viel zu kurz währte diese Zuwendung, als nächstes glitt sein Zeigefinger zwischen ihre Poritze, wanderte auf und ab, und immer wenn der Finger über ihren Anus strich, hielt Topaz furchtsam den Atem an. Schließlich nahm Karim die Hand fort und neue Öltröpfchen rieselten auf ihre Pomitte, das Verlaufen der öligen Feuchtigkeit kitzelte auf ihrer Haut, und Topaz war zerrissen von Wollust, Neugier und Furcht, was Karim vorhaben mochte. In all den Monaten hatte er ihrer Pospalte nie ernste Aufmerksamkeit geschenkt. Er beugte sich über ihr Ohr und sein heißer Atem wehte über ihren Nacken und Haaransatz.

„Heute Nacht werde ich die letzte Pforte zu deinem Körperinnern erobern. Dieses Vorrecht gebührt einzig und allein mir, und wenn dich auch nur ein Mann begehrlich mustert, so werden wir beide immer wissen, dass er nicht eine Stelle deines Körpers in Besitz nehmen kann, die nicht schon mir gehört hat“, raunte Karim.

Er richtete sich auf und legte seinen Finger erneut auf ihren Anus. Er gönnte ihr einen Atemzug lang Pause, ehe er damit fortfuhr die Rosette zu massieren, erst sanft, dann fester. Sie verkrampfte sich, obwohl es kein unerquickliches Gefühl war, wenn er sie dort berührte. Bedenken überkamen sie, ob sie das zulassen konnte. Sie wollte ihm vertrauen, wollte ihm beweisen, dass sie sich ganz und ausschließlich ihm hingab, aber ihr Verstand blockierte.

Karims andere Hand legte sich auf ihre Möse, streichelte ihre Klitoris, behutsam, dann kräftiger, wieder sachter und doch wieder energischer, bis die Erregung ihren gesamten Unterleib erfasste, sie zugleich entspannte und aufwühlte. Topaz zitterte, und dies war für Karim das Signal, den Finger fester gegen ihre Rosette zu pressen, bis der obere Teil seines Zeigefingers ihren Anus penetrierte. Das Druckgefühl war so fremd wie unangenehm, doch sie verharrte still, vertraute darauf, dass Karim ihr trotz allem nichts zufügen würde, was ihr Schmerzen oder Verletzungen verursachte. Er bewegte seinen Finger nicht, hielt ihn an Ort und Stelle und gab ihr die Zeit, sich daran zu gewöhnen, an das fremdartige Gefühl der Dehnung. Der Drang, sich zu entziehen und aus Lust oder Neugier doch mehr zu fordern, beherrschte ihre Gedanken. Sie wusste nicht, was sie wollte.

Karim nahm seine Hand von ihrer Klitoris und goss erneut Öl auf ihre Rosette, während er zugleich den Finger bewegte und, durch das Öl begünstigt, tiefer eindrang. „Du bist so verdammt eng, welch ein Genuss!“, sagte er heiser.

Seine Schwanzspitze lag plötzlich zwischen ihren Schamlippen und stieß in sie hinein. Sie war weiterhin feucht und erregt. Die Lust war so groß, dass Topaz bereits fühlte, wie sich ihre Möse zusammenziehen wollte. Vielleicht durch die ungewohnte Enge oder weil sein Zeigefinger immer noch in ihrem Po steckte. Sie keuchte und entspannte sich, im selben Moment flutschte der Finger aus ihrem Po, nur um sofort vom Daumen ersetzt zu werden. Die Wollust, die sie durchfuhr, war anders und zudem nicht weniger durchdringend als jene, die sie sonst verspürte, wenn sie Karim beiwohnte. Sie stöhnte und wollte sich seinem Daumen doch entziehen, während Karim sich gnadenlos tiefer in sie zwängte. In ihrer Möse herrschte ein Gefühl von intensiver Enge, die ihre Schamlosigkeit in selten gekannte Höhen trieb.

Karim entzog sich ihr. Im nächsten Moment lag die Eichel an ihrer Rosette und presste dagegen. Rutschig von Öl und Topaz’ Säften glitt die Spitze seines Schaftes mit wenig Mühen in ihren Po. Eiseskälte und Lust durchzuckten sie. Sie wand sich, wollte ihm entkommen. Doch er packte sie mit hartem Griff an der Schulter und hielt sie fest, um dann seine freie Hand auf ihre Klitoris zu legen und dort jenen kleinen Knopf zwischen den Hautfalten zu suchen. Er rieb sacht über die Perle, während er seinen Schwanz unerbittlich in ihren Hintern trieb, um sich sofort um genau dieselbe Distanz zurückzuziehen. Vor, zurück, aber mit jedem Vordringen befand er sich tiefer in ihr, und Hitze und Kälte und Lust jagten ihr Rückgrat empor.

Sie stöhnte, war überwältigt von der Vielzahl der Empfindungen, die sie niederwarfen, emotional und körperlich. Karim schien nicht darauf zu achten, drang in sie ein und zog sich wieder zurück, rieb ihre Klitoris, und sie hörte ihn erregt keuchen und stöhnen.

Die Begierde ballte sich in ihr zusammen, zitterte, vibrierte in ihr wie ein kaum zu bändigendes eingekerkertes Tier.

Das Gefühl der Dehnung und die dadurch ausgelöste hochkochende Erregung wollten sich Bahn brechen, Topaz' Körper überrollen. Sie spürte, wie sich die Empfindungen in ihrem Leib ausbreiten wollten, bereit, zu explodieren, doch irgendetwas hielt sie noch zurück. Dann überwältigte sie ein Zucken, ein Beben, die Vorhut des Höhepunkts. Karims Berührungen intensivierte die Erregung. Das, zusammen mit dem ungewohnten neuen Gefühl der Reibung und des Ausgefülltseins in ihrem Po, löste ein komplett anderes Erleben körperlicher Lust aus. Karims Bewegungen wirkten schwerfälliger, konzentrierter. Gleichzeitig überwältigte sie Begierde, breitete sich in ihrem Unterleib aus und versetzte ihren Körper in einen stürmischen Höhepunkt aus Anspannung und Entspannung, Hitze und Kälte.

Ekstatische Zuckungen entzogen ihr die Kontrolle über ihre Glieder, so heftig, dass sie Karims Befriedigung kaum wahrnahm. Sie fühlte die Hitze und Feuchtigkeit seines Samens, das Pulsieren seines Schwanzes und den harten Druck seines Daumens auf ihrer Klit, der ihr gezielt weitere Spasmen abverlangte. Sie keuchte, schrie und zuckte. Karim bändigte sie mit einem harten Griff an ihrem Po, zwang sie, stillzuhalten, statt sich erneut aufzubäumen. Er stöhnte heiser und hörbar erlöst klingend.

Topaz legte ihre Stirn auf die Matratze, holte geräuschvoll Luft und versuchte, zu Atem und Ruhe zu finden. Karim zog sich aus ihr zurück und verpasste ihr einen Klaps auf den Arsch. Sie dachte, nun hätte er sich abreagiert, und fühlte sich besser.

Er erhob sich, und sie hörte, wie er an der Waschschüssel hantierte. Wasser plätscherte. Nach einer Weile kam er erneut zum Bett zurück. Topaz lag erschöpft, aber auch befriedigt und entspannt da und glaubte, nun wäre alles wieder in Ordnung. Er hätte eingesehen, überreagiert zu haben, und vielleicht gemerkt, dass sie sich ihm und seiner Wut hingegeben und aus Liebe seinen Zorn und seine Grobheiten erduldet hatte. Mit einem genießerischen Seufzer, obwohl ihr alle Gliedmaßen schmerzten und ihr Po sich wund und seltsam leer anfühlte, drehte sie sich um und sah, dass er sie immer noch voller Misstrauen beäugte.

„Du kannst dich säubern und anschließend gehen“, erklärte er. Die Handbewegung, mit der er ihr andeutete, aus dem Bett zu verschwinden, war so eindeutig, dass Topaz nicht zögerte aufzustehen. Wenn er sie so ohne jede Wertschätzung, so mit Argwohn bedachte, dann wollte sie nicht in seiner Nähe bleiben. Keinen Augenblick länger als nötig.

Obwohl sie enttäuscht und wütend war über seine Unversöhnlichkeit und ungerechte Eifersucht, ging sie dennoch an die Schale mit dem parfümierten

Wasser, das heute nach Orangen und Zimt duftete, und begann, sich zu waschen. Sie tat es zügig, aber gründlich, wusch sich Karims Geruch, seine Berührung ab und schlüpfte anschließend in ihre Kleider, zupfte Ärmel und Kragen zurecht und verließ das Zelt.

Kapitel 9

Komplett aufgewühlt und durcheinander überquerte sie den Platz und ging hinüber zum Frauenzelt. Bis auf die Wachen, die die Beduinensiedlung beschützten, schliefen sicher alle. Ohne Zweifel waren die Krieger heute Nacht aufmerksamer als sonst, und bestimmt hatte Karim auch mehr Männer dazu abgestellt, die Zelte und ihre Bewohner zu beschützen. Topaz verlangsamte ihre Schritte, als ihr Blick auf die Umzäunung fiel, innerhalb derer sich die Kamele, Pferde und Lasttiere des Dorfes befanden. Ein Pferd nehmen, heimlich satteln, sich vorbei an den Wachen schmuggeln und davonreiten …

Bis irgendjemand etwas bemerkte, wäre sie sicher meilenweit weg. Bis man dann eine Spur von ihr entdeckte, konnte sie bereits im Gewusel der großen Städte untergetaucht sein oder sich gar auf einem Schiff nach Europa befinden.

Ihr Herzschlag beschleunigte sich bei diesem Gedankengang und ihre Füße froren in der Bewegung ein. Die Aufregung, die sie durchflutete, beseitigte jegliche Erschöpfung und Müdigkeit schlagartig, sogar ihr Ärger verblasste angesichts dieser Gedankenspiele.

Sollte sie tatsächlich jetzt sofort gehen? Niemand rechnete damit, dass sie fliehen würde. Im Frauenzelt ging man zu Recht davon aus, dass sie sich bei Karim aufhielt, und Karim dachte, sie wäre im Frauenzelt. Eigentlich die beste Gelegenheit seit Langem. Einzig die verstärkte Wachmannschaft könnte ihrer Flucht ein rasches unerfreuliches Ende bereiten.

Topaz warf einen Blick hinüber zu Karims Zelt. Er achtete nicht auf sie und behandelte sie ohne Respekt, mehr wie einen Gegenstand denn als denkenden, fühlenden Menschen. Seine völlig unberechtigte Eifersucht und sein daraus resultierendes Verhalten war das eines Barbaren, eines Wüstlings! Ganz sicher würde sie künftig nicht so mit sich umspringen lassen. Die Erkenntnis, dass sie etwas für Karim empfand, mehr sogar, als gut für sie war, befeuerte ihren Entschluss, so schnell wie möglich zu flüchten. Sobald sie die Zivilisation erreicht hatte, würde sie die Nähe ihrer Landleute oder wenigstens von Europäern suchen. Vielleicht erwiesen sie sich als barmherzig genug, sie zu beschützen und unter ihre Fittiche zu nehmen. Noch erfreulicher wäre es, wenn sie es ihr ermöglichen könnten, zurück nach Frankreich zu reisen. Topaz würde jeden Centime ihrer Überfahrt zurückzahlen, und sollte es bis ans Ende ihres Lebens dauern! Solange sie nur fortkam von Karim, dem Scheich ohne Herz, und dem ewigen Sand der Wüste.

Sie vertraute darauf, dass sie tatsächlich erfolgreich sein würde. Nicht nur, weil sie den Schwur geleistet hatte, aus der Sklaverei zu entkommen und wieder heimzukehren. Sondern auch, weil diese Hoffnung sie seit dem Tag ihrer Gefangenschaft – erst durch die Berberpiraten, dann im Harem des Sklavenhändlers, anschließend bei Malek und zu guter Letzt bei Karim – hatte stark bleiben lassen. Froh, mit Verstand und Durchhaltevermögen gesegnet zu sein, rekapitulierte sie, in welche Richtung sie sich wenden musste, um sicher unter Menschen zu gelangen. Sie konnte sich nach dem Stand des Mondes orientieren und wo die Stadt Faqaea lag wusste sie auch. Bis zum Morgengrauen musste sie in Sichtweite der Stadt gelangen.

Vielleicht war schon allein der Gedanke irrsinnig und selbstmörderisch, aber sie konnte nicht mehr bleiben.

Je größer die Entfernung wäre, die zwischen ihr, Karim und ihren Gefühlen war, umso besser. Sie durfte keinesfalls dem weiblichen Leichtsinn verfallen, zu glauben, Scheich Karim ben Said al-Wahhab empfände eines Tages etwas für sie. Weder ihre Hingabe noch die völlige Selbstaufgabe würden ihm Beweis genug sein, dass sie es wert war und wie groß ihre Zuneigung war.

Derlei romantische Backfisch-Träume sorgten nur dafür, dass sie ganz sicher unglücklich wurde. Nein, ihr Seelenheil fände sie nur, wenn sie größtmöglichen Abstand zwischen sie beide brachte.

Sie blickte in den Nachthimmel. Kein Stern am Firmament, nur der bleiche Gevatter Mond gab sich die Ehre. Ein weiterer günstiger Umstand für eine Flucht in dieser Nacht. Sie wäre schlecht zu sehen.

Während sie noch zögerte, hörte sie ein Geräusch und dann eine Stimme, die sie aufschreckte und herumfahren ließ: „Gibt es ein Problem? Ist etwas geschehen?“

Der Wachmann kam einige Schritte auf sie zu, hielt dann aber inne, vermutlich hätte dies bedeutet, seinen Posten zu verlassen, etwas, das nur bei Gefahr erlaubt war. Widerwillig drehte Topaz sich um, und überlegte, ob dies ein Wink des Schicksals für sie sein sollte, von ihrem Vorhaben abzulassen.

Sie schluckte und verneinte. „Nein, habt Dank, ich war nur auf dem Weg hinüber ins Frauenzelt und habe den Himmel bewundert und die Luft genossen.“ Sie senkte ihren Blick, zum einen, weil es so üblich war und sie nicht auffallen wollte, und zum anderen, weil sie sah, dass er ihre Worte bezweifelte. Kein Wunder, war die Nacht doch stockfinster, ohne die üblichen Sterne am Firmament, die Topaz hätte betrachten können, und die Luft war zwar kühl, wie es normal in Sternennächten war, zugleich aber unangenehm beißend. Sie hob den Kopf, als der Mann sprach: „Dann beeile dich, wieder hineinzukommen.“

Er starrte sie an, und die Art, wie er sie ansah, verriet Topaz, dass er warten würde, bis sie das Zelt erreicht haben würde. Sie biss sich auf die Wange. Ihr Vorhaben heute Nacht umzusetzen, vergaß sie wohl besser. Wenn der Wächter misstrauisch geworden war, behielt er das Frauenzelt im Auge und warnte auch die anderen, sodass es kein Entrinnen für sie gab. Man würde darauf achten, dass keine Flucht möglich wäre. Also nickte sie nur zustimmend und stapfte Richtung Zelt.

Im Innern empfingen sie Wärme und Düsternis, die lediglich von einer rot glühenden Feuerstelle durchbrochen wurde, die alles mit einem rostfarbenen Schimmer überzog. Topaz gelang es dank des trüben Lichts, zu ihrem Schlafplatz zu kommen, ohne zu stolpern und sich zu verletzen.

Alle schienen zu schlafen, eine der Frauen seufzte im Schlaf und drehte sich herum, woraufhin die Unterlage raschelte.

An ihrem Schlafplatz angekommen, schlüpfte Topaz aus ihrer Tageskleidung, streifte ein Nachthemd über und glitt unter ihre Bettdecke. Obwohl sie nicht erwartet hatte, nach all den Aufregungen des Tages Ruhe zu finden, sondern angenommen hätte, die halbe Nacht darüber zu sinnieren, was und warum alles geschehen war, schlief sie, kaum, dass ihr Haupt das schmale Kopfkissen berührte.

Später ärgerte Topaz sich, dass sie die Flucht nicht versucht hatte, denn die Tage vergingen und auch wenn ihr Entschluss, Karim zu verlassen feststand, gelang ihr die Umsetzung ihrer Pläne auch nach mehreren Tagen nicht. Dabei hatte sie schon ein paar Dinge für eine Flucht beiseitegeschafft und gut versteckt. Aber im Augenblick lagen sie wie mahnende Denkmale in ihrem Versteck.

Ihr Ärger darüber trieb sie an diesem Morgen an. Heute, in dieser Nacht, wollte sie aufbrechen.

Karims Eifersucht hatte sich nicht mehr gelegt seit jenem Zwischenfall. Wenigstens vermutete sie das, denn sie hatte ihn nur noch aus der Ferne gesehen. Beachtlich, wo die Zeltsiedlung doch so klein war, dass man buchstäblich jedem Bewohner mehrmals am Tag begegnen konnte. Topaz folgerte also, dass er ihr aus dem Weg ging, um sie zu demütigen, zu bestrafen oder weil er die Lust auf sie verloren hatte. Aber es war ihr gleichgültig. Umso leichter fiel es ihr, ihn ohne Reue zu verlassen.

Der Tag verging viel zu schnell. Gegen Abend wartete sie nur noch auf einen passenden Moment, den Argusaugen Thiyyas und der Gegenwart der anderen Beduinen zu entfliehen, und tatsächlich schaffte sie es bis zum Versteck ihrer Vorräte.

Bevor sie sich danach bücken konnte, hörte sie eine Kinderstimme hinter sich.

„Du bist Topaz, nicht wahr? Du musst mit mir kommen.“ Der Junge klang verzweifelt. „Bitte! Wir müssen uns beeilen.“

Topaz fuhr herum und starrte auf den dunkelhaarigen Burschen mit den rosinenbraunen Augen, der sie so flehentlich anblickte, dass sie nicht anders konnte, als ihm zu folgen.

„Djamil, wo führst du mich hin?“ Topaz hatte Mühe, dem Jungen zu folgen, der so schnell lief, dass es ihr beinahe vorkam, als würde er vor ihr davonrennen. Sie war froh, dass sie ihre Pumphosen und eine kurze Abba, den wollenen Mantel der Beduinen übergezogen hatte. Thiyya hatte darauf bestanden, dass sie jenen trug, der besonders viele Troddeln an den Ärmeln hängen hatte. Diese und der Schmuck, mit dem sie – für ihren eigenen Geschmack im Übermaß – behängt war, bewegten sich bei jedem ihrer Schritte.

Als sie ihren Kopf drehte, schwang ihr Ohrgehänge so heftig hin und her, dass es gegen ihre Wange baumelte. Sie stieg über einige Steine und war froh, dass Djamil langsamer wurde. Sie wunderte sich, dass Maryam in die Wüste gegangen war, wo sie noch am Morgen erzählt hatte, am Ufer des Gewässers nach heilkräftigen Pflanzen Ausschau zu halten.

Djamil beschleunigte wieder. Fast schien es ihr, als flöhe er vor ihr.

„Djamil, bitte nicht so schnell, ich komme kaum hinterher“, rief sie und atmete schwer.

Größere Strecken durch den Sand zu laufen war anstrengender, als sie gedacht hatte.

Djamil verschwand eben um eine Sanddüne.

Topaz stöhnte. Was machte der Junge nur? Sie blieb einen Moment stehen und versuchte, Maryam zu entdecken, doch sie hielt sich offenbar zwischen den Dünen auf, deswegen lief Djamil wohl dorthin. Also ging auch Topaz hinüber. Obwohl es Abend war und die Sonne langsam im Begriff stand, unterzugehen, war es immer noch so heiß, dass Topaz der Schweiß aus allen Poren kroch.

Die Kleidung haftete an ihrer Haut. Sie fuhr sich über die Stirn und lief etwas langsamer. Sie umrundete die Sanddüne und bekam eine Ladung Sand an den Kopf.

Reflexartig schloss sie die Augen und fühlte die warmen Sandkörner herabrieseln, ein paar blieben an ihren Lippen kleben oder verfingen sich in ihren Wimpern und ihrem Haar.

Sie prustete und wollte ihre Hand hochheben, um über ihr Gesicht zu wischen.

Im selben Moment aber wurde ihr ein rauer Stoffsack über den Kopf gestülpt, und noch ehe sie sich wehren oder etwas Anderes unternehmen konnte, schlug ihr jemand auf den Hinterkopf.

Der Hieb war so heftig, dass sie der Schmerz in eine tiefe Bewusstlosigkeit riss

Hoch über Topaz hob ein Rauschen an, senkte sich nieder und schüttelte ihren Körper durch. Pein und Übelkeit stiegen in ihr auf. Desorientiert hob sie den Kopf und versuchte zu sehen, wo sie sich befand, doch zu ihrem Entsetzen musste sie erkennen, dass um sie herum Schwärze herrschte. Außerdem nahm sie kratzigen Stoff auf Haut und Kopf wahr.

Sie hing kopfüber. Als sie sich bewegte, fühlte sie, dass ihre Hände gefesselt waren, und sie selbst lag bäuchlings auf einem Tier, den Bewegungen nach einem Kamel. Unter dem Sack fiel ihr das Atmen schwer. Es war heiß, stickig und durch den offenbar dicht gewebten Stoff drang kaum frische Luft an Topaz' Mund und Nase. Die Nachwirkungen des Schlages auf den Kopf und der Luftmangel machten sie erneut schläfrig und benommen.

Sie kam erneut zu sich, als sie jemand vom Rücken des Reittiers zog und sich keine Mühe machte, dafür zu sorgen, dass sie auf ihren Füßen sicher zu stehen kam. Wie betäubt, desorientiert und erschöpft fand sie keinen Halt, ihre Beine knickten ein und sie stürzte zu Boden. Sie wimmerte und unternahm einen Versuch, sich aufzurichten, indem sie sich mit den Händen auf der Erde abstützte. Im selben Moment trat ein scheinbar kleiner, aber energischer Fuß gegen ihren Unterarm.

Hart fiel Topaz auf die rechte Wange, weil sie instinktiv den Kopf drehte. In ihren Ohren klingelte es vor Schmerz. Sie stöhnte und wurde grob hochgezerrt. Obwohl ihr Widersacher nicht sonderlich kräftig zu sein schien, schaffte er es, sie zu zwingen, mit sich zu kommen. Übelkeit schwappte wellenartig durch ihren Körper und landete als saurer Geschmack auf ihrer Zunge. Ihr war weiterhin schwindlig, aber sie war nicht länger gefesselt und wollte diese Chance nutzen. Sie hob die Hände und versuchte, sich loszureißen. Ihr Entführer versetzte ihr einen brutalen Schlag zwischen die Schulterblätter und Topaz taumelte nach hinten und stolperte. Noch bevor sie ihr Gleichgewicht wiederfand, prallte sie mit der Schulter gegen etwas Hartes. Mittlerweile schmerzte ihr ganzer Körper, pochte und pulsierte unangenehm. Angst tränkte Topaz' Bewusstsein. Ihrem unsichtbaren Angreifer war es anscheinend gleichgültig, ob sie zu Schaden kam, das jagte ihr in diesem Moment mehr Schrecken ein, als sie hätte sagen können. Wasser plätscherte und sie glaubte zu erkennen, dass unter ihren Füßen irgendetwas wuchs. Gras vielleicht. Sie mussten also an einer Oase sein. Ganz sicher an einer kleinen Oase, an der nur Reisende einen Halt machten.

Ein Schluchzen entrang sich ihrer Kehle.

Ihre Hände wurden gepackt und um den Baumstamm gelegt, so als würde sie einen sehr großen Liebhaber umarmen. Fesseln schlossen sich um ihre Handgelenke. Als Topaz ihre Arme bewegte, begriff sie, dass eine Kette an ihren Fesseln befestigt war. Irgendwo über ihrem Kopf hatte man die Fesselvorrichtung offenbar angebracht, sodass ihre Gliedmaßen gestreckt waren.

Jemand lachte zufrieden. Der Stoff dämpfte den Laut, doch Topaz erkannte dennoch, dass die Stimme einer Frau gehörte.

Langsam konnte sie wenigstens wieder einigermaßen klar denken und überlegen, was geschehen war. Sie war Djamil in eine Falle gefolgt. Vermutlich hatte der Junge den Auftrag gehabt, sie ihrem Peiniger in die Arme zu treiben. Sie schluckte und überlegte, wer ihr Übles wollte und warum.

Der oder die Unbekannte berührte Topaz mit einer harten Spitze am Rücken. Im nächsten Moment wurde diese an ihrer Wirbelsäule entlanggezogen, und nun ahnte Topaz, dass es sich um ein Messer oder Ähnliches handeln musste.

Man dachte offenbar nicht daran, ihr den Sack vom Kopf zu ziehen. Dafür wurde ihr Gewand Stück für Stück zerschnitten und von ihrem Köprer gerissen. Panik wollte Topaz' Verstand überziehen, und sie schaffte es nur unter größten Anstrengungen, überhaupt auf ihre Umgebung und das Tun ihres Entführers konzentriert zu bleiben.

Sie wusste weder, wo sie war, noch wer außer dem Gauner anwesend war.

Schließlich war Topaz nackt, sogar ihre Slipper wurden ihr ausgezogen, nicht ohne ebenfalls das Messer zu benutzen und ihr in den Fußrücken zu schneiden, sodass sie das Blut hervorquellen und über die Haut laufen fühlte. Sie schluchzte und wand sich in ihren Fesseln.

„Pst!", machte die Frau, als Nächstes nahm Topaz eine federzarte Berührung an ihrem rechten Nippel wahr. Panisch sog sie Luft ein, doch es war nicht die Klinge, sondern die Hand einer Frau.

Die Fremde nahm eine Brustspitze zwischen die Finger und begann, sie sacht zu kneten, zwischen den Fingerkuppen zu rollen und daran zu zupfen. Die Stimulierung brachte Topaz' Nippel dazu, sich aufzurichten, obwohl sie kein bisschen erregt war. Panik ließ sie kaum klar denken. Wer war die Fremde? Hatte sie sie allein entführt? Waren andere anwesend? Wurden sie beobachtet? Sollte das eine Vergewaltigung werden? Ein Schluchzer entrang sich ihrer Kehle, und sie musste all ihre Willenskraft aufbieten, um nicht den Verstand zu verlieren.

Die zweite Hand der Frau legte sich über Topaz' andere Brust, knetete sie sacht und fing dann an, den Nippel auf die gleiche Weise zu streicheln und zu bearbeiten. Ein Zittern durchlief Topaz' Körper. Noch wusste sie weder, welches Ziel ihre Entführer verfolgten, noch wer hinter der Verschleppung stand. Die brutale Behandlung und der Schlag auf den Kopf, der sie hatte bewusstlos werden lassen, konnten nicht in Karims Auftrag geschehen sein, oder doch? Wollte er sie loswerden? Sollte dies der Auftakt zu einem Sexspiel werden?

Topaz war sich plötzlich nicht mehr sicher. Karim hatte sie anfangs gewarnt, sie sei nur zur Erfüllung seiner Bedürfnisse da, und nun hatte sie ihn ernsthaft verärgert, seiner Meinung nach wenigstens. Zeigte er ihr nun, was es hieß, lediglich ein Gegenstand, ein Spielzeug für ihn zu sein?

Die Hand der Frau zog sich zurück und die Entführerin stieß einen schnurrenden Laut aus. Mit kundigen Griffen schlang sich ein Seil darum und band sie ab, so dass Topaz fühlte, wie ihre Brüste abstanden. Der Schmerz war dumpf und intensiv, vor allem als die Unbekannte hart auf die zum Platzen prallen Brüste schlug.

Topaz holte tief Luft, immer noch verwirrt, ängstlich und mit einem zunehmenden Gefühl der Hoffnungslosigkeit, das in ihr aufsteigen wollte.

Sie lauschte, versuchte herauszufinden, wer anwesend war, vermutlich nur die Frau, aber genauso gut konnten sich hier viele weitere Personen aufhalten. Vielleicht war das die Strafe für Topaz? Dass sie nun einer ganzen Gruppe Männer und Frauen ausgeliefert war, die sich an ihrem Körper bedienten, sie schlugen und folterten?

Doch Topaz hörte nichts, keinen einzigen Laut, der darauf hindeutete, dass außer ihr und der Entführerin noch jemanden in der Nähe war. Die Finger der Frau glitten über Topaz´ Busen, weiter zu den Nippeln, die Topaz´ Empfindung nach um das doppelte geschwollen sein mussten und zwickte hinein, greller Schmerz schoss bis in Topaz´ Schädel und die Intensität ließ sie kurz alles andere vergessen. Mehr und mehr wuchs in Topaz die Panik. Wenn dies von Karim eingefädelt worden war, hieß das, dass sie hier war um hingerichtet zur werden? Im selben Moment entzog ihr die Unbekannte die Hände und schien sich von Topaz zu entfernen.

Verwirrter als zuvor lehnte Topaz an dem Baumstamm, an dem sie festgekettet war. Ihre Wange fühlte eine harte Fläche, und die Art, wie der Stoff des Sackes über ihrem Kopf an dem Pfahl rieb, ließ sie eine raue Oberfläche vermuten, und das bisschen Struktur, das sie mit den Fingerspitzen ertasten konnte, erhärtete ihren Verdacht. Noch immer war ihr schwindlig und übel von dem Schlag auf den Kopf und dem Ritt kopfüber auf dem Tier, nur mit dem Sack auf dem Kopf hier zu stehen und kaum Luft zu bekommen, machte es nicht besser. Dennoch tat sie ihr Möglichstes.

Sie strengte sich an, zerrte an den Fesseln, aber nur vorsichtig, damit es diejenigen, die sich hier vielleicht doch aufhielten und sie beobachteten, nicht bemerkten. Sie erkannte, dass sie derart festgemacht worden war, dass sie keine Möglichkeit hatte, sich großartig zu bewegen. Weder konnte sie sich setzen noch nach rechts oder links ausweichen. Wer auch immer die Handschellen vorbereitet hatte, wusste, was er tat.

Plötzlich wurde ihr der Sack vom Kopf gerissen, sodass sie erschrocken nach hinten auszuweichen versuchte. Haarsträhnen klebten an ihrer schweißnassen Stirn, ihrer Wange und ihrem Hals. Sie benötigte eine gefühlte Ewigkeit, ehe sie überhaupt in der Lage war, wieder etwas zu sehen, so vollkommen geblendet war sie von der Helligkeit um sich herum.

Es war Tag, die Sonne brannte herab und ließ den Sand der Wüste fast in einem goldenen Beige erstrahlen. Die Temperatur war noch nicht auf ihrem Höchststand, also musste es früher Morgen sein. Der Blick auf den Pfahl vor sich bewies ihr, dass sie recht gehabt hatte: sie war an einen Baum gekettet worden. Sie drehte ihren Kopf und observierte ihre Umgebung, ließ sich kein Detail entgehen. Sie befand sich in einer kleinen Oase. Winzig im Vergleich zu der, auf der die Zelte der al-Wahhabs standen. Die Gegend war ihr völlig fremd, daran hätte auch das Talent der Beduinen, die Himmelsrichtung an den Verwerfungen der Dünen oder an der Farbe des Sands zu erkennen, nichts geändert.

Noch immer wusste sie nicht, wer sie entführt haben könnte und weshalb. Es drängte sie nicht danach herauszufinden, wessen niederträchtiger Plan es gewesen sein mochte, dennoch wandte sie ihren Kopf zurück in die andere Richtung, in der Hoffnung, den Kidnapper zu entdecken.

Die Frau, die nun von außerhalb ihres Blickfelds auftauchte, hätte sie von allen Menschen auf der Welt als Letztes erwartet.

„Du?“, stieß sie überrascht hervor und versuchte, fassungslos den Kopf zu schütteln, was sie mit einem heftigen Kopfstechen büßte.

Vega lächelte, doch es haftete keine Wärme, keine Freundlichkeit an der Geste. Im Gegenteil, die Geste wirkte beißend und gemein und der Anblick allein verursachte Topaz Zahnschmerzen. Aber nichts hätte Topaz mehr in Panik versetzen können als das Messer, das Vega hinter ihrem Rücken hervorzog, während sie Topaz hasserfüllt musterte. Vega näherte sich ihrer Gefangenen, mit der Klinge kleine spielerische Kreise in der Luft ziehend.

Dann stand sie direkt vor Topaz, packte sie am Haarschopf und riss ihn grob nach hinten, sodass Topaz' Kehle erschreckend bloßlag. Vega legte die Schneide ihres Dolchs dort an, Kälte an ihrer Haut, die Kühle verwandelte sich in nackte Panik. Topaz' Atem ging schwerfällig und in ihren Ohren klang er unangenehm und laut.

„Warum? Warum tust du mir das an?“, erkundigte sie sich krächzend.

Vega beugte sich vor, leckte über Topaz' Wange und Topaz fühlte den sauren Geschmack ihres revoltierenden Magens auf der Zunge.

Vegas Stimme war nur ein Wispern an ihrem Ohr: „Weil es deine Schuld ist, dass man mich verstoßen hat.“

„Ohne mich wärst du tot!“ Für einen Moment vergaß Topaz ihre Vorsicht und Furcht. Kaum ausgesprochen, bereute sie ihren Mut und hielt die Luft an.

Doch Vega setzte keinen Schnitt an ihrer Kehle, stattdessen lachte sie schrill auf und nahm den Dolch fort. Nur um die Spitze zwischen Topaz' Brüsten anzusetzen.

„Ohne dich wäre ich noch eine al-Wahhab, aber dafür wirst du nun büßen. Tausend Tode bin ich gestorben, als man mich in der Wüste aussetzte. Und deshalb habe ich beschlossen, dir eben so viele Schnitte zu verpassen. Und dann setze ich mich in den Schatten dieser Bäume und beobachte, wie du langsam verblutest. Besondere Genugtuung wird mir das Wissen bereiten, dass die Tiere deinen Kadaver fressen werden.“

Sie drückte die Spitze tiefer und zog sie nach unten. Der Schnitt war einige Finger lang und oberflächlich. Topaz sah hin und beobachtete, wie dicke rote Blutperlen hervorquollen. Vor lauter Benommenheit fühlte sie kaum Schmerzen. Sie hob den Blick und sah in Vegas Gesicht. Ihre Augen waren brennende Löcher des Hasses.

„Bitte lass mich gehen, ich habe dir nichts getan“ Das über die Lippen zu bringen fiel ihr schwer, so sehr kämpfte sie gegen ihre Fassungslosigkeit, Angst, Erschöpfung und Hilflosigkeit an.

„Weshalb sollte ich das tun? Du bist wirklich eine dumme, schmutzige Barbarin“, höhnte Vega. „Du bist nicht nur Schuld daran, dass man mich in die Wüste brachte um elendiglich zu sterben, obendrein bist du der größte Schatz des Scheichs. Wenn er deine kümmerlichen Überreste findet, die die Wildtiere übriglassen, wird auch ihm dies eine Strafe sein.“

Topaz’ Überlebenswille bäumte sich auf. Irgendwie musste sie versuchen, zu Vega durchzudringen, sie zu überzeugen, sie loszumachen und gehen zu lassen.

„Karim hasst die Franzosen. Wenn du mich tötest, erweist du ihm einen Gefallen“, sagte Topaz.

Vega schüttelte den Kopf und hob erneut das Messer, diesmal führte sie einen Schnitt an Topaz’ Oberarm durch. Seltsamerweise schmerzte diese Wunde mehr als die andere zwischen ihren Brüsten. Topaz stemmte sich in ihre Fesseln und keuchte, was Vega dazu zu bringen schien, sich ihres Unterkörpers anzunehmen. Sie schnitt sie rechts und links in die Innenseiten ihrer Oberschenkel. Warmes Blut floss über ihre Haut.

Topaz biss die Zähne zusammen und stöhnte.

Vega grinste diabolisch und umrundete Topaz. Als sie auf Höhe ihres Rückens war, zog sie die Messerklinge V-förmig über die Haut und Topaz schrie unterdrückt auf. Am liebsten hätte sie sich jeden Laut verkniffen, wollte der Irrsinnigen kein bisschen Genugtuung gönnen.

Topaz wurde schwindlig, in ihren Ohren rauschte es, sie ahnte, dass sie das Bewusstsein verlieren würde, und versuchte, sich gegen die aufbrandende Ohnmacht zu stemmen. Panik beherrschte sie, nie wieder zu erwachen, sollte sie jetzt nicht bei Verstand bleiben. Letztendlich würde sie sterben, da hegte sie keinen Zweifel, wer würde sie schon finden? Wer würde wissen, dass sie von Vega entführt worden war? Sie wäre einfach verschollen, fort wie Nebel. Aber selbst wenn sie starb, sie wollte nicht eine Sekunde eher gehen als nötig. Und so kämpfte sie gegen die unheildrohende Bewusstlosigkeit an.

„Wie konntest du deine Aussetzung in der Wüste überleben?“, zwang sich Topaz zu fragen, während ihr Blick immer wieder verschwamm und dunkle Flecken und schwarze Blitze vor ihrem Sichtfeld zuckten.

„Offenbar hast du einen Berberliebhaber. Er hat dich gefunden und auf eine Gelegenheit gewartet, dich zu rauben. Als er sah, dass man mich aus dem Lager brachte, folgte er mir und rettete mich vor dem Tod in der Wüste. Im Gegenzug habe ich ihm geholfen, seine Leute vom Überfall auf das Zeltdorf zu überzeugen.“

Vega blieb vor Topaz stehen und überlegte scheinbar, wo sie den nächsten Schnitt ansetzen wollte. Sie zog den Dolch quer über Topaz’ Dekolleté.

Der Blutverlust, die Kopfverletzung und der Wassermangel schwächten Topaz zusehends, aber sie konnte und wollte nicht aufgeben. Wieso musste es so enden? Warum? Sie hatte so viele Pläne gehabt.

Sie konnte kaum glauben, dass es so schnell vorbei sein würde.

Seit sie das Schiff nach Tunesien bestiegen hatte, war alles schiefgegangen. All ihre Hoffnungen und Träume hatten sich ins Gegenteil gekehrt. Zwischendurch hatte sie kurz gedacht, das Glück wäre ihr hold, es würde sich letzten Endes vielleicht doch alles zum Guten wenden, als geachtetes Mitglied der al-Wahhabs, wohlwollend von der Gunst ihres

Scheichs bedacht und immer noch mit der Aussicht auf die Heimkehr nach Frankreich.

Ein paar Schläge ins Gesicht rüttelten sie auf, offenbar war ihr Verstand dabei, fort zu driften. „Stirb mir nicht weg. Ich bin noch lange nicht mit dir fertig.“ Vega legte ihren Kopf schief und starrte Topaz mitleidslos an. Der blanke Wahn stand ihr ins Gesicht geschrieben. „Du siehst nicht so aus, als würdest du mir viel Freude bereiten“, meinte Vega, hob die Klinge und setzte sie an.

An Topaz’ Ohr zischte etwas vorbei. Sie dachte gerade, dass dies die erste Wespe war, der sie im Orient begegnete, da sah sie, wie sich ein Pfeil in Vegas Augenhöhle bohrte. Mit einem dumpfen Laut ging die Frau in die Knie und kippte vornüber.

Topaz Knie zitterten und sackten weg, der Schmerz in ihren Schultern, weil ihr ganzes Gewicht nun auf Schultern und Armen lastete, war gewaltig, doch sie konnte sich weder auf den Beinen noch bei Bewusstsein halten. Das Nächste, das sie wahrnahm, war, dass sie auf dem Boden lag und dass Karim sich über sie beugte. „Noura, vergib mir.“

Es kostete sie Mühe, die Augen offen zu halten, doch was sie sah, hätte sie nicht glücklicher machen können: Karim und Bassam waren gekommen und hatten sie gerettet. Bevor sie wieder in die Bewusstlosigkeit glitt, merkte sie, dass ihre Retter offenbar die zahlreichen Schnitte, die ihr Vega beigebracht hatte, verbunden hatten.

Es war nicht das Ende, denn sie lebte, und wenn es nach ihrem Willen ging, bliebe das auch noch eine ganze Weile so.

Topaz erwachte und rekelte sich. Karim hatte verfügt, dass man sie in ein separates Zelt brachte und während ihrer Genesung war das ein unvorstellbarer Luxus für sie gewesen. Die Kopfverletzung und der Blutverlust waren zwar nicht lebensbedrohlich gewesen, aber doch so bedenklich, dass sie viele Tage lang darniederlag und das Bett hüten musste.

In dieser Zeit machten ihr die anderen Stammesmitglieder ihre Aufwartung. So zahlreich, dass Maryam sie sogar verscheuchen musste, damit Topaz Ruhe fand. Aber einer ließ sich nicht fortschicken: Karim kam höchstpersönlich fast täglich vorbei. Manchmal hatte er ein Buch dabei und las Topaz aus einer stellenweise unanständigen Geschichte vor oder sie unterhielten sich.

Endlich ließ sich Karim von ihr überzeugen, dass zwischen ihr und dem Berberjüngling niemals eine Liebelei bestanden hatte. Obwohl es ihr hätte gleichgültig sein sollen, erleichterte es Topaz über die Maßen, dass er ihr nun glaubte.

An ihrem Entschluss, nach Frankreich zurückzukehren, änderte das jedoch nichts. Sie hatte es sich geschworen, bei der erstbesten Gelegenheit würde sie fliehen. Zurück in die Freiheit, auch wenn ihr bei dem Gedanken daran, was alles hier blieb, schwer ums Herz wurde. Sie würde in der Wüste mehr zurücklassen als ihre Sklavenschaft.

„Du wirkst so grüblerisch heute Morgen, Noura." Karim riss sie aus ihren Überlegungen.

Ertappt zwang sie sich zu einem Lächeln und zuckte mit den Schultern, um zu deuten, nicht so recht zu wissen, was er meinte.

„Etwas scheint dich zu bedrücken, sag mir, was es ist“, verlangte er.

„Nichts, wirklich. Ich bin nur müde“, behauptete sie.

„Dann solltest du dich zur Ruhe legen. Ich will ein paar wichtige Dinge mit dir besprechen und dafür möchte ich ungeteilte Aufmerksamkeit“, verkündete Karim. Er musterte sie nachdenklich.

Einen Moment lang zog sich in Topaz alles zusammen. Noch nie hatte er so ernst gewirkt. Was würde er ihr mitzuteilen haben?

Ihr Mund wurde trocken. „Die habt Ihr, Hoheit“, sagte sie und schluckte angestrengt.

„Ich habe dir schon zum wiederholten Mal erklärt, du sollst mich nicht so förmlich ansprechen, wenigstens nicht, wenn wir unter uns sind.“

„Wie Ihr … du wünschst, Karim.“

Er nickte zufrieden und Topaz ergriff das Wort. Sie wollte nicht allzu lang um das Problem herumstreichen, wollte lieber sofort wissen, welche Vorhaben er für sie geschmiedet haben mochte. „Was gibt es zu besprechen?“

Karim beugte sich vor, legte die Finger unter Topaz’ Kinn und hob es an, sodass sie ihm direkt in die Augen sehen konnte.

„Bist du glücklich?“

Überrascht blinzelte sie und dachte in Windeseile darüber nach, was sie sagen sollte. „Glück ist immer eine Frage der Ansprüche der Person, die gefragt wird“, erwiderte sie diplomatisch.

Karims Augen verengten sich leicht und nun wirkte er seinerseits nachdenklich. „Ich frage dich. Aber vielleicht willst du mir auch nicht antworten. Das verstehe ich.“ Er schwieg eine Zeit lang und schien in Gedanken versunken. „Ich stelle dir jetzt ein paar Fragen und will, dass du dich sehr gut damit auseinandersetzt, ehe du dich entscheidest.“

Verwirrt nickte sie und wusste nun gar nicht mehr, was sie denken sollte.

„Ich schenke dir die Freiheit“, begann er.

Topaz zuckte vor Überraschung zusammen.

Gebieterisch hob Karim die Hand. „Ich wollte nie eine Sklavin besitzen, auch wenn es reizvoll war, eine Französin in meiner Gewalt zu haben.“ Ein feines Lächeln umspielte seine Lippen. „Du hast all meine Vorurteile widerlegt und mich in den vergangenen Monaten ein ums andere Mal beeindruckt. Du bist eine Frau, die einem Mann eine echte Gefährtin sein kann. Nicht einmal unter den Alqadimanerinnen ist eine solch starke Persönlichkeit häufig anzutreffen.“

Karim erhob sich, und rasch tat es Topaz ihm nach, obwohl einige Schnitte, die noch nicht ganz abgeheilt waren, spannten und schmerzten, als sie sich so hastig bewegte. Ihr Herz klopfte fast schmerzhaft gegen ihren Rippenbogen und ihre Knie waren mit einem Mal wacklig.

Es war nicht Karims Art, besonders warmherzig zu agieren, doch als er Topaz’ Schwäche bemerkte, fasste er sie fürsorglich an den Hüften. „Du hast die Wahl, ich lasse dich gehen. Wenn du zu deinen Landsleuten zurückkehren willst, werde ich dafür sorgen, dass du heil dort ankommst. Noch lieber aber wäre es mir, wenn du bleiben würdest“, sagte er, ohne Gefühlsregungen zu zeigen.

„Wie stellst du dir das vor? Als deine Konkubine? Deine Dienerin?“ Sie konnte nicht verhindern, dass sich ein wenig Frust in ihre Stimme schlich. Da machte er ihr einen verlockenden Vorschlag, und im zweiten Atemzug gelang es ihm, ihre Freude zu dämpfen. Er erfüllte ihr ihren Herzenswunsch: heimzukehren. Aber zugleich wusste sie, dass er das tat, weil sie ihm nicht gut genug für einen respektablen Status war.

Seine Finger bohrten sich in ihre Hüften, und sie riss ihre Augen auf, stöhnte und starrte Karim an, der die Stirn runzelte.

„Ich will dich weder als Konkubine noch als Dienerin. Keins von beidem wird deiner gerecht!“, erklärte er.

Topaz fühlte, wie ein Schluchzen ihre Kehle hochkriechen wollte. Da dachte sie, ein wenig Wertschätzung zu erfahren und wurde so bitter enttäuscht.

„Einer starken mutigen Frau wie dir gebührt nur ein Platz: der an meiner Seite! Als meine Gefährtin, Beraterin und Stimme der Vernunft, wenn mich die Schonungslosigkeit der Wüste wieder einmal grausam statt gerecht urteilen lässt.“

Das Schluchzen, das sich eben noch Bahn hatte brechen wollen, verwandelte sich nun stattdessen in ein Lachen, das zugleich wie ein ersticktes Weinen klang, aber Topaz hatte kein Bedürfnis, Tränen zu vergießen. Er, der Scheich der al-Wahhabs, den man Karim den Grausamen nannte, wollte sie zur Gemahlin.

Karim legte seine Hände für seine Verhältnisse sanft um ihr Gesicht und fixierte sie aus seinen moccabraunen Augen. Ein warmes Glühen lag in seinem Blick und seine Lippen kräuselten sich zu einem Lächeln. Die Zuneigung, die sein ganzes Wesen ausstrahlte, ließ Topaz erbeben. Noch nie hatte sie ihn sich gegenüber so zugetan erlebt. Als er seinen Kopf bewegte, zauberte das Licht blau scheinende Reflexe in sein tiefschwarzes Haar. Unwillkürlich hob Topaz die Hand und strich eine Haarsträhne Karims hinter sein Ohr zurück. Das Haar war genauso seidig, wie es aussah.

Topaz schluckte und fühlte das intensive Pochen ihres Herzens bis in ihre Kehle. Sie schwankte noch immer, ob Karim es ernst meinte, fürchtete, es sei nur eine perfide Art sich für den vermeintlichen Betrug mit dem Berber zu rächen.

„Warum?“, wisperte sie, gerade noch in der Lage dieses eine Wort über die Lippen zu bringen, ehe der Kloß in ihrem Hals ihre Stimmbänder endgültig lähmte.

„Weil ich begriffen habe, welch ein Glück ich gehabt habe, dass uns das Schicksal zusammengeführt hat und weil ich ein Tor wäre, dich gehen zu lassen“, erklärte er und es viel ihm sichtlich schwer, über Gefühle zu sprechen. „Ich war nie gut darin, über solche Dinge zu reden. Lass es mich dir zeigen!“ Er musterte sie, suchte ihre Zustimmung, und als er sie fand, beugte er sich vor und küsste sie. Einen Kuss voller Süße und Liebe, der so deutlich von seinen Empfindungen erzählte, dass Topaz nicht länger zweifelte.

Noch immer ruhte ihr Gesicht zwischen seinen Handflächen, und während die intime Begegnung ihrer Lippen andauerte, wanderten seine Hände nach hinten, eine auf den Hinterkopf, die andere in den Nacken. Was dominant hätte wirken können, war in diesem Moment eine Berührung voller Zuneigung.

Topaz seufzte an seinem Mund und massierte sanft seine Seiten, fühlte die feste Haut, die Muskeln unter dem Hemd und verspürte das Bedürfnis, seine Haut zu betasten.

Karim beendete die Liebkosung, nicht aber den Lippenkontakt. Er ließ sie über Topaz´ Kinn wandern, hinab auf die Halsgrube, wo die Knochen unter der Haut ein kleines U bildeten. Seine Zungenspitze fuhr die Form nach, kitzelte dann dieses Grübchen, um gleichzeitig die zahlreichen Knöpfe ihres Oberteils zu öffnen. Jedes Mal, wenn er einige Zoll breit geschafft hatte, streichelte er die Haut unter dem klaffenden Stoff. Die genüssliche Langsamkeit, die sachten Zärtlichkeiten erweckten eine Gänsehaut zum Leben, die Topaz ein ums andere Mal überrieselte.

Endlich war das blusenähnliche Kleidungsstück offen und Karim schob es ihr über die Schultern. Unbeachtet fiel es zu Boden und Karim ging vor Topaz auf die Knie, seine Fingerspitzen strichen über die Seiten, den Bauch und erreichten den Bund ihrer Pumphose, die sie heute trug. Er fuhr den oberen Rand entlang, dann löste er das Band, das die Hose auf Topaz´ Hüften hielt und das Gewand rutschte auf ihre Knöchel. Er küsste sie auf den Bauch, liebkoste ihren Nabel, züngelte nach unten auf ihren Schamhügel und übersäte diesen mit Küssen, während seine Finger sacht das Fleisch an ihren Hüften und ihrem Po kneteten.

Topaz vergrub ihre Hände in seinem Haar und stöhnte, als er sich weiter vorwagte. Seine Zungenspitze kitzelte ihre Liebesperle. Vor und zurück bewegte er seine Zunge und streichelte so das empfindliche Knöpfchen. Kribbelnde Stöße zuckten durch ihren Unterleib und spontan wollten sich ihre Knie in Gelee verwandeln.

Karim schien zu merken, was in ihr vorging, hielt inne und umfasste ihre Hüften, er stand auf, hob Topas auf seine Arme und trug sie zum Bett. Ehe er sie auf die Matratze sinken ließ, küsste er sie.

„Du bist noch angezogen“, stellte Topaz fest, gierig, endlich seinen Körper in aller Ausführlichkeit zu betasten, was sie sich bis jetzt immer versagt hatte.

„Später, Liebste“, Karims Stimme klang verheißungsvoll und süß wie Nektar.

Er ergriff sie unterhalb der Kniekehlen und zog sie an den Rand des Schlaflagers, so dass ihre Füße auf dem Boden standen und sich der dicke Webteppich an ihre Fußsohlen schmiegte. Karim schob ihre Schenkel auseinander und kniete sich dazwischen. „Ein wunderschöner Anblick“, sagte er, die Augen auf ihre intime Mitte geheftet. Er beugte sich vor und küsste sie auf die Stelle über ihrer Klitoris. Dann begann er sie zu lecken. Topaz krallte vor Überraschung und Wollust ihre Finger in die Decken. Unzählige Blitze explodierten in ihrem Unterkörper, während sie ein Schauer nach dem nächsten überlief. Nie zuvor hatten sie solche Gefühle übermannt und kurz fragte sie sich, ob Karim das gewusst haben konnte und sich deshalb damit zurückgehalten hatte.

Seine Zunge teilte ihre Schamlippen, schob sich in ihren Kanal hinein, soweit es möglich war, um sich dann zurückzuziehen und an den Venuslippen zu saugen und ganz sacht daran zu knabbern.

Die Explosion der erotischen Anspannung überkam sie plötzlich, erfüllte jeden Winkel ihres Körpers und ließ sie durchdrungen von süßer Mattigkeit zurück.

Karim stand auf und legte sich neben sie auf das Bett, stützte seinen linken Ellenbogen ab und streichelte mit der rechten Hand ihren Bauch, während er lächelnd auf sie herabblickte.

Topaz wagte es, sich an ihn zu kuscheln und fühlte sich glücklich, als er sie daraufhin enger an sich zog. Sie ließ ihre Hände über seinen Rücken gleiten und ertastete die Unebenheiten seiner Narben, die er durch die Auspeitschung der Franzosen erlitten hatte. Sie verspürte das Bedürfnis, die düsteren Erinnerungen, die ihn noch immer quälten, fort zu küssen. Als er seinen Unterleib mit der Erektion an ihre Hüfte presste, entschied sie, sich jedoch erst darum zu kümmern.

Sie richtete sich auf, fasste an den Bund der Hose und blickte ihn fragend an. „Darf ich?"

Neugierig nickte Karim und unterstützte sie dabei, sich auszuziehen. Sein Schwanz stand bereits steif und herrlich ab. Topaz ließ die Hose fallen und näherte sich Karim, beugte sich über seinen Phallus, um ihn dann beherzt auf die Spitze zu küssen. Ein bittersüßer Duft wehte ihr entgegen und sie konnte kaum erwarten ihn zu schmecken. Sie zögerte und suchte Karims Einverständnis in seinen Augen, erst danach wagte sie es, mit der Zungenspitze über seine Eichel zu lecken. Er war hart und erstaunlich samtig. Sein Geschmack war genau wie sein Geruch: Verführerisch herb mit zuckriger Note. Mutig umkreiste sie die Eichel und als ihre Zunge das Vorhautbändchen berührte, ließ Karims Keuchen erkennen, wie sehr es ihm gefiel. Sie strich den Schaft hinab bis zur Peniswurzel und nahm den umgekehrten Weg. Als Karim seinen Unterleib aufbäumte, ob vor Lust oder um sie stumm zu ermuntern, weiterzumachen, wusste sie nicht. Sie umschloss seine Penisspitze vollständig mit den Lippen und begann zu saugen. Karims ehrfürchtiges Murmeln brachte sie zum Lächeln und sie nahm seinen Schwanz tiefer in ihren Mund auf. Sie drückte an die Penisunterseite mit ihrer Zunge und fühlte die weiche Haut seiner Erektion an ihrem Gaumen. Süße Lusttropfen quollen aus der Eichel und intensivierten seinen Geschmack.

Karim keuchte und Topaz bewegte ihren Kopf auf und ab, ließ den Schwanz fast aus ihrem Mund gleiten um ihn dann wieder ganz aufzunehmen. Die Liebkosung mit den Lippen war für Topaz intimer als jede andere Spielart, hingebungsvoller und sie begriff, weshalb Karim es zuvor nie tat und nie von ihr verlangt hatte. Weil es auch für ihn ein Akt der Liebe war, dies zu tun. Nichts ließ einen verletzlicher, offener wirken, als einem anderen die eigenen, empfindsamen Geschlechtsteile dessen Zähnen darzubieten.

Karim schrie erstickt auf und brachte Topaz dazu, innezuhalten. „Geliebte, du vernichtest mich“, krächzte er und entzog sich ihr. Traurig setzte sie sich auf und fühlte spontan und in lächerlicher Geschwindigkeit einen Kloß in ihrer Kehle aufsteigen, aus Enttäuschung, ihn nicht weiter mit dem Mund befriedigen zu dürfen. Offenbar sah er ihr diese Emotionen deutlich an, denn sofort berührte er ihre Wange, griff an ihren Nacken und zog sie zu sich um sie voll zärtlicher Leidenschaft zu küssen.

„Heute nicht, heute will ich mich ganz dir widmen, ich will mich in deinem Leib versenken und mich in dir verströmen. Ich will dir ins Gesicht blicken, wenn ich dir Lust bereite und das kann ich nicht, wenn du deine Nase an meinem Phallus vergräbst." Er blinzelte ihr zu und in Topaz stieg brennende Liebe auf. Nie hätte sie gedacht, dass Worte aus seinem Mund sie so bezaubern könnten und ein Lächeln sie so sprachlos machen würden. Sie hatte Freiheit gesucht und Liebe gefunden und in diesem Moment begriff sie, das beides dasselbe war. Nur wenn es echt war, wenn die Liebe um ihrer selbst willen bestand, führte sie zu Autonomie und dann bedurfte es keiner Gesetze, keiner Kämpfe um diese durchzusetzen.

Während Karim sie erneut küsste, bis sie atemlos war, brachte er sie dazu, sich mit dem Rücken auf die Matratze zu legen. Er rollte sich auf sie, zwischen ihre Beine und hielt dann inne. Sein Schwanz presste sich an ihren Schamhügel und in Erwartung der Vereinigung pochte Topaz´ Möse bereits lustvoll. Die Nässe zwischen ihren Schenkeln signalisierte ihre Bereitschaft. Sie reckte sich ihm entgegen, grätschte ihre Beine und forderte so stumm sein Eindringen.

Endlich erbarmte sich Karim. Er löste seinen Mund von ihrem, stützte sich auf den Unterarmen auf und positionierte seine Eichel vor ihrem Eingang.

„Du willst mich?“, fragte er lockend und Topaz nickte.

„Ja, sofort!“

Daraufhin bewies ihr Karim, dass auch ein stolzer Scheich gehorsam sein konnte. Ganz langsam schob er sich in sie. Gab ihr die Gelegenheit, ihn zu fühlen, seine Größe wahrzunehmen und zu genießen und als er bis zur Gänze in ihr steckte, hielt er inne. Er beugte sich über sie und küsste sie. Mit seiner Zunge umspielte er die ihre, bis sie atemlos war und bis ihr die Lust und Ungeduld das Pochen zwischen ihren Beinen schmerzhaft werden ließ. Sie glaubte, es keinen Moment länger zu ertragen.

Karim begann sich zu bewegen, langsam, kleine Stöße. Er kreiste mit den Hüften, schob sich tief in sie und rieb sich mehr an ihr, als dass er etwas Anderes tat, nur um sich im nächsten Augenblick aus ihr zurückzuziehen und sie daraufhin mit einigem schnellen Hin- und Her zu ficken. Immer wieder variierte er seine Bewegungen, küsste sie, streichelte ihre Brüste, ihre Nippel und beobachtete sie und ihre Reaktionen aufmerksam. Es schien, als erforsche er, was und wie es Topaz gefiel. Die Erregung wuchs und wuchs, wandelte sich in ein Gefühl, das einem Strudel gleichkam und ihren ganzen Körper eroberte. Lustvoll bog sie sich Karim entgegen. Sie schloss ihre Arme um ihn, spürte die Wärme und Straffheit seiner Haut. Sie roch seinen männlichen Duft, hörte sein raues Atmen und wie die Luftstöße über ihre Wange wehten. Er keuchte und auch Topaz entwich ein erregtes Stöhnen, als sie merkte, wie sich die Begierde in ihr zusammenballte, bereit größer und intensiver zu werden. Eine Zusammenballung aus Wollust und Ekstase, entfacht, um jeden Moment zu explodieren.

„Schau mich an!“, befahl Karim scharf, ohne innezuhalten in seinem Tun. Er fickte sie mit Hingabe, brachte ihre sinnlichen Empfindungen zum Vibrieren wie nie zuvor.

Sie heftete ihren Blick auf ihn. Wie hypnotisiert starrte sie ihn an und bohrte ihre Finger in seine Schultern, als er wilder und leidenschaftlicher in sie drang. Als die süße Wärme seines Saftes in sie strömte und sein heiserer Schrei in ihren Ohren widerhallte, sprudelte ihre eigene Erregung über. Die lustvolle Anspannung kochte hoch und explodierte in unzähligen Entladungen und Zuckungen, die sie schüttelten und zutiefst befriedigt in die Kissen sinken ließen. Über sich den Körper des Mannes, der sie versklavt und befreit, gehasst und geliebt hatte. Alles war im Wandel, alles hatte sich geändert und sie selbst vielleicht sogar am meisten.

In diesem Moment wusste Topaz, dass die Leidenschaft für die Wüste auch sie erobert hatte. Aus Topaz Garnet, der Sklavin eines Wüstenprinzen, wurde die Gemahlin eines Scheichs.

Epilog

Paul Gervais reckte sich vorsichtig, um seine verspannten Glieder zu lockern, und beobachtete die Erzählerin, die eben mit sichtlichem Genuss ihren Tee trank. Sie stellte den silbernen Becher ab und musterte den Reporter schweigend.

„Was geschah weiter? Blieb Topaz? Ist sie nach Frankreich zurückgekehrt und was hat das alles mit Semia zu tun?“ Es fiel ihm schwer, nicht die Geduld zu verlieren. Freude am Geschichtenerzählen hin oder her, aber er war gekommen, um herauszufinden, wie Semia es schaffte, solch einen Einfluss in der patriarchalen Stammesgesellschaft der Alqadimaner zu gewinnen, dass man sie zum weiblichen Scheich ernannte.

Die Alte zwinkerte fröhlich, und nun kam sich Paul Gervais langsam veralbert vor, dennoch brannte er darauf zu erfahren, was aus Topaz geworden war. „Natürlich blieb Topaz beim Scheich und dem Stamm der al-Wahhabs. Als sie wieder ganz bei Kräften war, nahm Scheich Karim sie zur Frau. Damit war sie nicht länger eine Sklavin, und da der Scheich von seiner Gemahlin und ihrer Stärke und Klugheit so beeindruckt war, machte er sein Versprechen wahr und ernannte sie zu seiner Ratgeberin. Die al-Wahhabs wiederum lehrten Topaz, dass man nur gemeinsam stark ist und dass die Familie nicht immer auf Blut begründet sein muss.“

Ungeduldig unterbrach der Reporter die Alte nun. „Ohne Euch zu nahetreten zu wollen, doch was hat das alles mit Semia zu tun?"

„Bei allem Respekt, Monsieur Gervais: Für eine gute Geschichte ist der Anfang enorm wichtig. Euer Begehr war zu erfahren, wie Semia zu dem wurde, was sie heute ist. Sie kam als Französin nach Alqadima, wurde die Sklavin des Scheichs und anschließend seine über die Maßen geliebte und respektierte Gemahlin. Wie es bei den Alqadimanern üblich ist, gab man ihr mit der Heirat einen neuen Namen."

Paul Gervais entspannte sich. „Ihr meint also, Topaz Garnet oder Noura, wie sie als Sklavin hieß, wurde später zu Semia?"

„Stimmt auffallend." Die Alte streifte ihre Kopfbedeckung ab. Ihr Haar war grau, doch man erkannte, dass es einst hell gewesen sein musste, vermutlich blond.

„Ihr seid es? Ihr seid Topaz Garnet?"

„Ich war Topaz Garnet. Ich bin Semia vom Stamm der al-Wahhabs, und die bin ich bereits seit sehr, sehr langer Zeit." Sie neigte lächelnd den Kopf und ihre sanfte Miene bewies Paul Gervais, dass ein glückliches Leben hinter ihr lag. Sie beugte sich vor und tätschelte seine Hand, so wie es seine Großmutter getan hätte. „Alle Geschichten enden einmal. Wir alle sind zu verschiedenen Zeiten unterschiedliche Personen. Wir passen uns an, um zu überleben. Das macht uns zu Menschen. Darüber nicht zu vergessen, was richtig und gut ist, macht uns menschlich."

Autorin

Lily Monroe lebt glücklich verheiratet irgendwo in Bayern. Sie flucht beim Autofahren wie eine Teufelin, radelt wie eine Irre und singt „angeblich" wie ein Engel. Außerdem sammelt sie Hüte, Mützen und Lippenstifte.

Facebook: www.facebook.com/AutorinLilyMonroe

Ebenfalls erhältlich:

Sklavinnenschiff – Erotischer Roman